Wenn ich jetzt nicht zu schreiben beginne, werde ich irrsinnig. Heute ist bereits der neunundzwanzigste Tag. Seit knapp einem Monat gibt es keine Sonne mehr, keine Lebewesen, keine Geräusche.

Ich bin Lorenz. Vor vierzig Jahren geboren und von Beruf freier Fotograf. Ich lebe in einer deutschen Großstadt, wohne im Dachgeschoss eines vierstöckigen Altbaus und habe heute auf den Tag genau vor drei Jahren die tiefste Liebe meines Lebens verloren. Marie ist bei einem Autounfall ums Leben gekommen. Sie war ohne Schuld. Als mir ihr Bruder damals am Telefon die Todesnachricht übermittelte, konnte ich nichts, aber auch gar nichts sagen, dafür lief mir der Urin die Beine hinunter – und ihr Bruder rief immer wieder in den Hörer: »Bist du da, bist du noch da?« – bis ich auflegte. Ich habe seither niemanden mehr lieben können.

Die Ereignisse der letzten neunundzwanzig Tage sind für mich vollkommen unerklärlich. Ich bin gefangen in einem Mysterium. Aber vom ersten Tage an gaukelte mir mein Gehirn vor: Alles ist nur vorübergehend, alles wird sich klären. Und so habe ich mich ausschließlich um das Nötigste gekümmert und mit Gewalt gegen die Angst angekämpft. Heute allerdings ist sie so mächtig – ich habe das Gefühl, bei lebendigem Leibe von ihr gefressen zu werden.

Eigentlich sollte jetzt Sommer sein, aber die Stadt versinkt im Schnee. Es ist Mitte August. Und am 17. Juli hat alles begonnen.

Seit Wochen war es ausgesprochen heiß gewesen, über vierzig Grad im Schatten. Noch nie hatte ich hier in meiner Stadt eine derartige Hitze erlebt. Alle sprachen von einem Jahrhundertsommer, und ich konnte es in meinem Dachgeschoss kaum aushalten. Die Morgenstunden des Siebzehnten verliefen ohne besondere Vorkommnisse. Wieder war es sehr heiß, der Himmel ohne Wolken und stechend blau, die Luft leicht in Bewegung. Ein Vormittag wie so viele andere in diesem Sommer. Das Wetter schien stillzustehen. Die Vorhersagen meldeten seit Wochen ein konstantes Hochdruckgebiet über ganz Europa. Gegen dreizehn Uhr aber geschah etwas Merkwürdiges. Es zogen aus allen Himmelsrichtungen Wolkengebirge auf. Und zwar so schnell, als würden sie von heftigen Stürmen getrieben. Aber es gab keinen Sturm. Es war sogar vollkommen windstill geworden. Und die Gebirge am Firmament verfinsterten sich zusehends. Schon nach etwa zehn Minuten hatte die Sonne keine Chance mehr. Die Stadt lag im schwergrauen Licht, bei einer Temperatur von 40,5 Grad.

Ich saß am geöffneten Fenster, betrachtete das Ganze als Naturschauspiel und glaubte an einen plötzlichen und grandiosen Wetterumschwung, trotz anders lautender Vorhersagen. Ich war beinahe begeistert, ein solches Phänomen beobachten zu können, da ich schon immer extremes Wetter gemocht hatte. Also saß ich – und schaute – und wartete ab.

Wie lange ich so in die Luft starrte und meine Blicke über Häuser, Bäume und Straßen schweifen ließ, weiß ich nicht mehr. Plötzlich aber, ohne Vorwarnung und mit ohrenzerreißendem Getöse, brach ein Orkan durch die mittlerweile tief eingedunkelten Wolkenberge, stürzte sich auf die Erde und schien alles niederzuschlagen, was sich ihm in den Weg stellte. Und dann kam das Wasser, peitschender Regen, wie ich ihn noch nie erlebt hatte, mit immer größer werdenden Hagelkörnern. Ich schloss mein Fenster und geriet in eine fast euphorische Erregung, so spannend fand ich alles. Die Hagelkörner waren inzwischen zu eigroßen Geschossen geworden und verursachten durch ihren Aufprall einen Höllenlärm. Die Straßen und Bürgersteige, welche ich von meinem Fenster aus sehen konnte, waren weiß-eisig bedeckt, die Menschen in ihre Häuser geflohen. Es wurde immer dunkler, das Außenthermometer an meiner Fensterscheibe zeigte nur noch elf Grad, und allmählich verwandelten sich die Hagelbrocken wieder in heftig niederstürzenden Regen. So ging es eine Stunde. Vielleicht auch etwas länger. Ich rauchte, trank eine Tasse Tee nach der anderen und fühlte mich wohl in der Rolle des Wettervoyeurs.

Der Tag fiel immer mehr in sich zusammen. Gegen fünfzehn Uhr war es fast stockfinster. Und dann traute ich meinen Augen nicht: Der Regen wurde zu Schnee! Schnee im Juli? In unserer Stadt, die gerade mal zehn Meter über dem Meeresspiegel liegt? Die Schneeflocken tobten um die schon lange eingeschalteten Straßenlampen. Und mein Thermometer zeigte nur noch fünf Grad an. Also hatte es einen Temperatursturz von über fünfunddreißig Punkten gegeben!

Ab diesem Zeitpunkt war ich wie hypnotisiert. Ich bewegte mich nicht mehr vom Fenster weg. Ich dachte über nichts nach. Kam auch nicht auf die Idee, das Radio oder den Fernseher einzuschalten, um zu erfahren, wie es anderswo zuging – oder wie Meteorologen die absonderlichen Ereignisse einschätzten. Ich hatte aufgehört zu rauchen, aufgehört Tee zu trinken und stierte unablässig in den Flockentanz, hinunter zur Straße und auf mein Thermometer. Das stand mittlerweile auf null Grad. Null Grad und Schnee im Juli – und Nachteinbruch am Nachmittag. Noch nie in meinem Leben hatte ich etwas so Spektakuläres erlebt.

Der Schneefall wurde heftiger. Eigentlich war es ein gewaltiges Schneetreiben von oben, von den Seiten und sogar von unten. Immer wieder stoben Myriaden von Schneeflocken aus der Häuserschlucht, in die ich von meinem Fenster aus blicken konnte, nach oben, kämpften gegen die aus dem Himmel herabrasenden Kristalle an, wirbelten dann durcheinander und verschwanden in Sekundenschnelle aus meinem Blickfeld in alle Richtungen. Tausende erstarben am Glas meiner Fensterscheibe. Die direkt über meiner Wohnung liegenden Dachpfannen waren hörbar in Bewegung und lieferten mit sphärischem Pfeifen und abgehackten Tönen die irreale Hintergrundmusik zu diesen merkwürdigen Geschehnissen.

Gegen neunzehn Uhr jedoch kam schlagartig die Stille. So plötzlich wie der Orkan Stunden zuvor losgebrochen war, so plötzlich war er jetzt wieder verschwunden. Und zusehends beruhigte und ordnete sich das weiße Chaos. Der Schnee taumelte in großen Flocken dicht und friedlich zu Boden. Die abrupte Stille riss mich aus meiner Trance. Ich schaute zum Thermometer – auf minus fünf Grad war es gefallen.

Jetzt geriet ich in Aufruhr. Ich öffnete das Fenster, atmete die eisige Winterluft, die noch wenige Stunden zuvor heiße Sommerluft gewesen war, und blickte hinunter auf die Straße. Kein Mensch war zu sehen, kein Auto fuhr. Am Nachmittag hatte mich dieser Umstand aufgrund des starken Unwetters nicht weiter verwundert.

Jetzt aber schon. Ja, es schneite, und es war kalt. Alles jedoch hatte sich wieder beruhigt – und deshalb gab es keinen Grund mehr, in den Häusern zu bleiben. Auch die Schneehöhe auf der Straße, so schätzte ich es von oben ein, hätte ein Befahren durchaus noch zugelassen. Aber kein einziges Auto war unterwegs. Dafür parkten sonderbarerweise hier und da einige Wagen mitten auf der Fahrbahn. Auch die Seitenstraßen waren, so weit ich sie überblicken konnte, ohne jegliches Leben. Warum?

Zum ersten Mal überkam mich an jenem Frühabend eine unbestimmte Angst. Was war los? Ich schloss das Fenster wieder, ging zum Radio und schaltete es ein. Aber welchen Sender ich auch wählte, es war nur ein monotones Rauschen zu hören. Und der Fernseher funktionierte ebenfalls nicht: Ich zappte durch die Programme und sah überall nur weißgraues Flimmern, der Ton war vollends ausgefallen.

Hatten der Orkan, der starke Regen und schließlich der einsetzende Frost die Sendestationen lahmgelegt? Möglich wäre das gewesen. Aber wirklich überzeugt war ich von der Überlegung nicht. Es gab Notprogramme, Notstromversorgungen und so weiter. Von irgendeinem

Sender hätte irgendetwas zu hören oder zu sehen sein müssen. Vielleicht aber war lediglich der Satellitenempfang vorübergehend gestört – und es lag gar nicht an den Rundfunkanstalten. Um das zu überprüfen, fiel mir mein kleines Transistorradio ein. Es war ein Weltempfänger, der mich seit Jahren schon auf allen Reisen begleitet hatte. Ich holte ihn aus dem Schrank, ging wieder zum Fenster, zog die Antenne weit heraus. Beim Einschalten des Gerätes bemerkte ich, wie meine Hand leicht zitterte. Zuerst kurbelte ich auf der UKW-Skala hin und her: nur Rauschen. Dann ging ich auf die Mittelwelle, rechts bis zum Anschlag, links bis zum Anschlag: Rauschen. Dasselbe auf der Langwelle – und auch auf der Kurzwelle.

Was war los? Mein Herzschlag beschleunigte sich, und ich versuchte mich zu konzentrieren. Das Telefon. Na, klar! Daran hatte ich noch nicht gedacht. Ich griff den Hörer, wollte wählen – aber es gab kein Freizeichen. Die Leitung war tot. Auch mein Mobiltelefon, das ich hastig aus meiner Hosentasche zog, zeigte keinen Empfang an. Was war nur geschehen?

Ich öffnete noch einmal das Fenster, an dem ich den ganzen Nachmittag gesessen hatte, aber die Straßen unten waren noch immer ohne Leben. Kein Mensch, kein fahrendes Auto – und überhaupt, das fiel mir erst jetzt auf, die Stadt schien eingehüllt in eine fremdartige Stille. Sonst war immer irgendetwas zu hören: Autos, Hupen, Straßenbahnen, Baulärm, polternde Güterzüge in der Ferne, Kirchenglocken und so weiter. Die Kulissengeräusche einer Großstadt eben. Jetzt aber herrschte absolute Ruhe.

Ich knallte mein Fenster zu und hatte plötzlich das starke Bedürfnis, mit jemandem über die Vorkommnisse zu reden, zu spekulieren, zu beraten ... und klingelte bei meinem Nachbarn Alexander Kur, einem sehr freundlichen und erfolglosen Schriftsteller, der eigentlich immer zu Hause war. Ich klingelte Sturm. Nichts aber tat sich. Ich drückte ein weiteres Mal lange auf den Knopf. Ohne Erfolg. Offensichtlich war er genau an diesem Abend unterwegs. Ich stieg die Treppe hinunter zur unter mir liegenden Etage. Rechts wohnte ein junges Paar, Anna und Thomas, links eine alleinerziehende Mutter, Elke, und ihr kleiner Max.

Zunächst versuchte ich es bei Elke. Läutete mehrfach und ausdauernd. Aber auch sie war nicht zu Hause. Das machte mich sehr stutzig, da sie sich am frühen Abend immer um Max kümmerte und so gut wie nie um diese Zeit ausging. Also versuchte ich es bei Anna und Thomas. Ebenfalls vergebens.

Daraufhin ging ich noch ein Stockwerk tiefer. Und als sich auch dort in beiden Wohnungen nichts rührte, geriet ich in Panik. Denn zu beiden Seiten wohnten alte Frauen, die am Abend immer zu Hause waren. Ich raste durch den Rest des Treppenhauses, klopfte und klingelte überall, rief laut, und es hallte durch alle Stockwerke: »Ist denn überhaupt niemand im Haus? Hallo! Das gibt's doch gar nicht! Hört mich denn keiner? Hallo!« Aber nichts tat sich. Ich war offenbar ganz alleine in diesem von zehn Parteien bewohnten Mietshaus. Das Licht im Flur erlosch. Vorsichtig tastete ich mich an der Wand entlang, fand den Schalter, drückte – und es wurde wieder hell. Gott sei Dank war der Strom nicht ausgefallen. So stand ich starr in der zweiten Etage, hielt mich am Treppengeländer fest, hörte nichts, wagte dann einige Blicke nach oben und unten – und mir wurde unheimlich zumute, wie ich es überhaupt nicht kannte. Was war nur los?

Ich musste raus auf die Straße! Ja! In die Kneipe im Nebenhaus – oder zum Imbiss schräg gegenüber! Vielleicht wusste man dort mehr. Vielleicht hatten alle Hausbewohner genau dieselbe Idee schon vor Stunden gehabt – und deshalb war niemand mehr in seiner Wohnung. Diese Überlegung erleichterte mich etwas, beflügelte mich sogar. Mit großen Sätzen stürzte ich nach unten, öffnete die Haustür – und eiskalte Luft und Schneeflocken schlugen mir ins Gesicht. Wieder gewahrte ich diese eigenartige Stille. Ich spähte in alle Richtungen, aber von Menschen keine Spur. Allerdings brannte in der Kneipe nebenan Licht, ebenso beim Imbiss gegenüber. Was mich spürbar beruhigte. Ich trat in den Schnee, versank mit meinen Sommerschuhen tief darin – und watete nach rechts zur Eingangstür der Kneipe. Ich war regelrecht begierig darauf, nun endlich mit anderen Menschen über die Wetterkatastrophe und deren Auswirkungen sprechen zu können.

Aus dem Inneren der Kneipe hörte ich nichts. Was mich wunderte, da sonst immer, auch bei geschlossener Tür, Musik und Stimmen nach draußen auf die Straße drangen. Aber ich dachte nicht lange darüber nach. Ich fror fürchterlich, weil ich ja nur mit einem T-Shirt und einer leichten Sommerhose bekleidet war, und wollte so schnell wie möglich in die hoffentlich etwas wärmere Wirtsstube. Ich griff zur Klinke und öffnete die Tür. Und ein Fallbeil durchschnitt meinen Magen. Denn kein einziger Mensch befand sich in der Kneipe. Ich rief in den Raum, suchte hinter der Theke, in der Küche, im Lagerraum: nichts. Jedoch standen vereinzelt angetrunkene Biergläser herum, ebenso einige Teller mit kaum verzehrten Speisen. Daneben lagen Brillen, volle oder halb volle Zigarettenschachteln, und sogar ein Schlüsselbund fiel mir ins Auge. Hatten die Gäste den Raum fluchtartig verlassen? Fast schien es so. Aber warum?

Mein Herz pochte heftig, und schnell kehrte ich der Kneipe wieder den Rücken. Ich ging hinaus in die Kälte, machte ein paar Sprünge durch den Schnee und stand vor dem Imbiss. Eine engmaschige Gardine verhinderte den Blick ins Innere des Ladens. Ich riss die Tür auf, blieb im Türrahmen stehen, vergaß kurzfristig zu atmen, glotzte in jede Ecke des Raumes: Und auch hier war kein Mensch! Niemand! Das Frittierfett brutzelte vor sich hin, einige Bratwürste qualmten dunkelbraun verbrannt auf der Grillplatte, ein großer Plastikteller mit Pommes frites, Majonäse und Salat schien jemandem aus der Hand gefallen zu sein, alles lag auf dem Boden unmittelbar vor dem Tresen verstreut. Mir wurde kalt, weil ich noch immer in der geöffneten Tür stand. Ich rief, so laut ich konnte, »Hallo«, wartete einen Augenblick – und rannte dann, von Angst gejagt, quer durch den Raum zu einem Treppenabgang, über dem »Privat« stand. Aber auch unten war niemand, obwohl es so aussah, als sei noch kurz zuvor mindestens ein Mensch dort gewesen. Denn eine Damenhandtasche lag halb geöffnet auf einem Tisch, daneben ein eingeschaltetes Mobiltelefon, auch ohne Empfang, ein kleiner Spiegel, Lippenstift, Make-up – und in einem Aschenbecher eine Zigarette, die sich in ihrer vollen Länge zu Asche verwandelt hatte.

Niemand aber war mehr dort. Ich raste wieder nach oben und lief auf die Straße. Lief schnell durch den unberührten Schnee einige hundert Meter nach links, einige hundert Meter nach rechts, wusste nicht, was ich tun sollte. Ich hatte eine Gänsehaut vor Kälte – und schwitzte dennoch aus Angst. Ich sah mich um. Nirgendwo konnte ich auch nur einen einzigen Fußabdruck erspähen. Bis zur nächsten Kreuzung war ich gelaufen: und auch dort, so weit ich gucken konnte – nichts. Keine Spur von einem Auto, einem Menschen – oder einem Tier. In vielen Wohnungen allerdings brannte Licht. Also machte ich immer wieder Sprünge hin zu den Hauseingängen und drückte alle Klingeln auf einmal. Wartete. Drückte noch einmal und wesentlich länger. Wartete danach nur kurz und hetzte zum nächsten Eingang. Denn nichts rührte sich. Nicht das Geringste. Überall: nur Stille.

Und dann fing ich an, zu schreien – fing an, die erleuchteten Fenster über mir anzubrüllen: »Verdammt, was soll die Scheiße? Ihr Idioten! Es reicht jetzt! Zum Teufel, wo seid ihr? Warum meldet sich denn keiner? Was geht hier vor?« Ich schrie mir die Lunge aus dem Leib, hatte dabei Tränen in den Augen, aber die großen Schneeflocken, die nach wie vor sacht zu Boden schwebten, ignorierten meine Not und verbreiteten eine friedliche und tiefe Ruhe, als wären sie Boten des Glücks.

Panisch rannte ich zurück zu meinem Haus. Ich wollte in die Geborgenheit meiner Wohnung und dort alles bedenken. Im Grunde suchte ich den Schutz meiner vier Wände, um der Unheimlichkeit, die immer tiefer in mein Herz eindrang, zu entfliehen. Ich hastete die Stufen hinauf, und im vierten Stock angekommen schlug ich meine Wohnungstür hinter mir zu, schloss sie zweifach ab, lehnte mich mit dem Rücken dagegen – und sank zitternd auf den Flurteppich. Im Kopf nur Angst, nur Verwirrung – und Marie. Seit ihrem Tod hatte ich immer eine ganz besondere Sehnsucht nach ihr verspürt, wenn etwas Ungewöhnliches, ob schön oder weniger schön, geschehen war. Die Vorkommnisse der letzten Stunden nun sprengten alle meine Erfahrungen – und ich wünschte mir jetzt nichts sehnlicher als ihre Nähe, ihre Meinung, ihren Beistand. Ich hockte mit angewinkelten Beinen auf dem Boden, das Gesicht in meine geöffneten Hände gestützt, und sagte leise »Julchen, Julchen« vor mich hin. Julchen war mein Kosename für sie gewesen. Ich weiß gar nicht mehr, wie er damals entstanden ist. Julchen hat mit Marie ja nicht viel gemein. Aber irgendwann, einfach so und wohl spontan, hatte ich sie Julchen genannt. Was sie sofort sehr mochte, und ich wiederum freute mich darüber, dass ihr dieser Name so gut gefiel. Also ließ ich keine Gelegenheit aus, Julchen zu ihr zu sagen. Was eigentlich immer auch einer kleinen Liebeserklärung gleichkam. Aber Julchen war nicht da, war überhaupt nicht mehr auf dieser Welt.

Um gegen die Trauer und die Verzweiflung anzukämpfen, hatte ich mir in den letzten Jahren stets streng untersagt, diesen Kosenamen zu denken, geschweige denn, ihn auszusprechen. Zu groß waren die Schmerzen, wenn ich es dann doch hin und wieder tat. Und diese Schmerzen spürte ich nun heftiger denn je. So verbannte ich Julchen schnell wieder weit weg in die goldenen Paläste der Erinnerung – und stand auf.

Ich ging zum Fenster. Die Außentemperatur war nunmehr auf minus sechs Grad gesunken, und wohin ich auch blickte: dick beschneite Dächer, dick beschneite, blättertragende Bäume. Wo waren die Menschen meiner Straße geblieben? Hatten sie wirklich die Flucht ergriffen? Wenn ja, warum? Und warum hatte ich den Grund der Flucht nicht bemerkt? Ich versuchte erneut, einen Radio- oder Fernsehsender zu finden, versuchte erneut zu telefonieren. Aber wie schon eine knappe Stunde zuvor: nichts. Ich schaltete meinen Computer ein. Und natürlich, das war zu erwarten, es kam auch keine Internetverbindung zustande. Wie so oft in meinem Leben wurde ich, obwohl einer äußerst heiklen Situation ausgesetzt, ganz ruhig. Ich kannte diesen Mechanismus meines Gehirns aus besonderen Stress- oder Prüfungssituationen. Zunächst meinte ich dann immer durchzudrehen, die Anspannung, die Aufregung, nicht aushalten zu können – aber plötzlich, als wäre ich in das Auge eines Zyklons geraten, empfand ich eine beinahe gespenstische Ruhe und überlegte konzentriert, was zu tun, was zu lassen sei. So war es auch diesmal. Ich starrte eine Weile vor mich hin und ging dann in mein Schlafzimmer. Im Kleiderschrank suchte ich nach allen Wintersachen, die ich besaß, und kramte sie aus den hinteren Ecken und Nischen heraus. Da ich mit Marie mehrere Schneereisen gemacht hatte – zweimal Kanada, dreimal Alpen –, war ich gut ausgerüstet mit effektiver Winterkleidung. Ich zog mich um. Lange Unterhose, Rollkragenpullover, Goretex-Schneeanzug, polartaugliche Schuhe und so weiter. Warm verpackt, verließ ich nach einer Viertelstunde erneut meine Wohnung. Ich war fest entschlossen, in der Stadt herumzustreifen, so lange zu suchen, bis ich endlich auf jemanden stoßen würde. Irgendwo mussten doch Menschen sein – oder zumindest ein Hinweis, der mich zu ihnen führen könnte.

Die Fußspuren, die ich bei meinem ersten Ausflug auf der Straße hinterlassen hatte, waren fast schon wieder zugeschneit. Ich ging nach rechts, in Richtung Innenstadt, und mir fiel auf, dass zunehmend mehr Autos mitten auf den Straßen standen. Alle aber waren leer und unverschlossen – und in jedem Zündschloss steckte der Schlüssel, allerdings zurückgedreht, die Motoren liefen nicht. Ich beschleunigte meinen Gang. Sah wieder überall hellerleuchtete Fenster. Klingelte ab und zu an den Türen, niemand reagierte, ich schaute in Erdgeschosswohnungen, sah keine Bewohner, und dann kam ich zu einem großen Supermarkt, in dem ich schon seit Jahren einkaufte. Die elektrische Schiebetür öffnete sich, ich ging hinein. Ein Schauder überkam mich. Die riesige Ladenfläche, so weit ich sie überblicken konnte, war menschenleer! Kein einziger Kunde, kein Personal, nichts. Nur leere, halb volle und komplett gefüllte Einkaufswagen standen in den Gängen oder in Schlangen vor den Kassen. Ich lief kreuz und quer durch die Regalreihen – und dann wieder raus auf die Straße.

Gegenüber befand sich eine Sparkasse. Obwohl es mittlerweile schon 20.00 Uhr war, hatte man die Tür noch nicht abgeschlossen, und so betrat ich den großen Schalterraum. Überall brannte Licht – aber: kein Mensch, nirgendwo. Und auch dort sah es so aus, als hätten alle ehemals Anwesenden den Raum innerhalb von Sekunden verlassen – oder verlassen müssen. Denn nichts war geordnet, eingeräumt oder verschlossen. Ich ging umher und hätte mir ganz einfach Geld in jeder Menge nehmen können, stattdessen suchte ich schnell das Weite, weil mir auch dieser Ort, genau wie zuvor der Supermarkt, äußerst unheimlich erschien. Und so ging es weiter. Ich rannte von Geschäft zu Geschäft, von Restaurant zu Restaurant, inspizierte Kaufhäuser, Sonnenstudios, Fahrradwerkstätten, Schneidereien, Tankstellen, Blumengeschäfte, Copyshops, Buchhandlungen, Apotheken. Nirgendwo jedoch war ein Mensch. In einigen Geschäften lief Musik, was meine Hoffnung zunächst nährte, jemanden anzutreffen. Aber es waren nur CDs, die sich endlos wiederholten. Von den Menschenhänden, die sie irgendwann eingelegt hatten, fehlte jede Spur. Stunde um Stunde ging und rannte ich durch die stille Stadt. Es schneite unaufhörlich große schöne Flocken, und ein riesiges, an einer Hauswand prangendes Thermometer stand auf minus zehn Grad.

Gegen Mitternacht betrat ich die Universitätsklinik. Hatte ich bisher keine Menschen gefunden, hier müsste ich erfolgreich sein, redete ich mir ein. Aber schon im großräumigen Empfangsbereich, wo eigentlich zu jeder Tages- und Nachtzeit Betriebsamkeit herrschte, war niemand anzutreffen. Ich begann, das Gebäude zu inspizieren. In keinem Zimmer lag ein Kranker, die Krankenlager jedoch waren in einem merkwürdigen Zustand. Im ersten Moment wirkten sie wie belegt. Beutel mit Infusionslösungen baumelten über vielen Betten, die Decken waren nicht aufgeschlagen und an einigen Rahmen hingen gefüllte Urinbeutel oder auch kleine Flaschen mit Wundflüssigkeit. Ging ich dann allerdings näher heran und schob die Decken zur Seite, sah ich, dass die Zu- und Ableitungen im Nichts, sprich auf dem Bettbezug, endeten.

Ein ähnliches Bild bot sich mir auf der Intensivstation. Sauerstoffmasken, zahlreiche Schläuche, Kabel und Röhren lagen so angeordnet auf der Bettfläche, als hätte sich der dazugehörige Mensch schlichtweg in Luft aufgelöst. Und die Herz-Kreislauf-Überwachungsgeräte schrillten in eintönigen hohen Frequenzen den Todesalarm. Das hielt ich nicht lange aus. Was war geschehen? Die schwer kranken Menschen, die noch vor Kurzem dort gelegen hatten, konnten unmöglich *geflohen* sein.

Ich rannte auf eine andere Station, irrte ziellos umher. Überall das gleiche Bild. Dann stand ich plötzlich vor der Eingangsschleuse zu einem OP-Bereich. Ohne lange zu überlegen, betrat ich einen neonbeleuchteten Operationssaal. Die großen Scheinwerfer über dem OP-Tisch waren eingeschaltet, und Todesalarm, wie zuvor auf der Intensivstation, hallte durch den sterilen Raum. Auf dem Tisch lagen grüne, blutverschmierte Tücher. Etwa in der Mitte klaffte ein Loch – und zu sehen war der blanke Stahl der Liegefläche. Kabel und Schläuche führten vom Tisch zu diversen Geräten, und verschmutztes OP-Besteck schien wahllos abgelegt worden zu sein. Hier hatte man operiert. Das war eindeutig. Einen narkotisierten Menschen. Mochten die Operateure und Krankenschwestern eventuell in Panik geflohen sein, der Betäubte wäre dazu nicht imstande gewesen.

Nur: *Er lag nicht mehr auf dem OP-Tisch!*

Eine unfassbare Katastrophe musste geschehen sein. Waren die Menschen tot? Aber wenn sie tot waren, wo befanden sich ihre Leichen? Und warum war *ich* nicht tot? Warum konnte ich, gerade ich, ganz normal überall umhergehen? Ich verspürte auch keinerlei Schmerzen oder sonstige Einschränkungen, als Zeichen eines verspäteten und nun unmittelbar bevorstehenden Zusammenbruchs. Körperlich fühlte ich mich wohl und topfit.

Ich beschloss, die Klinik so schnell wie möglich wieder zu verlassen. Irgendwo in der Stadt gab es mit Sicherheit einen Anhaltspunkt für die mysteriösen Ereignisse des vergangenen halben Tages. Ich rannte durch ein Nebentreppenhaus nach unten ins Erdgeschoss. Und verlief mich. Wo war der Flur, der zum Ausgang führte? Ich suchte und suchte. Und stand auf einmal in einem kleinen Raum, dessen Tür nur angelehnt gewesen war. Ich sah weiße Kacheln, grell leuchtende Lampen an der Decke – und einen großen gelblichen Paravent. Ich machte einige Schritte darauf zu, schob das Gestell zur Seite – und mir stockte der Atem. Angst und Glück im Widerstreit lähmten mich. Denn vor mir lag auf einem Behandlungstisch aus hellem Kunststoff: *ein Mensch*. Er war komplett bekleidet, sah verwahrlost aus, so wie ein Obdachloser, hatte die Augen geschlossen und verbreitete einen üblen Gestank, der an alten Schweiß und sehr schmutzige Wäsche erinnerte.

Der erste Mensch, seit Stunden! Also waren doch nicht alle geflohen. Vielleicht war der Verwahrloste, der schon recht alt schien, so besoffen gewesen, dass er nicht fliehen konnte. Vielleicht hatte man ihn zum Ausnüchtern dort hingelegt. Dachte ich im ersten Moment. Wobei der Gedanke keine Logik hatte, in Anbetracht meiner Eindrücke kurz zuvor im Operationssaal. Aber die Freude, endlich einen Menschen gefunden zu haben, ließ mir die Überlegung für einige Sekunden plausibel erscheinen.

»Können Sie mich hören?«, fragte ich mit verhaltener Stimme, wartete ein wenig, ging dann noch näher heran und wollte laut sagen: »Hallo, wachen Sie auf!« Dazu aber kam es nicht mehr, denn im gleichen Moment hatte ich seine Hand gepackt, mit der Absicht, sie kräftig zu schütteln, und dabei entfuhr mir ein so gellender Schrei, dass ich selbst erschrak. Ich sprang zurück, blickte mich hektisch um, machte wieder einen Satz hin zu dem Mann, fasste ihn erneut an, zuerst seine Hand, dann sein Gesicht – und musste erkennen: Er war tot!

Also hatten nicht alle Menschen die Flucht ergriffen. Offensichtlich aber die meisten – und die Zurückgebliebenen waren dann, warum auch immer, umgekommen. Wie jedoch war es zu erklären, dass auf dem OP-Tisch niemand mehr lag? Und die Schwerkranken auf der Intensivstation? Hatte man sie in großer Eile fortgeschafft? Kaum vorstellbar. Eigentlich hätten auch sie, ebenso wie der Verwahrloste, sollte es eine Katastrophe gegeben haben, nun tot in ihren Betten liegen müssen. Und jene, die geflohen waren, lebten vielleicht einige von ihnen noch? Irgendwo? Warum hatte ich bisher nur einen einzigen Menschen gefunden? Ich war komplett verwirrt.

Von einer düsteren Ahnung getrieben, ging ich zurück zum Treppenhaus und stieg nach unten, verließ die Klinik also noch nicht. In den Kellergeschossen irrte ich umher, aber nicht ziellos. Ich wollte eine ganz bestimmte

Räumlichkeit finden, die ich einmal in einem Fernsehbeitrag über das Klinikum gesehen hatte – und zwar den Totensaal. Dort wurden die verstorbenen Patienten in Kühlboxen bis zu ihrem Abtransport in die Bestattungsinstitute zwischengelagert. Bald hatte ich den Raum gefunden. Mir war äußerst mulmig zumute, und in meinem Kopf lief eine Assoziationskette hin zu einem Kinofilm, der mich vor Jahren einmal das Gruseln gelehrt hatte. Er hieß *Nightwatch* und erzählte die Geschichte eines Studenten, der als Nachtwächter in einem pathologischen Institut jobbte.

Ich stand in der Mitte des Raumes. Vor mir etwa zwanzig Boxen, eingelassen in die Wand, verschlossen mit glänzenden, quadratischen Stahlklappen, die mich an altmodische Kühlschranktüren erinnerten. Dort hinein wurde man also geschoben, wenn alles gelaufen war. Endstation Eisfach. Ich zitterte. Für langes Zögern fehlte mir eindeutig der Mut. Ich musste jetzt sehr schnell das tun, was ich mir vorgenommen hatte. Und so schritt ich beherzt zu den Boxen, hielt noch einmal kurz inne – und öffnete dann wahllos eine der Klappen. Nackte, weiße Füße ragten mir entgegen. Ich zog hektisch das Gestell mit der Bahre heraus – und erblickte eine tote alte Frau. Wie von Sinnen schob ich sie sofort wieder zurück, öffnete die nächste Box, sah erneut nackte Füße, sah diesmal einen toten jungen Mann, zog auch ihn heraus, so weit es ging, ließ dann jedoch schnell von ihm ab, ohne die Bahre wieder hineinzuschieben, öffnete Kühlschranktür um Kühlschranktür – und fand schließlich insgesamt vierzehn Leichen.

Also hatte die Katastrophe den *Toten* nichts anhaben

können. Also war der Verwahrloste bereits *vor* den unbegreiflichen Geschehnissen gestorben. Mit allen Lebendigen aber, ob gesund, krank, verletzt oder narkotisiert, hatte das Mysterium irgendetwas getan.

Nur was? Mit allen Lebendigen ...

Mit *allem Lebendigem?*

Mir blitzte die Kneipe neben meinem Wohnhaus durch den Kopf, die ich einige Stunden zuvor durchsucht hatte. Dort stand seit Jahren auf der Theke ein riesiger Käfig mit vielen zwitschernden, piepsenden und herumflatternden bunten kleinen Vögeln. Sie waren immer in Bewegung, sie waren nie still. Aber es *war* in der Kneipe vollkommen still gewesen, während meiner Inspektion dort am frühen Abend. Ich konnte mich an kein Geräusch erinnern. Hatten die kleinen Vögel stumm auf ihren Stangen gesessen? Waren sie überhaupt im Käfig gewesen? Da ich dem Vogelhaus keine besondere Aufmerksamkeit geschenkt hatte, konnte ich mir die Fragen nicht beantworten.

Diesmal gelang mir die Flucht aus der Klinik ohne Probleme. Es hatte angefangen, kräftiger zu schneien, und die eisige Luft schockte meine Lunge. Ich zog die Kapuze meines Schneeanzuges über den Kopf, orientierte mich kurz und ging dann zügig zurück in die Innenstadt. Und auch jetzt konnte ich keine einzige Spur im Schnee entdecken. Unberührt und wintermärchenschön lag die Stadt in der Dunkelheit. Inzwischen war es 1.30 Uhr.

Wieder kam ich vorbei an vielen, mitten auf der Straße parkenden Autos, an beleuchteten Häusern und Geschäften, an menschenleeren Restaurants und Imbissbuden. Ich betrat jedoch kein einziges Gebäude. Ich wollte zur Zoohandlung Keller. Das war mein Ziel. Nach ungefähr zwanzig Minuten Schneemarsch stand ich vor dem Laden. Im Schaufenster brannte Licht, und sofort fiel mir auf, dass der große Meerschweinchenkäfig in der Mitte der Auslage leer war. Kein einziges Tierchen schnupperte oder wuselte darin umher. Noch nie hatte ich diesen Käfig leer gesehen. Er gehörte seit Jahren zur Attraktion des Schaufensters. Immer blieben Menschen davor stehen – und besonders auf Kinder übte das Meerschweinchenhaus mit seinen zahlreichen kleinen Bewohnern eine große Anziehungskraft aus. Ich betrat den Laden. Und schon im ersten Moment fühlte ich mich in meinen Ahnungen bestätigt – weil Stille in dem Verkaufsraum herrschte. Normalerweise schlug dem eintretenden Kunden, neben schlechter Luft, ein lautstarkes Gewirr aus Piepsen, Gurren, Trillern, Jaulen, Quieken und weiteren undefinierbaren Geräuschen entgegen. Die Luft war zwar jetzt auch schlecht – aber ich hörte fast nichts. Nur ein zurückgenommenes Glucksen. Meine Blicke rasten durch den Raum. In alle Richtungen. Zu den Käfigen, Behältnissen, Terrarien, Aquarien – und ich sah *kein einziges Tier*. Nicht einmal einen Zierfisch in dem kleinen gläsernen Becken direkt neben der Eingangstür konnte ich entdecken.

Aus der Zoohandlung Keller war alles Leben verschwunden.

Was hatte sich zugetragen?

Wie gelähmt stand ich mitten in dem Tierladen, spürte zum ersten Mal seit den merkwürdigen Ereignissen des Vortages eine atemberaubende Einsamkeit, und ein nie gekanntes Grauen griff tief in meine Seele. Wo waren die Tiere? Alle waren eingesperrt gewesen. Wilde Spekulationen schossen mir durch den Kopf und bewogen mich schließlich zu einem Plan, den ich sofort umsetzen wollte. Also raus aus der Zoohandlung. Wieder hinein in die Kälte. Die dicken Schneeflocken des Vorabends hatten sich inzwischen in herniederrasende kleine weiße Körner verwandelt, die auf meine Kapuze prasselten. Eine fast einstündige Wegstrecke lag vor mir. Ich wollte zum nördlichen Stadtrand, zur dort angesiedelten Justizvollzugsanstalt.

Als ich endlich vor dem riesigen Gebäude stand, war ich sehr erschöpft und spürte zum ersten Mal in dieser Nacht Hunger und Durst. Kein Wunder, hatte ich doch fast zwölf Stunden nichts mehr zu mir genommen. Um mein leibliches Wohl aber ging es mir in diesem Moment nun wirklich nicht. Ich wollte unbedingt in das Gefängnis hinein. Das war mein Anliegen. Irgendwie musste ich es schaffen.

Während meiner Wanderung zu dem Gebäude hatte ich wieder nichts Hoffnungsvolles entdeckt. Keine Spuren, keine Hinweise. Überall dasselbe Bild: Häuser mit erleuchteten Fenstern, verlassene Autos, einige mit offen stehenden Türen, eingeschneite Tische und Stühle vor Cafés und Restaurants, vereinzelt lagen auf den Bürgersteigen und Straßen Fahrräder, Taschen oder gefüllte Einkaufsbeutel herum, mittlerweile auch dick weißummantelt. Zu diesem Zeitpunkt hatte ich mich schon irgendwie damit abgefunden, oder sagen wir zumindest arrangiert, dass ich auf keine Menschen treffen würde. Ich hoffte noch immer, sie seien alle geflohen. Obwohl sich schon eine ganz andere Vermutung in mir breitmachte.

Und genau diese Ahnung wurde bestätigt, als ich es

nach vielen Bemühungen endlich geschafft hatte, ins Innere der Justizvollzugsanstalt zu gelangen. Fast alle Zellen waren verschlossen – aber in keiner einzigen befand sich ein Gefangener. Nichts, aber auch gar nichts deutete darauf hin, dass alle Menschen, die sich vormals in dem Gemäuer aufgehalten hatten, also Personal und Insassen, gemeinschaftlich *geflohen* waren. Die Zellentüren hätten sonst geöffnet sein müssen, ebenso die Außenpforten des Gefängnisses. Aber auch die waren verschlossen, so dass niemand das Gebäude hätte verlassen können.

Etwas Unfassbares musste passiert sein.

Etwas nie Gekanntes. Ein Unglück unbeschreiblichen Ausmaßes, das alles Lebendige (die Pflanzen offensichtlich ausgenommen) plötzlich oder innerhalb von wenigen Minuten hatte *verschwinden* lassen. Die Menschen, die Tiere waren nicht *geflohen* – sie waren einfach weg. Vielleicht zerfallen zu nichts? Zeichnete ein gigantischer Umweltgau dafür verantwortlich?

Oder hatte es einen kriegerischen Angriff gegeben? Mit absolut geheimen und derart todbringenden Waffen? Wenn ja, wer steckte dahinter? Oder war ein riesiges, streng geheimes wissenschaftliches Experiment aus dem Ruder gelaufen? Hatte gar eine kosmische Katastrophe die Erde heimgesucht? War überhaupt die ganze Erde betroffen? Oder nur europäische Regionen? Ich verlor mich in meinen Mutmaßungen ...

Und bis heute, neunundzwanzig Tage nach dem plötzlichen Wintereinbruch, habe ich keine Antworten. Ich weiß nicht, was vor knapp einem Monat geschehen ist. Es gibt keinerlei Anhaltspunkte. Und vor allem weiß ich nicht, warum *ich* noch lebe, warum gerade *ich* verschont wurde. Ich hatte doch an jenem Nachmittag gar nichts Außergewöhnliches getan, was mich auf wundersame Weise hätte schützen können. Ich war nur an meinem Fenster gesessen – und hatte mir die sonderbaren Wetterereignisse angeschaut. Vielleicht aber war es anderen ähnlich ergangen. Vielleicht existierten ja doch noch Menschen. Vielleicht sogar in der Umgebung meiner Stadt, in meinem Land oder zumindest am anderen Ende der Welt.

Oder bin ich der letzte Mensch?

Seit den rätselhaften Vorkommnissen vor nunmehr knapp einem Monat lebe ich in absoluter Einsamkeit – und versuche meine Existenz zu retten. Was mir aber immer schwerer fällt.

Ich zwinge mich, über all das, was geschehen ist, nicht nachzudenken. Weil ich es nicht aushalte. Mache ich es doch, wird die Verzweiflung so stark, dass ich Angst habe, den Verstand darüber zu verlieren. Schon zwei Mal war ich kurz davor, meinem Leben ein Ende zu setzen. Aber dann bäumte sich die Hoffnung wieder auf – und ich habe mich in Aktivitäten gestürzt, um zu vergessen, um mein Überleben zu sichern, um für noch Schlimmeres gewappnet zu sein.

2. EINTRAG

Das Schreiben hier (ich tippe auf meiner alten Reiseschreibmaschine) tut mir gut. Es gibt mir das Gefühl, ein Gegenüber zu haben, einen Menschen, dem ich erzählen kann. Ich bin nicht so alleine, wenn ich schreibe. Den Gedanken, dass vielleicht nie jemand meine Aufzeichnungen finden und lesen wird, dulde ich nicht.

Ich schreibe gegen den Tod. Nur darum geht es.

Heute ist der dreißigste Tag. Wobei Tag wohl der falsche Begriff ist. Denn mit dem Schnee kam ja auch die Nacht. Seit vier Wochen herrscht absolute Dunkelheit. Die Sonne scheint also ebenfalls verschwunden zu sein. Und die Stadt versinkt im weißen Meer. Immer wieder schneit es. Mal sind die Flocken dicht und stürzen zu Boden, mal taumeln sie in großen Abständen voneinander durch die Luft, werden von leichtem Wind hin und her gewirbelt, um dann gleichfalls zur Erde zu schweben. Gibt es keinen Niederschlag, ist der Himmel grauschwarz, kein Stern ist zu sehen, nur dichte Wolkenmasse. Die Temperatur hat sich bei ungefähr minus elf Grad eingependelt, und die Schneehöhe in den Straßen beträgt inzwischen etwa anderthalb Meter, vielleicht auch mehr.

Die ersten Tage beziehungsweise Nächte nach dem Unglück irrte ich wie ein Wahnsinniger umher, immer auf der Suche nach Spuren, nach Hinweisen, nach Menschen; in der Stadt und außerhalb, zu Fuß und einige

Male mit einem Geländewagen. Den hatte ich irgendwo mitten auf einer Hauptstraße parkend entdeckt. Er war, wie alle Autos, die auf den Fahrbahnen herumstanden, unverschlossen gewesen, und der Schlüssel steckte im Zündschloss.

Übrigens hat es mich immer wieder gewundert, nie ein Auto mit laufendem Motor vorgefunden zu haben. Stets waren die Zündschlüssel in der Aus-Position. Die Menschen konnten also nicht von einer Sekunde auf die andere verschwunden sein. Sonst wäre es ja auch zu schweren Unfällen gekommen. Kein Auto aber war, zumindest nach meinen Beobachtungen, in ein anderes gefahren. Folglich hatten die Fahrer ihre Fahrzeuge abgebremst und die Motoren sogar abgestellt. Das Unglück musste also während einer gewissen Zeitspanne passiert sein, vielleicht einer sehr kurzen, in der die Menschen anfangs noch zu agieren imstande gewesen waren.

Die Erkundungsfahrten ins Umland meiner Stadt erfüllten mich mit Grausen. Noch unheimlicher erschien mir alles, noch viel verlorener kam ich mir in der fremden Umgebung vor. Und auch dort überall dasselbe Bild: Licht in Wohnungen und Geschäften, verlassene Kneipen, riesige Einkaufszentren ohne eine Seele und Autos überall auf den Straßen, die ich mühsam und kunstvoll umfahren musste. Ab und zu hielt ich an, stieg aus und suchte und suchte – angestachelt von der großen Sehnsucht nach Leben, nach Menschen. Vielleicht gab es ja doch irgendwo jemanden, dem es wie mir ergangen war. Alles aber blieb tot und gespenstisch.

Einmal stoppte ich auf einer Landstraße, die durch einen Wald führte. Ich schaltete den Motor aus und entfernte mich von meinem Wagen. Mich trieb die wahnwitzige Überlegung an, vielleicht dort in der Natur irgendeinen Anhaltspunkt für das Geschehene zu finden. Es hatte aufgehört zu schneien. Es war, wie in der Stadt, absolut still. Zwischen den Tannen, so weit ich blicken konnte, stand starr ein abgrundtiefes Schwarz, das nur vom Schnee des Bodens durchbrochen wurde. Ich ging mit vorsichtigen Schritten, ging Meter um Meter tiefer hinein in das Nichts des kalten Waldes, all meine Gedanken verloren sich dabei. Ich hatte Scheu zu atmen. Und dann, urplötzlich, überfiel mich von hinten eine so fremde Angst, dass ich aus tiefster Seele hätte schreien mögen. Aber ich konnte nicht. Keinen, auch nicht den geringsten Laut brachte ich hervor. Ich war für Sekunden der Überzeugung, dass es nie Leben auf Erden gegeben hatte – und niemals welches geben würde. Diese Vorstellung und das damit verbundene Gefühl ließ ein solches Entsetzen in mir ausbrechen, dass ich mich herumwarf und wie ein Verrückter zu meinem Auto zurückrannte, um dann so schnell wie möglich wieder in die Stadt zu fahren, in meine Wohnung zu kommen.

Nach diesem Vorfall habe ich die Stadt nicht mehr verlassen. Was, aufgrund der zunehmenden Schneehöhe, sowieso bald unmöglich gewesen wäre.

Ich trieb mich also nur noch in der Stadt herum. Und bis heute sieht es aus, als wäre Leben in den Häusern, in den Straßen. Denn immer noch brennen Lampen in Wohnungen, Geschäften und Bürotürmen. Aber es werden auffallend weniger. Vermutlich, weil allmählich Teile des Stromnetzes zusammenbrechen. Ich wundere mich ohnehin, dass überhaupt noch Strom fließt, auch in meiner Wohnung. Wie ist das möglich ohne menschliche Kontrolle, ohne menschliches Dazutun? Meine Heizung funktioniert allerdings schon seit zwei Wochen nicht mehr. Und so war ich viele Tage (ich nenne der Einfachheit halber die Zeit, die ich im wachen Zustand verbringe, Tag) ausschließlich damit beschäftigt, Holz, Briketts und Eierkohlen in mein Haus zu schleppen. Ich habe mir alles zusammengesucht. Das Holz aus Baumärkten und von Tankstellen, wo es früher abgepackt verkauft wurde; Kohlen und Briketts aus diversen Kellern heruntergekommener Altbauten und vom Hof eines Ölhändlers, der offensichtlich in kleinem Umfang auch mit Kohlen gehandelt hatte. Ich besitze nämlich einen antiquierten, aber durchaus funktionstüchtigen Kohleofen, der lange ungenutzt und schön in einer Ecke meines Wohnzimmers gestanden hat und mir jetzt seiner Bestimmung gemäß sehr gute Dienste leistet. Er heizt so kolossal, dass die Temperatur in meinem Wohnzimmer, trotz schlecht isolierter Außenwände, manchmal fast dreißig Grad beträgt. Mir gefällt das gut. Die Wärme vermittelt mir eine gewisse Geborgenheit. Auch jetzt in diesem Moment ist es hier sehr warm, und ich höre das Knistern des verbrennenden Holzes. Im Übrigen macht mir das Feuer Freude. Das Feuer ist wie ein kleines Leben. Ich beobachte es gerne bei geöffneter Ofentür. Wie es stürmisch und unberechenbar goldglühend nach der Luft züngelt.

Drei Wohnungen in meinem Haus habe ich aufgebrochen. Um sie als Lagerstätte für meine Vorräte zu nutzen. Die beiden unter mir, also die von Anna und Thomas und die von Elke – und ebenso die Wohnung meines direkten Nachbarn Alexander Kur. Die Anna-Thomas-Wohnung dient mir ausschließlich als Heizmateriallager. In jedem der drei Zimmer stapeln sich Holzscheite und Briketts, und es stehen Eimer herum, randvoll gefüllt mit Kohlen. In der Elke-Wohnung habe ich Zigaretten, Decken, Kerzen, Petroleum untergebracht, diverse Utensilien aus Outdoor-Läden, wie Kocher, Schlafsäcke, Winterbekleidung, Tiefschneeschuhe, Taschenlampen – und Bücher. Tausend Bücher und mehr lagern nun dort; Romane der Welt- und Unterhaltungsliteratur, Gesamtausgaben der ganz Großen (Schiller, Goethe, Shakespeare, Cervantes, Dante, Dostojewski, Hemingway, Tolstoi), Sach-, Geschichts- und Märchenbücher, wissenschaftliche Werke, Lyrik, Biografien, Kunstbände, Hörbücher. Ich habe sie aus der nächstgelegenen Buchhandlung hierhergeholt und so gestapelt, dass ich gut an jedes Buch herankomme. Das Lesen saugt mich ins Leben, obwohl es offenbar kein Leben mehr gibt. Und es raubt mir auf wunderbare Weise die Zeit, die ich sonst nicht in den Griff bekäme.

Das Zuhause meines ehemaligen Nachbarn Alexander Kur ist jetzt eine riesige Speisekammer. Was habe ich in der letzten Zeit nicht alles nach oben getragen: Konserven aller Art, Zucker, Mehl, Öl, Gewürze, Kaffee, Tee, H-Milch, Müsli, Trockenfrüchte, Gebäck, Würste, Schinken, Käse, Fisch, Tiefkühlkost in großen Mengen, die ich auf Alexanders Terrasse lagere, Schokolade, gut verpacktes und haltbares Brot, Getränke aller Art (auch Alkoholisches), getrocknete Erbsen, Bohnen und Linsen, Margarine, Schmalz, Zwiebeln, Kartoffeln, Möhren, Äpfel. Im Treppenhaus, auf dem Plateau zwischen unseren Wohnungen, stapeln sich Dinge des täglichen Bedarfs aus dem Drogerie-Markt, wie Zahncreme, Zahnbürsten, Seife, Hautfette, Waschpulver, Batterien. Und auch ein Vorrat an Medikamenten. Aus der nächstgelegenen Apotheke habe ich mitgenommen, was mir in die Hände fiel, vom Grippemittel bis zum Morphin.

Ich will für alles gewappnet sein.

Ich weiß nicht, wie lange ich überhaupt noch das Haus verlassen kann. Irgendwann wird der Schnee vielleicht so hoch liegen, dass kein Schritt mehr möglich ist. Ja, ich hätte auch woanders hingehen können, in eine sicherere Behausung, eine geschütztere, eine wärmere, zum Beispiel in einen Atomschutzbunker. Vor Jahren habe ich einmal den größten der Stadt fotografiert. Ich weiß, wo er sich befindet, wüsste auch, wie ich hineinkäme. Sogar Lebensmittelvorräte in Mengen gibt es dort, auch Wasser und Medikamente. Aber ich will nicht in den Bunker. Hier ist mein Zuhause. Sollte es keine Rettung, keine Veränderung geben, so will ich hier sterben, in meiner Wohnung, inmitten der Dinge, die ich mag und die mir vertraut sind.

Meine Vorräte habe ich anfangs mit einem Lastwagen, einem starken Baufahrzeug, hierher transportiert. Seit einer Woche aber geht das nicht mehr. Zu hoch ist der Schnee inzwischen. Und so bin ich zu Fuß mit einem großen Rucksack und Reisetaschen losgezogen, immer nahe an den Häuserwänden entlang, dort, wo etwas weniger Schnee liegt. Auf die Weise habe ich bis vorgestern herangeschafft, was ich finden konnte. Jetzt aber ist es genug. So lange, wie meine Vorräte reichen würden, möchte ich gar nicht leben.

Aber vielleicht werde ich sie gar nicht lange benötigen. Vielleicht wendet sich das Blatt bald, und es geschieht ein weiteres Mal etwas Unbegreifliches.

Vielleicht gibt es ja doch noch Menschen ...

3. EINTRAG

Die Gedanken an Marie werden immer stärker. Sie sind so intensiv wie noch nie seit ihrem Tod. Und immer, wenn ich zur Ruhe komme, auch wenn ich lese, flutet die Vergangenheit mein Herz. Ich kann mich dessen nicht erwehren. Ich will es auch nicht.

Die Jahre mit Marie waren die schönsten Jahre meines Lebens.

Seit drei Tagen habe ich meine Wohnung nicht mehr verlassen. Warum sollte ich auch? Es wird immer beschwerlicher. Es kostet immer mehr Kraft. Zudem gibt es nichts Neues zu entdecken. Glaube ich zumindest. Fast sämtliche Winkel der Stadt habe ich durchstöbert. Und ich bin ausgerüstet mit allem, was ich brauche. So halte ich mich hier in meiner Wohnung auf, gehe umher, schaue ab und an aus dem Fenster, lese, esse, schlafe, heize und bin froh, dass noch immer Strom fließt und das Wasser nicht eingefroren ist.

Die Uhr steht im Moment auf kurz vor drei. Eigentlich wäre es jetzt Nachmittag. Und dann würde unter normalen Umständen vermutlich die Sonne scheinen, bei hohen Sommertemperaturen. Aber es ist finster draußen, und so heftig wie heute hat es seit zwei Wochen nicht mehr geschneit. Nur als Schemen kann ich die Häuser auf der gegenüberliegenden Straßenseite wahrnehmen.

Marie.

Fünf Jahre lang haben wir unsere Leben miteinander verwoben. Sie war mein Engel. Das aber weiß ich erst, seitdem sie nicht mehr da ist.

Als wir unser erstes Weihnachtsfest miteinander verbrachten, waren wir gerade mal ein Vierteljahr zusammen. Es war damals fast so kalt und winterlich wie heute, es lag nur weniger Schnee, und schon am 19. Dezember fuhr ich zu ihr. Mit dem Zug. Sie wohnte bis zuletzt in einer Kleinstadt, etwa hundert Kilometer von hier entfernt.

Die Jahre davor hatte ich Weihnachten immer alleine verlebt, meist zu Hause vor dem Fernseher oder lesend, und das ohne Melancholie oder Traurigkeit. Das große Kitsch- und Christfest interessierte mich nicht mehr. Zwar verband ich besonders mit dem Heiligen Abend wehmütige Erinnerungen an ferne Tage, aber seit dem Tod meiner Eltern vor fünfzehn Jahren – beide waren kurz hintereinander gestorben – hatte sich die Kindheit vollends von mir verabschiedet, und ich konnte der Stille-Nacht-Heilige-Nacht-Romantik nichts mehr abgewinnen.

Nun aber war Marie in mein Leben getreten, und sie liebte das Fest der Feste, obwohl auch sie es nicht ganz ernst nahm, und so machte es mir Spaß, mich mit ihr darauf zu freuen und diverse Vorbereitungen zu treffen.

Wir hatten geplant, den Heiligen Abend zusammen mit ein paar Freunden in ihrer Wohnung zu feiern. Also kauften wir zunächst ein, in großen Mengen, alles, was für eine pompöse Weihnachtsshow vonnöten war: Bier, Sekt, Wein, Sherry und Cognac, Rehrücken, Lachs, Gemüse, Salate, Käse, exotische Früchte, verschiedene Brotsorten, Weihnachtskuchen, Gebäck, Pralinen, Eis. Dazu eine schöne große Tanne, eine CD mit gregorianischen Gesängen und neues Dekorationsmaterial, obwohl in Maries Keller schon drei Riesenkartons mit Kugeln, Schleifen, Lametta, Figuren, Kerzenhaltern, Lichterketten und so weiter herumstanden. Ehrlich gesagt, war mir das Einkaufen lästig, aber Marie ging ganz darin auf, und auch das dichteste Gedränge in der Fußgängerzone konnte ihre gute Laune nicht trüben. Eingeladen für den 24. Dezember waren Jan, Maries schwuler Busenfreund, mit dem ich mich schon bei der ersten Begegnung auf Anhieb gut verstanden hatte, Maries Bruder Marko mit seiner Freundin Nina – und Alicia, eine Halb-Mexikanerin. Sie arbeitete zusammen mit Marie in einer Buchhandlung. Vom Einkaufsstress abgesehen vergingen die Tage bis zum Heiligen Abend in glücklicher Stille. Wir machten lange Spaziergänge durch Winterwälder und über Schneefelder, erzählten uns dabei schöne und traurige Geschichten aus unserer Vergangenheit – oder schwiegen ganz einfach. Schon damals, obgleich wir uns noch gar nicht lange kannten, war es schön, mit Marie zu schweigen. Nicht das geringste Gefühl von Peinlichkeit oder Unsicherheit kam auf. Meine Erfahrungen hatten mich gelehrt: Wenn du mit einer Frau schweigen kannst – und wenn du sie schlafend noch süßer findest als ohnehin schon –, dann hat es dich erwischt.

Und es hatte mich erwischt, denn beides traf auf Marie zu. Bis zu ihrem Tod liebte ich es so sehr, sie im Schlaf zu beobachten. Oft saß ich bei Dämmerlicht lange neben ihr im Bett und schaute sie nur an. Wie sie dalag, zusammengerollt, einem Kind gleich, leicht pustend manchmal, so verletzlich, so unschuldig. Ich streichelte ihr dann immer über die Wangen. Und immer sagte sie am nächsten Tag, sie hätte es nicht bemerkt, aber ich bin sicher, sie hatte es bemerkt – und sich sehr darüber gefreut, denn nach meinen Liebkosungen meinte ich stets eine kleine Glückseligkeit in ihrem Gesicht zu sehen, die mich dann noch mehr anrührte.

Eigentlich hätte ich damals den Heiligen Abend am liebsten mit ihr alleine verbracht. Schneewandern, vor ihrem Kamin sitzen, ein kleines Essen zu zweit, Musik hören oder in ein Konzert gehen: Das wäre nach meinem Geschmack gewesen. Aber Marie war im Gegensatz zu mir ein Gruppenmensch. Sie mochte Gesellschaften und fühlte sich in der Rolle der Gastgeberin sehr wohl. Also hatte ich keinerlei Anstalten gemacht, ihr die Heilig-Abend-Party auszureden, sondern sie sogar noch dazu ermutigt, um nicht den geringsten Verdacht aufkommen zu lassen, mir sei das Ganze lästig oder gar zuwider. In unseren späteren Jahren war ich weniger rücksichtsvoll, der Eigenbrötler in mir ging strikt seinen Weg und kümmerte sich dabei viel zu wenig um Maries Gefühle.

Schon am Vormittag hatten wir eine Menge zu tun. Ich holte unsere schöne Tanne aus dem Keller und baute sie auf, was sich zunächst als schwierig erwies, weil sie nicht in den Christbaumständer passte. Nach längerem Sägen und Schnitzen aber klappte es doch, und sie stand wie eine Eins. Dann schmückte ich sie und brach dabei sämtliche Tabus der Dekorationskunst. Mir machte es richtig Spaß, mit all den Schleifen, Figuren, Kerzen, Kugeln, Lamettabüscheln, Holzäpfeln und Schokoladensternen zu hantieren – und längst verloren geglaubte Erinnerungen an meine frühe Kindheit erwachten, je augenscheinlicher sich die dunkelgrüne Tanne in einen glitzernden Weihnachtsbaum verwandelte. Das vollendete Werk konnte sich dann aber durchaus sehen lassen, und ich rückte es genau in die Mitte des Wohnzimmers.

Marie wirbelte unterdessen durch ihre kleine Küche und bereitete das »große Fressen« vor. Da ich nie ein begnadeter Koch gewesen war und mich das Zubereiten von Speisen nicht sonderlich interessierte, überließ ich ihr das Revier »Küche«. Dafür ging ich gegen Mittag noch einmal in die Stadt, um ein paar Flaschen Krim-Sekt zu kaufen. Marie meinte, Krim-Sekt eigne sich vortrefflich als Aperitif. Also bummelte ich in Richtung Supermarkt und konnte gar nicht glauben, dass etwa zwei Stunden vor Ladenschluss immer noch so viele Leute unterwegs waren.

Ich musterte die Gesichter der Vorbeieilenden und sah darin alles, nur keine weihnachtliche Vorfreude oder gar Gelassenheit. Was meine Verachtung für den von Jahr zu Jahr schlimmer werdenden Konsumwahn noch steigerte. Aber meine Geringschätzung schlug jäh in Unruhe, fast Panik um, als ich bemerkte, dass der Krim-Sekt im Supermarkt restlos ausverkauft war. Und so mischte auch ich mich unter die herumhetzenden Passanten, lief von Laden zu Laden, und erst in letzter Minute vor Torschluss ergatterte ich das ersehnte Gesöff.

Unsere Gäste erwarteten wir so gegen sechzehn Uhr. Als Letzte kam Alicia. Zwar hatte ich sie schon einmal gesehen, aber als sie an diesem Abend plötzlich in Maries Wohnzimmer auftrat, ich war gerade im Gespräch mit Jan, glaubte ich, eine völlig fremde Frau vor Augen zu haben. Sie trug ein extrem enges und kurzes schwarzes Kleid, lachte uns alle an wie ein Filmstar, war perfekt geschminkt, und ihre Beine schienen endlos.

Die Weihnachtsparty begann in ausgelassener Stimmung. Und wie bestellt fing es am frühen Abend wieder zu schneien an. Alles in allem also eine perfekte Inszenierung. Etwa um 22.00 Uhr hatten wir unser opulentes Mahl beendet, tranken Kaffee und Cognac und rauchten. Bis Marie aufstand, die CD mit den gregorianischen Gesängen einlegte, noch ein paar neue Kerzen anzündete und zur Bescherung rief. Sämtliche Geschenke lagen auf dem Boden vor unserem Weihnachtsbaum. Schon am Nachmittag hatten alle ihre Päckchen dort abgelegt. Es war ein beachtliches Häuflein entstanden, denn jeder sollte jeden beschenken, so wollte es Marie. Also hockten wir uns vor den Baum, mit großen Kinderaugen, und begannen zu suchen. Jedes Päckchen hatte nämlich einen Aufkleber mit Absender und Empfänger: von Jan für Marko, von Nina für Lorenz, von Lorenz für Nina, von Alicia für Marie – und so weiter.

Schon Wochen vor Weihnachten hatte ich dies und das besorgt, was recht mühselig war. Aber es ist wohl immer schwierig, relativ fremde Menschen zu beschenken. Ich kaufte CDs, Taschenbücher, ein Computerspiel, einen gusseisernen Kerzenständer, Parfüm, ein Poster, Kinokarten.

Mit tiefer Freude hatte ich mich daran gemacht, mir ein Geschenk für Marie auszudenken. Es sollte etwas ganz Besonderes sein, etwas Einzigartiges und sehr Persönliches. Ich überlegte und überlegte. Verwarf viele

Ideen wieder, brütete etwas Neues aus, was mir dann aber auch nicht gefiel. Und so ging es lange. Bis ich den zündenden Einfall hatte. Genau das war es! Sensationell! Ich hatte überhaupt keine Zweifel, dass ich genau ins Schwarze treffen würde. Und zwar mit einem Ring! Aber nicht mit irgendeinem. Nicht mit einem, den man in einem Geschäft kaufen konnte!

Nein, ich wollte ihn eigens für Marie entwerfen. Ein Unikat sollte es werden mit unverwechselbarem Akzent, sozusagen einem Lorenz-Zitat. Und die Details waren mir schnell klar.

Jahre zuvor hatte ich im Sommer eine lange Skandinavien-Reise gemacht. Im nördlichen Finnland war ich während einer Wanderung an einem kleinen Amethyst-Bergwerk vorbeigekommen, welches man besichtigen konnte. Das tat ich natürlich und wurde regelrecht verzaubert von den schönen dunklen Halbedelsteinen. Da Amethyste nicht sehr wertvoll sind, war es den Besuchern erlaubt, in einem abgesteckten Bereich selbst nach den begehrten Steinchen zu graben. Also machte auch ich mich voller Hoffnung ans Werk. Und tatsächlich, ich konnte es kaum glauben, nach einer halben Stunde hatte ich einen etwa mozartkugelgroßen Amethyst-Brocken gefunden. Es war ein so prächtiger, dunkellila schimmernder Stein, dass er zu meinem liebsten Andenken jener Nordeuropa-Reise wurde. Seither lag er gut sichtbar auf meinem Bücherregal, genau vor Thomas Manns *Zauberberg*. Was ein Zufall war und keinen besonderen Hintergrund hatte.

Mit diesem für mich so wertvollen Stein ging ich zu einem Goldschmied und unterbreitete ihm meine Idee, verschieden große Amethyst-Splitter, abgeschlagen von meinem Stein, in einen breiten und gehämmerten Silberring einzuarbeiten.

Eine Woche später hielt ich einen Traum-Ring in Händen, mein Weihnachtsgeschenk für meine Marie. Verpackt hatte ich ihn in eine unscheinbare braune Pappschachtel. Ohne Schleife, Weihnachtssternchen oder Ähnliches. Aufschrift: von Lorenz für Marie.

Zwei Tränen rannen über ihre Wangen, eine rechts, die andere links, als sie nach aufgeregtem Öffnen der Schachtel den Ring stolz in die Luft hielt, ihn von allen Seiten begutachtete und schließlich auf den rechten Ringfinger streifte. »Sind das Amethyst-Splitter?«, fragte sie mich, zögerte einen Augenblick und fuhr dann fort: »Ja, natürlich sind das welche.« Sie schaute mich an. »Von deinem Finnlandstein?« Ich lächelte, nickte nur, und sie gab mir einen Kuss. »Das ist das schönste Geschenk, das ich je bekommen habe«, flüsterte sie mir ins Ohr. Sie wusste, wie wertvoll mir dieser Stein war, und ich wusste, wie gut er ihr immer gefallen hatte.

Dann war ich an der Reihe: von Marie für Lorenz. Vor mir stand ein riesiger, weihnachtlich dekorierter Karton. Schenkt sie mir einen Fernseher, dachte ich, oder einen PC-Bildschirm? Diese nicht ganz ernst gemeinte Überlegung verwarf ich jedoch sofort, als ich den Karton anhob: Er war federleicht. Was konnte sich darin verbergen? Er wog praktisch nichts. Ich öffnete ihn aus irgendwelchen Gründen mit großer Vorsicht – und auf seinem Boden lag lediglich ein Briefumschlag. »Geld?«, sagte ich zu Marie.

Sie lachte und meinte: »Na, mach ihn mal auf.« Es war eine Reise. In dem Umschlag steckten zwei Flugtickets und ein Hotelgutschein. Sie hatte mir, oder besser uns, eine Reise geschenkt. In meine Traumstadt. Vier Tage Rom! Mit Marie! Großartig! Ich freute mich riesig.

Die Geschenke der anderen waren nett gemeint, allerdings interessierten sie mich nicht besonders. Und den anderen ging es mit meinen Geschenken sicher ebenso. Dennoch waren wir alle in bester Laune. Erzählten und lachten wie die Verrückten. Tranken reichlich. Und so vergingen die Stunden. Draußen schneite es unaufhörlich.

Ich saß auf Maries Couch, zwischen Jan und Alicia. Und mit zunehmender Alkoholisierung ertappte ich mich dabei, dass ich immer öfter auf die sensationellen Beine von Alicia schielte. Ihr ohnehin schon sehr kurzes Kleid war durch leichte Bewegungen während des Sitzens so weit nach oben gerutscht, dass mir beinahe der Atem wegblieb. Meine Blicke huschten über ihre Oberschenkel und verloren sich für Zehntelsekunden in der schwarzen Schlucht zwischen ihren Beinen.

Gegen halb zwei waren Maries Bruder Marko und seine Freundin Nina so betrunken, dass sie sich entschlossen aufzubrechen. Marie rief ein Taxi und mit großem Palaver und mit Küsschen hier und Küsschen da verabschiedeten wir uns von den beiden.

Jan war wahnsinnig aufgekratzt. Ich hatte den Verdacht, sprach ihn allerdings Marie gegenüber nicht aus, dass er kokste. Denn jedes Mal, wenn er von der Toilette kam, war er besonders gut gelaunt und gesprächig. Vermutlich zog er sich dort immer wieder ein Näschen rein, um so seinen Rauschpegel zu halten. Zudem soff er wie ein Irrer, wurde aber nicht betrunken. Ebenfalls ein Koks-Indiz.

Um halb drei saßen wir zu viert nebeneinander auf der Couch: Jan, Marie, Alicia und ich, und grölten Weihnachtslieder. Bis Marie plötzlich sagte: »Ich kann nicht mehr, ich bin hundemüde, ich muss ins Bett, aber macht ruhig weiter, mich stört es nicht.« Sie gab uns allen einen Kuss, meinte noch zu mir: »Bis gleich, Schatz«, und ging zunächst ins Bad und dann in ihr Schlafzimmer. Wir sangen tatsächlich weiter. »Am Weihnachtsbaume die Lichter brennen«, »Es ist ein Ros' entsprungen«, »Ihr Kinderlein kommet«, »O Tannenbaum« – und zum x-ten Mal »Stille Nacht«. Irgendwann jedoch wurde es langweilig, und Alicia schlug vor, ein Spiel zu machen. Nun bin ich kein großer Freund von Spielen, aber sie sagte es so charmant, so hinreißend, dass ich sofort und beinahe begeistert zustimmte. Jan ging wieder mal zur Toilette und kam in einem derart euphorischen Zustand zurück, dass ich dachte, jetzt hat er ein ganzes Gramm Koks auf einmal geschnupft. Er stand vor uns, schaute lasziv und meinte: »Ihr seid ja ein total süßes Paar, wie ihr so dasitzt. Na ja, aber Lorenz ist ja vergeben, und wenn er nicht vergeben wäre, dann würde ich jetzt glatt mein Glück bei ihm versuchen.« Er machte ein paar Schritte auf mich zu und gab mir einen fast anzüglichen Kuss auf den Mund. Ich meinte seine Zunge für Sekunden auf meinen Lippen zu spüren, was mich im ersten Moment irritierte, aber dann lachten und gackerten wir alle durcheinander, und ich fand es durchaus okay. »Wisst ihr, Kinder«, sagte er dann, »ich muss heute noch was erleben, bei euch komme ich ja nicht auf meine Kosten, ich werd mal abhauen und mich ins Nachtleben stürzen, irgendwo wartet bestimmt ein einsames Männerherz auf mich.« Er war wirklich ein netter Kerl. Alicia und ich drückten unser Bedauern über seinen Entschluss aus, versuchten ihn noch zu überreden, bei uns zu bleiben, allerdings vergeblich. Er war scharf und wollte auf die Piste. Also begleiteten wir ihn bis in den Hausflur und wünschten ihm eine heiße Rest-Nacht. Ob ich damals seinen Entschluss zu gehen wirklich bedauerte, kann ich bis heute nicht sagen. Vermutlich ja, denn er war so eine Art Sicherheitsgarantie. In seiner Anwesenheit konnte nichts Schlimmes passieren. Seit Stunden nämlich tobte in mir die Gier. Die Gier nach Sex. Die Gier nach Alicia. Und ich bin sicher, sie hatte es längst gespürt und spielte damit. Zu zweideutig waren ihre Blicke, ihre Bewegungen und auch ihre Sprüche, nachdem Marie ins Bett gegangen war.

Mein Gott. Marie lag etwa vier Meter entfernt in ihrem Zimmer und schlief. Lediglich eine Wand und eine Tür trennten uns.

An jenem Heiligen Abend, gegen fünf Uhr morgens, beging ich die erste unfassbare Niedertracht an meiner geliebten Marie. Wie ein Besessener trieb ich es mit Alicia. Die so sehr vor Lust stöhnte und lautstark röchelte, dass ich ihr immer wieder den Mund zuhalten musste. Wir trieben es in Maries Wohnzimmer, auf ihrer Couch.

Danach tranken wir noch einen Wodka. Ich sagte zu Alicia: »Du bist ein geiles Stück.« Sie lächelte. Und ging. Ich hörte den Schnee an die Fensterscheiben schlagen und legte mich zu Marie ins Bett, kuschelte mich an sie.

Vergib mir, Julchen. Vergib mir! Mein Julchen!

4. EINTRAG

Der schwarze Himmel hat sich in östlicher Richtung rötlich verfärbt. Schon seit Stunden wabert dort ein dunkelorangerotes Licht am Horizont. Ich kann es von meinem Fenster aus gut sehen, es schneit heute nur wenig. Zu hören ist allerdings nichts. Es herrscht nach wie vor vollkommene Stille. Da diese Himmelsveränderung die erste Veränderung der äußeren Umstände überhaupt ist seit dem 17. Juli, dem Tag der Katastrophe, war ich vorhin zunächst in Aufruhr, hatte Angst vor neuen dramatischen Ereignissen, hoffte aber gleichzeitig auf eine Verbesserung meiner Lage. Vielleicht stecken Menschen dahinter, dachte ich, oder vielleicht sind es Anzeichen der wiederkehrenden Sonne.

Nach längerem Beobachten nun aber bin ich sicher, dass die Ursache des rötlichen Lichtes im Osten ein riesiger Brand ist. Denn genau in dieser Himmelsrichtung befindet sich etwa zwanzig Kilometer von der Stadt entfernt ein Chemiewerk. Es scheint zu brennen. Lichterloh.

Überhaupt wundere ich mich schon seit langem, dass es nicht zu größeren Unglücken kommt. Auch hier in der Stadt. Zu Bränden oder Explosionen. Alles ist ja ohne Kontrolle. Gasleitungen oder Wasserrohre könnten bersten, Tankstellen in die Luft fliegen, Stromkabel durchschmoren, oder nicht ausgeschaltete Herde in Großküchen, Restaurants und Privatwohnungen könnten verheerende Feuer auslösen. Aber nichts dergleichen geschieht in meiner unmittelbaren Umgebung. Zumindest habe ich nichts davon bemerkt.

Und was geht wohl in den zahlreichen Industriebetrieben vor, die am Stadtrand angesiedelt sind? So viele Maschinen, Generatoren, Turbinen, Motoren und Anlagen sind ohne menschliche Aufsicht. Oder was ist mit den Flugzeugen, die zum Zeitpunkt der Katastrophe in der Luft waren? Sie müssen abgestürzt sein. Ich aber habe nichts gesehen, nichts gehört. Was passiert in den Atomkraftwerken? Stellen die Reaktoren ohne menschliche Aufsicht automatisch ihre Aktivitäten ein? Oder droht eine weltumspannende atomare Verseuchung? Niemand auf der Erde hat doch für einen solchen Fall, wie er jetzt eingetreten ist, Vorsorge getroffen. Gott, wer weiß, was zurzeit auf der Welt geschieht – oder schon geschehen ist.

Und um mich herum erstirbt alles immer mehr. In aller Stille. Vor drei Tagen sind sämtliche Straßenlaternen, die ich von meiner Wohnung aus sehen kann, ausgefallen. Und nur noch in meinem Haus und in einem schräg gegenüberliegenden Bürogebäude fließt der Strom (einige Fenster dort sind, wie seit Anbeginn des Unglücks, erleuchtet). Sonst ist alles dunkel, in welche Richtung ich auch blicke.

Wie wichtig mir die Elektrizität ist! Sie bringt nicht nur Licht, sondern sie ermöglicht mir auch Musik zu hören. Das ginge zwar ebenso mittels Batterien und kleiner Abspielgeräte, aber das Hörerlebnis über meine große Anlage ist einfach gewaltig. Und die Musik vermag es, mich manchmal fortzutragen, für eine gewisse Zeit. Ich vergesse dann die Einsamkeit und gleite in eine andere, tröstliche Realität. Wobei ich nie Unterhaltungsmusik höre, sondern ausschließlich Klassik und Jazz. Videofilme will ich mir nicht mehr anschauen. Denn Menschen und überhaupt Lebendiges zu sehen, macht mich so schwermütig.

Es graut mir vor der vollkommenen Dunkelheit. Wahrscheinlich ist es nur noch eine Frage von Tagen, bis auch bei mir die Stromversorgung zusammenbricht. Aber ich habe ja genügend Kerzen, Taschen- und Petroleumlampen.

Meine wachen Stunden vergehen nun schon seit geraumer Zeit im selben Rhythmus, haben eine feste Struktur. Merkwürdigerweise kann ich immer lange und gut schlafen. Obwohl permanent Angst durch meine Seele zieht, Nebelwänden gleich, und ich mich kaum körperlich betätige (ja, ein paar Liegestütze, ein wenig Hanteltraining, sonst aber nichts). Übrigens verriegele ich meine Wohnungstür zur Nacht genauso wie früher, habe mir sogar vor Wochen, als ich noch durch die Straßen strich, in einem Haushaltswarengeschäft eine Sicherheitskette aus dicken Metallringen besorgt und sie an meinem Türrahmen angebracht.

Nach dem Aufstehen gehe ich stets zuerst zum Fenster und schaue nach draußen. Hat sich irgendetwas verändert? Wie ist die Temperatur? Schneit es? Ist es immer noch dunkel? Und jeden Morgen schalte ich das Radio und den Fernseher ein, in der Hoffnung, irgendetwas zu hören oder zu sehen, das auf Überlebende hindeutet. Aber alles ist immer tot. Genauso wie das Telefon und das Internet.

Dann kümmere ich mich um meinen Ofen. Ich säubere ihn, hege den letzten Rest Glut vom Vortag, schütte die Asche aus dem Fenster und hole Kohlen und Holz aus der Anna-Thomas-Wohnung. Danach frühstücke ich: Müsli, Brot, eine Tasse Kaffee, etwas Süßes und eine Tasse Tee. Anschließend säubere ich die Wohnung, auch wenn es gar nicht nötig ist.

Und ich widme mich ausführlich meiner Körperpflege. Dazu zwinge ich mich. Würde ich physisch verkommen, verkäme ich auch psychisch. Und dagegen will ich mit aller Kraft ankämpfen. Ich möchte ein Mensch bleiben.

Danach beginne ich zu lesen. Hätte ich die Bücher nicht, könnte ich nicht mehr leben. Ich lese wie ein Wahnsinniger, werde entführt in die gegensätzlichsten Welten, verweile dort lange. All die fremden Geschichten, Dramen, Leiden und Freuden lassen mich meine Wirklichkeit vergessen – und schenken mir so Trost. Momentan gehe ich mit Kafka durch sein Schloss, verliere mich in Sternes *Tristram Shandy* (»*Nicht die Dinge bringen die Menschen in Verwirrung, sondern die Ansichten über die Dinge*«) – und begleite Maria Riva durch das Leben Marlene Dietrichs. Ich lese parallel. Sitze dabei immer auf meinem Sofa, das direkt am Fenster steht. Und so kann ich, wenn ich Lesepausen einlege, hinaussehen in die unendliche Finsternis.

Irgendwann in den frühen Nachmittagsstunden bereite ich mir dann ein kleines Essen aus meinen Vorräten zu. Ich esse nur, weil ich essen muss. Es macht mir keine Freude. Deshalb bin ich mittlerweile auch auf fünfundsechzig Kilogramm abgemagert. Bei einer Größe von einem Meter fünfundachtzig könnte man mich durchaus als hager bezeichnen. Nach dem spärlichen Mittagsmahl lese ich wieder. Und schreibe an diesen Aufzeichnungen. Ich hätte schon früher damit beginnen sollen. Denn letztendlich ist das Schreiben eine noch bessere Ablenkung als das Lesen. Es verringert die Last auf meinem Herzen, und im Formulieren und Erzählen wohnt die Hoffnung, irgendwann könnte irgendwer Anteil nehmen an meinem Schicksal. Und wäre es nach meinem Tod.

Jeden Abend gehe ich dann eine Runde durch mein Haus, das ich seit drei Wochen nicht mehr verlassen habe. Der Haupteingang ist jetzt komplett zugeschneit. Da ich inzwischen alle Wohnungstüren aufgebrochen habe, um mir das Haus übersichtlicher und zugänglicher zu machen, stehen mir Dutzende von Räumen zur Verfügung, die ich durchwandern kann. Ich nehme stets denselben Weg: Zuerst laufe ich durch das Treppenhaus nach ganz unten, dann beginne ich meinen Rundgang in der linken Parterrewohnung und arbeite mich langsam nach oben. Ich spaziere durch die Zimmer, schaue mir alles immer aufs Neue an, berühre jedoch nichts, öffne auch keine Schränke und Schubladen. Aus Respekt vor den Bewohnern (oder muss ich sagen »ehemaligen Bewohnern«?) der Wohnungen. Es ist mein Abendritual. Danach lese ich wieder, aber keine Bücher, sondern alte Wochenmagazine. Seit über zehn Jahren sammle ich die Zeitungen. Beim Lesen der Magazine habe ich das Gefühl, auf einer Zeitreise zu sein. Dabei trinke ich Wein. Und vor dem Schlafengehen höre ich mindestens noch eine Stunde Musik.

Das ist mein Leben.

5. EINTRAG

Seit heute Morgen gibt es keinen Strom mehr. Auch das bis zuletzt erleuchtete Nachbarhaus liegt jetzt im Dunkeln. Nun ist es also passiert. *Alles* ist dunkel. Auch der Osthimmel hat sich schon vor Tagen wieder verfinstert. Wäre der Schnee nicht, ich hätte das Gefühl, in einer gigantischen Gruft gefangen zu sein. Die niedergehenden Flocken aber gaukeln mir eine gewisse Welt-Lebendigkeit vor, und das Weiß des Schnees, das selbst bei dieser Dunkelheit gut wahrzunehmen ist, mildert die Umstände, in die ich hineingeraten bin.

Wie von einer Ahnung gesteuert, habe ich gestern vor dem Schlafengehen in kolossaler Lautstärke zweimal hintereinander Mozarts *Requiem* gehört. Welch eine Symbolik. Und welch ein Glück, dass es genau diese CD war. Denn das *Requiem* ist für mich das Größte, was ich je gehört habe. Vielleicht liegt ein Atemzug Gottes in dieser Musik. Wenn es ihn denn gibt.

In allen Zimmern habe ich Kerzen aufgestellt.

Ich kann mir überhaupt nicht vorstellen, wie es woanders aussieht. Ob es wirklich auf der ganzen Welt dunkel und kalt ist? Auch in Afrika, der Südsee, in Australien oder Asien? Liegt Schnee im südamerikanischen Dschungel? Sind alle Meere zugefroren? Haben sich die Wüsten der Welt in unendliche Schneefelder verwandelt? Ist es in Sibirien oder Grönland noch kälter als hier? Und die Millionen-Metropolen New York, Mexiko-City, Peking, Bangkok, Tokio, Jakarta: verschneit, vereist, wie meine Stadt? Vielleicht existieren viele große Städte gar nicht mehr, weil es zu gigantischen Zerstörungen gekommen ist, durch Flugzeugabstürze, gewaltige Feuer oder Explosionen.

Wenn irgendwo doch noch Menschen existieren sollten, sind sie alleine wie ich? Oder leben sie in kleinen Gruppen? Wie empfinden sie die unerklärlichen Ereignisse? Was gibt ihnen Hoffnung? Oder haben einige, falls es überhaupt *einige* gegeben hat, in ihrer Verzweiflung bereits den Tod gesucht? Wohin ist die Sonne am 17. Juli verschwunden? Und warum reißt die Wolkendecke nie auf? Allein das Funkeln der Sterne oder den Lichtschein des Mondes zu sehen, wäre für mich eine so große Freude, ja ein erhabenes Erlebnis.

Wie oft ich den vergangenen Jahren schon darüber nachgedacht habe, ob ich Marie verkläre und idealisiere. Natürlich ist die Gefahr groß, genau dies zu tun, nachdem ein geliebter Mensch gestorben ist. Und die Gefahr ist vermutlich noch größer, wenn gewaltige Schuldgefühle mit der Trauer einhergehen. Deshalb habe ich mich nach ihrem Tod mit aller Kraft dazu gezwungen, sie realistisch zu sehen. Bis heute. Habe im Nachhinein manchmal sogar krampfhaft nach schlechten Charaktereigenschaften gesucht. Bin weit in unsere Vergangenheit zurückgegangen, um auch noch die fernsten Erinnerungen an sie zu durchforsten, unter die Lupe zu nehmen – aber, und das macht es mir so schwer: Ich fand und finde nichts entscheidend Negatives. Ja, es gab Kleinigkeiten, aber die sind so banal, dass ich gar nicht weiter darauf eingehen möchte. Das Einzige, was ich kritisieren könnte, war ihre Milde mir gegenüber. Sie hätte mir härter und strenger begegnen sollen. Sie hätte sich vieles nicht gefallen lassen dürfen. Sie hätte mir eindeutigere Grenzen setzen müssen. Aber sie war eben kein massiver Mensch, keine dominante Persönlichkeit. Sie hat ihren Unmut oft genug zum Ausdruck gebracht, auf ihre Weise. Ich aber habe ihn lax zur Seite geschoben, wohl wissend, dass mir nichts passieren konnte. Ich hatte sie ja im Sack. Unbewusst empfand ich so. Heute ist mir das klar. Und schon bin ich wieder bei meiner Schuld. Sie war einfach eine gute und mitfühlende Frau, großzügig und so wenig ichbezogen, wie nur wenige Menschen es sind, beziehungsweise waren. Ich finde nichts, was meine Meinung über sie relativieren könnte. Damit muss ich leben.

Am Tage ihrer Beerdigung habe ich mir geschworen, nie wieder einen Menschen zu belügen oder zu betrügen – was mir, das kann ich mit Stolz sagen, auch gelungen ist. Ich kniete vor ihrem offenen Grab und war vor Scham unfähig, »Verzeih mir« zu denken. Ich kniete lange – und warf dann einen Strauß bunter Wiesenblumen auf ihren Sarg. Sie mochte so gerne bunte Wiesenblumen. Das war der grauenhafteste Augenblick meines Lebens.

Nie zuvor hatte mich eine Frau so geliebt wie Marie. Und nie zuvor war ich mit einer Frau so glücklich gewesen wie mit Marie. Und dennoch habe ich sie so oft verletzt, belogen, betrogen und mich von meiner Ich-Sucht und Sexgier treiben lassen. Wenn ich mir die Zahl meiner Fehltritte und mein Fehlverhalten vor Augen führe, müsste ich eigentlich zur Strafe sofort erblinden. Das wäre das Mindeste. Wie viele Frauen hatte ich heimlich neben ihr? Siebenundzwanzig waren es in all den Jahren. Siebenundzwanzig! Und nach jedem vollendeten Akt mit einer dieser Frauen fühlte ich mich schmutzig und hatte ein schlechtes Gewissen. Doch schon wenige Wochen später war das alles wieder vergessen, und ich machte mich erneut auf die Jagd nach Weibern. Mit einigen hatte ich öfter Kontakt, die anderen waren für mich Eintagsfliegen.

Seit Maries Tod gab es keine gute Zeit mehr für mich. Ich habe viel gearbeitet, das heißt sinnlose Fotos gemacht, mich ab und zu mit ein paar Freunden getroffen und ansonsten sehr zurückgezogen gelebt. Mit Maries Tod sind alle meine Träume zerfallen. Ich hatte keine Lust mehr, zu reisen, keine Lust mehr, irgendwelche Pläne zu schmieden, und es gab nichts, worauf ich mich auch nur ein wenig hätte freuen können. So sind die Jahre vergangen. Und je mehr die Jahre wurden, desto mehr wurde die Sehnsucht nach Marie. Ich glaube nicht daran, dass die Zeit alle Wunden heilt. Nein, sie verändert nur die Wunden – aber sie heilt sie nicht. Zumindest ist es bei mir so. Ich kann bis heute nicht glauben, dass sie tot ist – und ich werde mit meiner Schuld nicht fertig. Täglich rasen die Marie-Erinnerungen aus fernen Tagen in mein Bewusstsein, so wie tausend und abertausend Meteoriten täglich auf die Erde niedergehen. Ich kann mich dessen nicht erwehren. So, wie auch die Erde nicht imstande ist, dem Bombardement aus dem All auszuweichen. Marie und ich haben so viel miteinander erlebt, dass oft schon ein kurzer Eindruck sofort eine lange Assoziationskette auslöst – hin zu uns, in unsere Zeit.

Noch zwei Jahre nach ihrem Ende konnte ich keine klassische Musik hören. Es ging einfach nicht. Zu groß war die Traurigkeit, der Schmerz. Sie liebte klassische Musik über alles. Beinahe jedes Wochenende gingen wir damals in ein Konzert, zu einem Liederabend oder in die Oper.

Die erste CD, an die ich mich dann wieder heranwagte, waren Vivaldis *Vier Jahreszeiten*. Und der Schmerz wich der Illusion, ihr durch die Musik ganz nahe sein zu können, weil ich exakt das zu empfinden meinte, was sie immer beim Hören der Melodien empfunden hatte. Diese Illusion hält bis heute vor – und sie tut mir gut.

Jetzt, da es keinen Strom mehr gibt, werde ich auf die Batteriegeräte zurückgreifen. Das schmälert zwar erheblich die Intensität des Hörerlebens, aber es ist besser als nichts.

Drei Wochen nach Maries Beerdigung bin ich von meiner Wohnung zu ihrem Grab *gegangen*. Etwa einhundert Kilometer. Zweieinhalb Tage habe ich dafür gebraucht. Es sollte ein Bußgang sein. Aber die lange Wanderung hat mein Herz noch mehr zerrissen. Als ich auf dem Friedhof ihrer Stadt ankam, peitschte mir der Regen ins Gesicht, und es begann zu dämmern. Ich glaube, ich war der einzige Mensch auf dem Totenacker. Und dann stand ich vor dem aufgeschütteten Erdloch, in das man sie versenkt hatte. Ein paar Kränze welkten vor sich hin, die

Schleifen klebten nassverschmutzt am Boden: *DEINE MUTTER. DEIN DICH ÜBER ALLES LIEBENDER BRUDER. DEINE TANTE ELISABETH. DEIN JAN. DEINE ARBEITSKOLLEGEN TOM, ALEX, CONNY, ALICIA.*

Ich setzte mich auf die Steinbegrenzung und heulte und heulte. Bis es dunkel war. Dann holte ich mein Geschenk für Marie aus der Innentasche meiner Jacke. Es war ein großes Kuvert. Ich schob einige Kränze zur Seite und wühlte etwa auf Kopfhöhe des Sarges ein Loch in den Boden. Dort hinein legte ich das Kuvert und füllte die ausgegrabene Stelle wieder mit reichlich Erde auf. In dem Umschlag befand sich ein aktuelles Foto von mir, auf dessen Rückseite ich ein Rilke-Gedicht geschrieben hatte.

Lösch mir die Augen aus: ich kann dich sehn,
wirf mir die Ohren zu: ich kann dich hören,
und ohne Füße kann ich zu dir gehen,
und ohne Mund noch kann ich dich beschwören.
Brich mir die Arme ab, ich fasse dich
mit meinem Herzen wie mit einer Hand,
halt mir das Herz zu, und mein Hirn wird schlagen,
und wirfst du in mein Hirn den Brand,
so werd ich dich auf meinem Blute tragen.

In der ersten Zeit nach ihrem Tod musste ich mir fast zwanghaft immer und immer wieder vorstellen, wie meine Marie dort unten, in diesem nassen und kalten Drecklloch, verfiel, verfaulte. Es gibt kein Wort auf der Welt, das meine Verzweiflung und meinen Schauder darüber hätte zum Ausdruck bringen können. Die Haut meiner schönen Marie, die ich so oft liebkost und geküsst hatte, löste sich auf, wurde von Bakterien zersetzt und von Würmern gefressen.

Mein Gott! Später dann ist es mir gelungen, diese Vorstellungen radikal zu unterdrücken. Die wiederkehrenden Todestage allerdings waren ein Alptraum für mich. Schon Wochen vorher – das furchtbare Datum vor Augen – geriet alles in mir außer Kontrolle. Kam dann der Tag, so raubten mir Trauer und Schmerz fast den Verstand. Es wurde von Jahr zu Jahr schlimmer.

Marie und ich hatten oft über den Tod gesprochen, als philosophisches Thema, als theoretisches Phänomen, beide aber waren wir wie selbstverständlich davon ausgegangen, dass wir sehr alt werden würden, und wir sahen uns schon gemeinsam in einer nett-schrillen Alten-WG zusammen mit ein paar Freunden unseren Lebensabend verbringen. Während vieler Spaziergänge über Friedhöfe, sowohl an unseren Wohnorten als auch auf Reisen, diskutierten wir immer wieder darüber, wie jeder von uns, wohlgemerkt in fernen Tagen, beigesetzt werden möchte.

Ich wollte ins Feuer – für Marie aber kam das überhaupt nicht infrage. Sie sagte: »Ich will, dass mein Körper zu Erde wird, mein Blut zu Wasser, mein Atem zu Wind, und meine Gedanken sollen sich auf ewig im Weltall verlieren.« Ich weiß bis heute nicht, wie sie auf diese poetisch klingende Formulierung gekommen war. Jedenfalls fand ich ihren Satz so berührend, dass er sich tief in meine Erinnerung eingebrannt hat.

Für mich aber wäre es einfacher gewesen, in ihrem Grab lediglich eine Urne, gefüllt mit einem Häuflein Asche, zu wissen.

6. EINTRAG

Heute ist der 17. September, und nach ungefähr vier Wochen war ich zum ersten Mal wieder draußen. Ich musste es tun. Ich habe es in der Wohnung nicht mehr ausgehalten.

Es liegt unvorstellbar viel Schnee. Von hier oben könnte man meinen, alle Straßen wären bis weit über die ersten Stockwerke der Häuser mit einer hellweißen Masse zugeflossen. Kein Auto ist mehr zu erkennen, kein Abfallcontainer – und von einer Litfasssäule ragt nur noch das obere Viertel mit seinem dick verschneiten Hut wie ein Riesenpilz aus der weißen Masse heraus. Ich habe so etwas noch nie gesehen. Nicht einmal in den Bergdörfern der Alpen, in Nordskandinavien oder Kanada. Das Thermometer steht konstant auf minus elf Grad. Und dem Himmel sei Dank, meine Wasserleitungen sind nicht eingefroren und funktionieren noch.

Schon in der Frühe, es war so gegen sieben Uhr, bin ich bei leichtem Schneefall aufgebrochen. Ich habe mein Haus durch das Fenster einer Wohnung im ersten Stock verlassen. Der Schnee dort reicht bis an den am äußeren Fensterrahmen befestigten Blumenkasten. Also konnte ich sofort losgehen. Sackte zwar mit meinen Tiefschneeschuhen bestimmt dreißig Zentimeter ein, was jedoch egal war, nur beschwerlich eben. Aber ich kam voran – und das zählte.

Während ich mich durch die finstere Schneestille quälte, entlang den Häuserwänden, vorbei an den dunklen, toten Wohnungen und Schaufenstern, dabei nur meine eigenen Gehgeräusche hörend, ach, wie überkam mich da eine tiefe Sehnsucht nach all dem, was ich früher so verabscheut hatte: Straßenlärm, Hektik, Auspuffgase, gestresste, herumhetzende Passanten und der immer dichter werdende Verkehr. Was hätte ich für einen ganz normalen Smog-Tag unter lebendigen Menschen gegeben.

Das Ziel meines Ganges durch die Schneetiefen war St. Aposteln, eine romanische Kirche im Nachbarviertel. Ich weiß nicht, warum ich in eine Kirche wollte. Ich, der schon mit achtzehn Jahren diesen Verein verlassen hatte, der weder mit der Lehre, geschweige denn mit der Institution etwas anfangen konnte, ja, dem eigentlich alle Gläubigen auf der Welt, egal, welcher Religion sie auch angehörten, suspekt waren. Aber nun wollte ich in eine Kirche – und das »Warum« interessierte mich nicht. Ich kämpfte mich durch die Straßen und empfand dabei fast so etwas wie eine leichte, irreale Hoffnung.

Nach knapp einer halben Stunde stand ich vor St. Aposteln. Ihre stark verschneiten Türme ragten in die schwarzen Wolken und das Kirchenschiff lag majestätisch mitten auf einem weitläufigen, quadratischen – von eng aneinandergebauten, alten Häusern begrenzten – Schneefeld. (Die Kirche steht zentral auf dem größten Platz unserer Stadt.) Ich ging ganz nahe heran und überlegte, wie ich ins Innere des Gebäudes gelangen konnte. Der Haupteingang war natürlich völlig zugeschneit. Also stapfte ich nahe der Kirchenmauer hin zu einem großen Fenster, auf dem das Szenario der Kreuzigung prächtig dargestellt war. Ich berührte das Glas, tastete es ab, schaute entlang der Seitenmauer nach rechts, nach links – und musste einsehen, dass es wohl keine andere Möglichkeit gab, in die Kirche zu kommen, als dieses wundervolle Fenster, oder ein anderes ebenso schönes, zu beschädigen. Ich zögerte, hatte Skrupel, überlegte, ging ein paar Schritte zurück, um noch einmal alles zu überblicken – doch mir kam keine andere Idee.

Und so begann ich, das untere Viertel des Glases mit der Faust einzuschlagen. Klirrend gingen die Scherben im Innenraum zu Boden. Ich schlug aber nur so viel kaputt, dass es für den Einstieg reichte. Und dann hockte ich vor dem schwarzen Loch, streckte den Kopf in das Kirchenschiff, leuchtete mit einer Taschenlampe umher – vor allem nach unten, um zu sehen, wie tief ich springen müsste. Ich schätzte die Höhe auf knapp zwei Meter, was also kein Problem darstellte. Aus dem Kircheninneren strömte mir ein Geruchsgemisch entgegen, wie man es nur aus alten Gotteshäusern kennt: verbrauchter Weihrauch, muffiges Holz, kalter Stein. Ich zog meine Schneeschuhe aus, stellte sie vorsichtig neben das Fenster, zwängte mich dann durch die eingeschlagene Scheibe – und mit einem Satz war ich im Inneren von St. Aposteln.

Ich schaltete meine Taschenlampe ein, lenkte den Lichtstrahl auf den Marmorboden, zu den Bänken, an die gewölbten Decken und hin zum Altar. Es war ein schlichter Altar, geschmückt mit einem goldenen Kruzifix, neben dem, rechts und links, zwei große weiße Kerzen standen. An einigen Säulen der Kirche konnte ich Malereifragmente erkennen, und aus den Wandnischen schienen mich in Stein gehauene Heilige zu beobachten. Ich ging zum Altar. Und mir war, als würde ich den großartigen Raum mit meinem albernen Taschenlampenlicht entweihen. Also schaltete ich die Lampe aus, kramte in meiner Hosentasche nach Streichhölzern und zündete die beiden Altarkerzen an. Das war ein merkwürdiger Augenblick: Da stand ich ganz alleine in dieser riesigen Kirche, in absoluter Stille, vor mir nur zwei brennende Kerzen, deren Lichtschein sich im Dunkel des gesamten Innenraums allmählich verlor, und draußen versank die menschenleere Welt im Schnee – aber ich verspürte eine so tiefe Gemütsruhe, wie ich sie eigentlich noch nie empfunden hatte. Ich trat ein paar Schritte zurück, setzte mich auf die Holzbank der ersten Reihe – und mein Gehirn geriet in Zwiesprache mit sich selbst.

Ist Gott hier? Wie tröstlich das wäre. Warum denke ich, wenn ich an »Gott« denke, immer an den christlichen Gott? Ist Buddha hier? Oder Brahma, Vishnu, Shiva oder Allah? Ist Gott glücklich? Immer? Komme ich aus dem Nichts – und kehre ich in das Nichts zurück, für immer? Oder bin ich Teil eines großen, für mich nie zu begreifenden Ganzen? Aber was ist Ich? Gehört eine Seele dazu? Was aber ist eine Seele? Nur die Erfindung des Menschen, um sich gegen die grausame Verlorenheit, in der er sich ahnt, aufzulehnen? Warum eigentlich geht ein jeder davon aus, dass Gott »gut« ist? Vielleicht ist Gott das Böse schlechthin – und das Gute nur eine Degeneration des Bösen? Kommt es auf Gott überhaupt an?

Ich habe Sehnsucht nach Gott. In mir. Sehnsucht, mich mit dem Wesen der Welt zu versöhnen. Was bin ich? Immer gewesen: rastlos, gierig, bequem, selbstsüchtig, wenig bescheiden. Ich möchte von mir ablassen und möchte lernen zu verzeihen. Aber jetzt gibt es niemanden mehr, dem ich verzeihen könnte. Wäre es feige, mir das Leben zu nehmen? Vermutlich ja. Denn vielleicht hat alles seinen Sinn, auch meine jetzige Situation, die Einsamkeit, die Kälte, die Dunkelheit.

Warum habe ich nicht gesehen, dass Marie ein beinahe vollkommen guter Mensch war? Sollte es eine Abfolge von Wiedergeburten geben, so stand sie wohl auf der letzten Stufe vor dem erlösenden Nirwana. Was ist Schuld? Kann es überhaupt Sühne geben? Kann eine neue, gute Tat eine frühere, schlechte vergessen machen, gar tilgen? Ich glaube nicht. Aber dennoch gilt es, so viel Gutes wie möglich dem Schlechten entgegenzusetzen. Kann man sich selbst vergeben? Ich weiß es nicht. Was ist Gewissen? Und wie entsteht es? Wo ist Marie? Weiß sie um mich und meine Lage? Was würde sie mir sagen? »Seltsam, im Nebel zu wandern! Einsam ist jeder Baum und Stein, Kein Baum sieht den andern, Jeder ist allein.« Sie mochte Hesse nie, dafür diese Zeilen umso mehr. Wiegt schlechtes Denken genauso schwer wie schlechtes Handeln? Ich bin davon überzeugt. Und welchen Wert hat eine gute Tat, wenn dahinter ein schlechter Gedanke steht? Vermutlich nur einen sehr geringen. Wie verblendet ich bisher durchs Leben gegangen bin! Wie ich meine Zeit verschwendet habe, so, als lägen noch mindestens einhundertfünfzig Jahre vor mir! Was ist die Liebe? Wie entsteht sie? Wie vergeht sie? Wie viele Menschen haben mich bedingungslos geliebt? Ja, die Eltern. Und Marie. Und ich habe die Liebe immer als selbstverständlich genommen, sie in meine Taschen gesteckt, ohne wirkliche Wertschätzung. Wie viele Menschen habe ich bedingungslos geliebt? Ich habe immer zu wenig geliebt, so sehe ich es jetzt. Verzeih mir, mein Julchen! Verzeiht mir, Vater und Mutter!

Wie lebt man richtig? Ich glaube, in Demut.

Gott, Energie, Macht, Herz, wie immer ich dich auch nennen mag: Gib mir Gelassenheit, damit ich das Unveränderbare annehme. Gib mir Kraft, damit ich das Veränderbare verändere. Und gib mir die Weisheit, ein jedes als solches zu erkennen ...

So saß ich lange auf der Holzbank – und irgendwann dachte ich keine Sätze mehr, keine Worte, sondern versank bei geschlossenen Augen in eine mir bis dahin unbekannte Stimmung, die ich nicht zu beschreiben vermag. Bis mich die Kälte zurückholte. Ich fror. Sehr sogar. Blickte auf zu den brennenden Kerzen, zu dem leidend am goldenen Kreuz hängenden Jesus und beschloss, das Gotteshaus wieder zu verlassen. Ich löschte die kleinen Flammen, stapelte ein paar Stühle, die ich hinter einer Säule entdeckt hatte, unter meinem Einstiegsfenster aufeinander und kletterte hinaus. Dicke Flocken wehten durch die Luft. Ich zog meine Schneeschuhe wieder an und machte mich auf den Rückweg.

Jetzt bin ich seit einer Stunde wieder zu Hause. Meine Wohnung vermittelt mir eine fast wohlige Sicherheit. Der Ofen glüht, ich habe mir Tee gekocht und ein paar Kerzen brennen. Es hat keinen Sinn, darüber nachzudenken, wie es sein könnte, oder wie es einmal war. Ich bin gesund, habe zu essen, und es ist warm. Das ist meine

Gegenwart, und nur um sie geht es. Das muss ich mir immer wieder vor Augen halten.

Gleich nach dem Essen werde ich ein neues Buch zu lesen beginnen.

7. EINTRAG

Licht. Ich habe solche Sehnsucht nach Licht. All meine Erinnerungen an Helligkeit erscheinen mir unwirklich. Als kämen sie aus sehr fernen Zeiten oder sehr schönen Träumen. War *ich es, der reale Lorenz*, der einst unter dem verschwenderischen Blau des toskanischen Himmels wanderte? Oder am sonnenflirrenden Meer saß, auf Kreta im Juli, und Wein trank? War ich es, der vor Jahr und Tag des Abends auf einem alpinen Berggipfel stand und die Sonne bestaunte, wie sie einem Feuerball gleich über die Massive rollte? Oder war ich es, der im gleißenden Wüstenlicht bei über fünfzig Grad im Schatten mit einem Jeep Richtung Algier rauschte? Ich kann es kaum glauben. So eine Wirklichkeit gab es einmal? Für mich?

In genau einer Woche, am ersten Oktober, hätte Marie Geburtstag. Ich habe Angst vor diesem Tag, wie jedes Jahr. Denn *ihr* Geburtstag ist auch *unser* Geburtstag.

Wir lernten uns an einem ersten Oktober kennen. Auf einer Nordseeinsel. Sie machte dort alleine Urlaub. Ich ebenfalls. Vier Tage hatte ich vor zu bleiben. Und schon am Nachmittag des ersten Tages begegneten wir uns. Ich war lange unterwegs gewesen, war bei Sturm und Regen den Strand entlang um die halbe Insel gewandert. Dann aber wurde es mir doch zu nass und zu kalt, und ich kehrte in ein kleines Café, direkt hinter den Dünen, ein. Es war fast leer. Ich bestellte Tee mit Rum und eine Portion heiße Waffeln und ließ es mir schmecken.

Ich mochte die Nordsee schon immer, bei jedem Wetter und zu jeder Jahreszeit. So kam es, dass ich mindestens zweimal im Jahr für einige Tage oder länger eine der friesischen Inseln besuchte. Manchmal mit Freunden, oft aber auch alleine.

Mein erster Eindruck von Marie damals war: Sie fiel mit der Tür ins Haus. Auch sie hatte einen Spaziergang gemacht und wollte etwas Warmes trinken. Sie öffnete die Eingangstür des Cafés, stolperte genau beim ersten Schritt in den Raum und schlug der Länge nach vor die Kuchentheke. Die ganze Szene mutete extrem komisch an, da Marie vor Schreck einen spitzen Schrei ausstieß und ihren kurz zuvor abgenommenen Regenhut nach oben in die Luft schleuderte, der dann wiederum in der Kuchentheke mitten auf einer Sahnetorte landete. Ich musste unweigerlich lachen. Die Bedienung eilte der Gestrauchelten zu Hilfe, fragte, ob alles in Ordnung sei, und schien sehr aufgeregt und besorgt. In diesem Moment hatte ich mein Grienen bereits wieder unterdrückt und war nun auch sehr neugierig auf ihre Antwort, da der Sturz, wenn auch lustig, so doch sehr heftig ausgesehen hatte. Eine Verletzung wäre durchaus denkbar gewesen. Aber Marie schmunzelte, stand schnell auf, beruhigte die Kellnerin und fing selbst schallend zu lachen an, als sie ihren Hut auf der Sahnetorte sah. »Es ist alles in Ordnung«, sagte sie, »ich habe wohl ein wenig geträumt, und die Torte bezahle ich natürlich.« Eine andere Angestellte zog den Hut aus der Sahne, säuberte ihn unter fließendem Wasser und reichte ihn über die Theke. Dann nahm Marie am Nachbartisch Platz und grüßte mich freundlich.

Ich fand sie auf Anhieb umwerfend. Blonde, mittellange Haare, circa einen Meter siebzig groß, schlank, wunderschöne blaue Augen, eine Stupsnase und ein so einnehmendes Strahlen in ihrem Gesicht, dass ich gar nicht weggucken konnte. Sie bestellte Kaffee und einen Linienaquavit. Und genau darüber kamen wir ins Gespräch. Ich zögerte gar nicht lange, lächelte zu ihr hinüber und fragte sie nach dem Unterschied zwischen Aquavit und Linienaquavit. Weil sie zuvor bei der Kellnerin unbedingt auf einen *Linien-Aquavit* bestanden hatte. Und ich hörte von ihr die nette Geschichte, dass nur der Aquavit sich mit dem Begriff *Linie* schmücken dürfe, der in einem Schiff zweimal den Äquator überfahren habe. Durch das besondere Schaukeln im Schiffsrumpf in eigens dafür vorgesehenen Fässern erhalte das Getränk sein feines und sanftes Aroma. Das hatte ich nicht gewusst. Also bestellte ich gleich auch ein Gläschen, um das feine Aroma zu loben, und dann noch eins, und auch Marie, die mittlerweile an meinem Tisch saß, hielt mit, bis wir beide schließlich bestimmt fünfmal angestoßen hatten und in sehr ausgelassener Stimmung waren. »Eigentlich wollte ich dieses Jahr meinen Geburtstag in aller Ruhe und Besinnlichkeit verbringen ... und was tue ich? Ich sitze mit einem fremden Mann in einem Café und trinke schon am Nachmittag Hochprozentiges«, sagte sie. Da war es also heraus. Sie hatte Geburtstag. Einunddreißig wurde sie. Und ich war der erste Mensch an jenem ersten Oktober, der ihr gratulierte. Was natürlich gleich eine weitere Linienaquavit-Runde nach sich zog. Es wurde ein so schöner Nachmittag, ein so schöner Abend. Wir verstanden uns sofort, lachten, erzählten. Auch sie liebte die Nordsee, die Inseln, den Geruch dort, das Watt, die Seehunde, die Ruhe, Ebbe und Flut – und bevor wir uns zum Abendessen verabredeten, machten wir noch gemeinsam einen kleinen Spaziergang am Meer.

Das war der erste Spaziergang mit Marie. Es sollten noch so viele folgen. Überall, auf sämtlichen Kontinenten. Reisen wurde später unsere liebste Freizeitbeschäftigung. Und obwohl ich schon, vor meiner Marie-Zeit, viel von der Welt gesehen hatte – die Welt zusammen mit Marie zu sehen war das Größte.

Aus den geplanten vier Nordseetagen wurden sechs, die wir von morgens bis abends gemeinsam verbrachten. Wir erzählten uns unsere Leben, und ich fühlte schon damals eine Glückseligkeit, wie ich sie nur während meiner ersten großen Liebe erlebt hatte. Geschlafen aber habe ich mit Marie erst zwei Monate später, obwohl wir uns sehr oft besuchten und meistens die Wochenenden zusammen verlebten. Warum das so war, weiß ich bis heute nicht. Mit den Frauen vor Marie lag ich normalerweise spätestens am zweiten Tag schon im Bett, länger hätte ich es gar nicht ausgehalten. Bei Marie jedoch fühlte ich ganz anders. Wir näherten uns einander sehr langsam, es war von Anfang an eine stille und tiefe Liebe, die nicht von schierem Begehren bestimmt wurde. Entsprechend fantastisch erlebten wir dann unseren ersten Sex. Es war Liebes-Sex, also das Schönste, was es überhaupt gibt. Und bis zu ihrem Tod habe ich ihren Körper und ihre Seele immer als Einheit gesehen. Beides begehrte ich gleichermaßen, und das Gefühl der Heimat nach einem gemeinsamen Orgasmus war für mich die intensivste Körper-Geist-Erfahrung, die ich je gemacht habe. Keiner Frau zuvor hatte ich mich so umfassend nahe gefühlt wie dann Marie. Das ist auch der Grund, weswegen all die Liebeleien und kürzeren Beziehungen, die ich vor ihr gehabt hatte, nicht der Rede wert sind. Nur Monika nehme ich aus. Sie war meine erste Liebe. Als wir uns trafen, wurden wir beide gerade sechzehn und machten einander besinnungslos – vor Glück. Zwei Jahre später hat sie mich verlassen, wegen eines anderen.

Marie war an ihren Geburtstagen immer in einer ganz besonderen Stimmung: etwas traurig, etwas melancholisch, etwas glücklich. Und ich machte es mir zur Aufgabe, für sie jedes Jahr aus dem ersten Oktober einen wirklich großen Festtag zu gestalten. Und je mehr ich es schaffte, sie von der Traurigkeit und der Melancholie abzulenken, als desto gelungener empfand ich meine Aktivitäten. Einmal organisierte ich für sie ein prächtiges Feuerwerk, Punkt null Uhr ging es vor ihrem Haus los, fast zehn Minuten dauerte es – und sie stand wie benommen vor Freude und Glück neben mir am Fenster. Ein anderes Mal hatte ich heimlich ihre zwei ehemals besten Freundinnen aus den USA einfliegen lassen, beide waren dorthin ausgewandert. Am Geburtstagsvormittag sagte ich zu Marie, nachdem ich ihr ein paar kleine Geschenke gegeben hatte: »Der Rest ist im Kleiderschrank, mach mal vorsichtig die Türen auf.« Und wer saß im Kleiderschrank und begann sofort beim Öffnen der Türen zu singen? Annett und Christine! Während das Geburtstagkind im Bad gewesen war, hatte ich die Mädels im Schrank versteckt. Und Marie konnte es nicht fassen, lief im Raum umher und rief immerzu: »Das glaub ich nicht, das träum ich nur!« – bis sie dann endlich ihre Freundinnen in die Arme schloss.

Die restlichen Geburtstage waren wir auf Reisen. Auch an ihrem letzten. Ich hatte für uns eine idyllische Berghütte in der Schweiz gemietet. Traumhaft gelegen, im Wallis, auf fast zweitausend Metern, mit grandioser Aussicht. Die Hütte war eine Überraschung. Sie wusste zwar, dass wir in die Schweiz reisen würden, aber alles andere hatte ich geheim gehalten. Als wir nach langer Serpentinenfahrt endlich neben dem kleinen Holzhaus standen, sprudelte Marie vor Begeisterung geradezu über – so gut gefiel ihr die Hütte. Ich hatte nichts anderes erwartet, ich kannte ja ihren Geschmack, und doch freute ich mich riesig über ihre Reaktion.

Es wurde ein beschaulicher Geburtstag. Das Wetter war schön und ruhig, so dass wir viele Stunden wanderten. Und erst am Nachmittag sollte es die »Bescherung« geben. Ich schenkte ihr die gesammelten Werke der Maria Callas (eine besondere und seltene Edition), eine orangefarbene Tisch-Neonlampe, die wie eine kleine tanzende Frau aussah (hergestellt in limitierter Auflage), sowie ihr Lieblingsparfüm. Dann blieben wir in der Hütte und schauten uns von dort aus den Sonnenuntergang an. In dem Moment, als die Sonne hinter einem Gipfel verschwand, goss der Oktoberabend dunkelrotes Gold über die Berge, und Marie sagte zu mir:

»Ich möchte noch ganz viele so schöne Geburtstage mit dir erleben.«

Dieser Satz ist seit ihrem Tod die Hölle für mich. Die Erinnerung an ihn war immer stärker als jede Gegenwart.

8. EINTRAG

Heute ist der zweite Oktober. Ich habe weit über dreißig Stunden geschlafen. Maries Geburtstag sozusagen übersprungen, mit Valium, sehr viel Valium. Mein Kopf tut mir weh.

Draußen ist etwas ausgesprochen Bedrückendes geschehen. Ich habe es vorhin beobachtet. Es schneite nicht mehr, wie schon seit Tagen. Schwarzgrau der Himmel, die Luft ohne Bewegung, starrende Kälte. Und dann zog langsam Nebel auf. Aus allen Himmelsrichtungen, und nach etwa einer halben Stunde war mein Haus, waren meine Fenster vollkommen umhüllt von Nebelschwaden.

Nun vermag ich überhaupt nichts mehr zu sehen. Nichts. An meinen Scheiben wabert ein milchiger Dunst. Strecke ich einen Arm nach draußen, kann ich meine Fingerspitzen nicht mehr erkennen. So dicht ist der Nebel. Gab es früher auch Nebel bei minus elf Grad? Ist das überhaupt möglich? Aber was für eine absurde Frage – es gibt ja keine Normalität mehr.

Ich habe sämtliche Gardinen in meinen Zimmern zugezogen, weil mir der Blick in den Nebel unheimlich ist. Mir kommt es dann vor, als sähe ich Gesichter, Augen oder Münder. Es kann eben alles immer noch schlimmer kommen. Wie gerne stünde ich jetzt am Fenster und würde einem Schneetreiben zuschauen. So, wie ich es in den letzten Wochen und Monaten allzu oft getan habe.

Warum eigentlich bin ich nicht auf die Idee gekommen, mir irgendwoher einen Stromgenerator zu besorgen? Das Leben hier in meiner Wohnung wäre mit Strom so viel einfacher und angenehmer. Ich hätte zwar nicht gewusst, wo es so etwas gibt und wie man damit umgeht, aber das wäre kein Grund gewesen, mich nicht auf die Suche nach einem solchen Gerät zu machen. Nun ist es zu spät dazu.

Und was tue ich, wenn kein Wasser mehr aus dem Hahn fließt? Zum Kochen und Trinken kann ich auf meine Mineralwasservorräte zurückgreifen, zum Wäschewaschen und zur Körperpflege werde ich mir Schnee ins Haus holen und ihn schmelzen. Es wird schon irgendwie gehen.

Seit knapp drei Monaten habe ich jetzt nicht mehr gesprochen. Abgesehen von kleineren Selbstgesprächen. Schweigen verändert das Denken. Vielleicht sogar die eigene Identität. Vor vielen Jahren hatte ich einmal überlegt, für eine gewisse Zeit in ein Schweigekloster zu gehen. Bin dann allerdings von dem Plan wieder abgekommen, da ich zu große Angst vor der Stille (in mir) hatte, vor dem Blick in die Unterwelt meiner Seele. Wie mag es Menschen ergangen sein, die früher als Eremiten ihr ganzes Leben irgendwo in den Bergen oder in der Wildnis zubrachten? Sogar ohne Bücher, ohne Papier und Schreibgerät, ganz auf sich allein gestellt.

Wer schweigt, kann sich nicht schönreden.

Meine Träume des Nachts sind nie gut. Oft brauche ich nach dem Erwachen lange, um die verschiedenen Realitäten zu unterscheiden und einzuordnen. Ich grüble dann darüber nach, was denn die *tatsächliche* Wirklichkeit ist: mein Leben hier im Eis, im Schnee, in der Finsternis; meine Vergangenheit; oder mein Traumleben – beispielsweise als siebenköpfiger Rabe, Eisenmensch oder Tsunami?

Der hinter mir liegende dreißigstündige Schlaf war mal wieder eine Odyssee durch bizarre Welten. Hin und her wurde ich geschleudert:

Das Herz war mir aus der Brust gefallen, ich hob es auf von staubigem Boden, nahm es in beide Hände und hielt es vor meinen Leib. Und viele Menschen, mittelalterlich gekleidet, kamen auf mich zu und sagten mit Häme im Chor: »Aber es schlägt ja gar nicht mehr, dein Herz steht still – warum trägst du es denn überhaupt noch in Händen? Wirf es fort! Ein totes Herz gehört nicht unter die Menschen!« »Aber es zuckt doch noch«, gab ich zur Antwort, »fast schlägt es ein wenig, geht weiter und kümmert euch um eure Herzen.« Alle fingen lauthals an zu lachen, machten ein paar Schritte zurück, entblößten ihre Oberkörper und ich sah in jedem Brustkorb ein faustgroßes Loch. Keiner von diesen Menschen hatte mehr ein Herz. »Siehst du«, sagten sie, »wir können fliegen – du mit deinem Herzen in der Hand kannst es nicht.« Und alle wandten sich von mir ab, hoben die Arme wie Flügel und flogen davon, in einen schneeweißen Himmel ...

Ich lernte von hinten und rückwärts sprechend die Bibel auswendig, mit Eifer und Furcht. Denn unvermittelt tauchte immer wieder eine sprechende Riesenratte auf, dreimal so groß wie ein Mensch. Sie kam aus dem Nichts, verlangte von mir, das Neuerlernte präzise aufzusagen – und verschwand wieder im Nichts. Kam ich ins Stocken oder gelang mir gar eine Passage überhaupt nicht, verschlang sie mich für Minuten. In ihrem dunklen Inneren, wo es nach Moor roch, meinte ich stets zu ersticken, ich schlug gegen ihre Magenwände – und in allerletzter Sekunde, so kam es mir vor, spie sie mich wieder aus und sagte deutlich akzentuiert: »Die Bibel ist das Leben, also lerne! Ich habe immer Hunger.« Dann urinierte sie noch kurz und löste sich wieder in Luft auf ...

An einem sehr warmen und klaren Maitag verlief ich mich in meiner Stadt. Ich hatte vergessen, in welcher Straße ich wohnte, wo mein Haus stand. Menschen saßen in Straßencafés und waren fröhlich. Je mehr ich herumrannte, desto verzweifelter wurde ich. Und je verzweifelter ich wurde, desto fremder erschien mir alles. War das wirklich meine Stadt? Als ich schließlich an einer Schule vorbeikam, atmete ich auf, denn ich erkannte sie wieder. Es war meine alte Schule. Aber dann traute ich meinen Augen nicht: Die Hauptpforte öffnete sich, ein paar Kinder stürzten auf den Bürgersteig, und vorneweg rannte ein kleiner Junge – *und dieser Junge war ich selbst*, als Kind. »Lorenz«, rief ich. Der Kleine blieb stehen, blickte mich mit stechenden Augen an und sagte: »Du hier? Hast du nichts Besseres zu tun? Wenn ich mal groß bin, schon am Tag meines achtzehnten Geburtstags, werde *ich mich* umbringen ...«

Und kurz vor dem Aufwachen heute Morgen saß ich auf einem elektrischen Stuhl, in einem knallrot gestrichenen leeren Raum. Ich war festgeschnallt. Neben mir stand ein Polizist und las aus einem Aktenordner mit dem Aufdruck »Anklageschrift« vor. Aber ich konnte ihn nicht verstehen, er sprach in einer mir unbekannten Sprache. »Das stimmt doch alles nicht«, rief ich während seines monotonen Vortrages dazwischen. »Ich kann es beweisen! Meine wirkliche Schuld kennt niemand! Niemand!« Aber er ließ sich nicht beirren und las weiter vor. Dann schlug er plötzlich den Ordner zu, ging zu dem großen, an der Wand angebrachten Stromschalter, sagte zu mir in meiner Sprache: »Nun gibt es kein Zurück mehr, Schuld ist Schuld« – und legte den Schalter um. In diesem Moment wurde ich wach.

Ob der Nebel lange bleiben wird?

Warum nur ist alles so, wie es ist? Ist es denn wirklich so, wie es zu sein scheint? Vielleicht ist alles nur eine Illusion? Und warum lebe ich? Aber lebe ich denn wirklich? Vielleicht bin ich schon lange tot und weiß es gar nicht.

Kann ich noch auf positive Veränderungen hoffen? Was wäre das Beste, was mir geschehen könnte? Was würde ich tun, wenn die Sonne wiederkäme und das Thermometer anstiege? Durch andere Städte, gar Länder irren? Bin ich verdammt, für immer alleine zu sein? Wann ist der richtige Zeitpunkt von eigener Hand zu sterben? Ich glaube mittlerweile, dass eine kosmische Katastrophe die Ursache der mich umgebenden Phänomene ist. Alle anderen Überlegungen erscheinen mir zu abwegig. Vielleicht gab es eine plötzliche und ungemein heftige, die Weltordnung zerstörende Strahlung aus dem All, die das Leben binnen Kürze in seine Grundbestandteile, seine

Atome zerlegt hat, und die Menschen und Tiere wurden von den Winden davongetragen.

Aber bin ich wirklich der einzige Überlebende? Der Einzige auf dieser so großen Erde? Eigentlich kann ich es nicht glauben, jedoch ... wer weiß? Wäre ich lieber auch gestorben, am 17. Juli? Eindeutig: ja! Schon als Jugendlicher fand ich die Vorstellung, mit allen Menschen gemeinsam unterzugehen, weniger schlimm, als alleine das Leben verlassen zu müssen.

Aber vielleicht sind die anderen ja gar nicht tot, vielleicht halten sie sich alle irgendwo auf – und leiden fürchterlich.

Warum habe ich mich damals nach Maries Tod nicht umgebracht? *Sie* hat mich davon abgehalten. Ich weiß genau, dass sie es nicht gewollt hätte. Ich weiß es hundertprozentig.

Was mache ich, wenn es noch kälter wird? Oder wenn die Schneemassen sogar bis zum vierten Stock anwachsen? Ob die Sonne implodiert ist? Bin ich vielleicht verstrahlt, ohne es zu wissen, und der Zerfall kommt langsam, ein schleichender Tod ...

Ich will mir all diese Gedanken und Mutmaßungen verbieten. Sie führen zu nichts.

Ich muss meinen Alltag organisieren, das ist wichtig. Und zur Ablenkung lese ich – und schreibe hier.

Mehr ist im Moment nicht zu tun.

9. EINTRAG

Wer bedingungslos geliebt wird, ist einer schlimmen Versuchung ausgesetzt. Nur die Reifen und Klugen können sich ihrer erwehren. Davon bin ich heute absolut überzeugt.

Ich fühlte mich von Marie so sehr geliebt, dass ich meiner Eigensucht immer freieren Lauf ließ. Ich fühlte mich sicher, so sicher. Was hätte mir passieren können? Diese Frau stand zu mir wie noch nie eine andere Frau zuvor. Auch mit Rat und Tat. Alle Lebensbereiche betreffend. Ihr Urteil war mir stets wichtig. Jede berufliche Entscheidung besprach ich eingehend mit ihr. Ebenso finanzielle Angelegenheiten. Und immer war sie so bei der Sache, als ginge es um sie selbst. Ich dachte damals nicht bewusst darüber nach, aber mein Handeln war bestimmt von dem untergründigen Gefühl, diese Frau wird dich nie und nimmer verlassen, die ist dir sicher. Und so wurde ich träge und bequem und ließ mich in meinen Befindlichkeiten regelrecht gehen. Ihre Liebe, so absurd es auch klingt, hat meine Selbstherrlichkeit geschürt. Aber Schuld daran trage allein ich. Weil ich das Glück, das mir damals zuteil wurde, nicht genügend wertschätzte. Wobei mir durchaus klar war, welch ein wundervoller Mensch an meiner Seite lebte – auch ich habe sie ja über alles geliebt. Was mich jedoch keineswegs davon abhielt, in meinen Parallelwelten zu huren und mir dabei auch noch einzureden, das eine habe mit dem anderen rein gar nichts zu tun. Ich schäme mich so sehr. Ich schäme mich bis auf meinen Seelengrund für all die Zumutungen und Lügen, die ich ihr angetan habe.

Marie wollte immer Kinder. Ich nicht. Obwohl ich Kinder stets sehr gemocht habe. Ich spielte, redete und tollte ausgesprochen gerne mit ihnen, aber nach einer gewissen Zeit reichte es mir, und ich war froh, sie wieder los zu sein. Nur im frühen Alter von sechzehn bis ungefähr zwanzig Jahren träumte ich von einem klassischen Familienleben und wünschte mir mindestens zwei Nachkommen. Aber je älter ich wurde, desto weniger war ich an eigenen Kindern interessiert. Und als ich Marie kennenlernte, hatte ich dieses Thema längst ad acta gelegt. Ich wollte frei sein. Mit einem Kind hätte ich mein Leben nicht so leben können, wie ich es mir wünschte. Und so befremdlich es auch klingen mag, die große Liebe zu Marie hat meinen Entschluss, auf ein Kind zu verzichten, dann endgültig zementiert. Weil unsere Beziehung, für meinen Geschmack, so perfekt lief – ein Dritter hätte *uns* nur gestört. Ich wollte Marie für mich alleine. Ich wollte auch in Zukunft mit ihr ungewöhnliche und extreme Reisen machen, ganze Sonntage ungestört im Bett verbringen, die Nächte durchschlafen oder durchfeiern. All das wäre mit einem Kind kaum möglich gewesen. Und wie oft entschieden wir uns spontan, zu zweit oder mit Freunden für ein paar Tage nach Paris, Madrid, London oder Moskau zu fliegen. Solche Aktionen fand ich immer ausgesprochen reizvoll und hatte noch lange nicht genug davon.

Ich wollte *gemeinsam* mit Marie frei sein. Und zu dieser Freiheit gehörte für mich ein großer Traum, der auch Marie begeisterte. Wenngleich ich heute einsehen muss, dass ich häufiger davon sprach als sie, dass meine Euphorie größer war als ihre. Ich sehnte mich danach, irgendwo ein zweites Zuhause zu finden, außerhalb von Deutschland, quasi als Zweitwohnsitz. Marie hatte sehr flexible Arbeitszeiten in ihrer Buchhandlung, und für mich als Freiberufler wäre ein solches Lebensmodell allemal kein Problem gewesen. Während unserer Reisen überlegten wir immer, ob das jeweilige Reiseland für die Realisierung dieses Traumes infrage käme. Und je mehr wir über alle praktischen Fragen nachdachten, wie Verkehrsverbindungen, Anreisezeit, Sicherheitsaspekte und so weiter, desto klarer wurde uns, dass unser Traumplatz irgendwo in Europa sein sollte. Zahllose Gespräche führten wir darüber, und viele tausend Kilometer legten wir an Erkundungsfahrten zurück, um dann schließlich zwei, wenn auch recht unterschiedliche Gegenden in der ganz engen Auswahl zu haben: die Alpenregion und das südliche Island. In Island hatten wir uns sogar schon mehrere kleine Häuschen in der Umgebung von Vik i Mýrdal, dem südlichsten Ort der Hauptinsel, angeschaut. Es war sensationell schön.

Ein Kind hätte die Verwirklichung dieses Traumes um Jahre und Jahre verzögert, und ich wollte nicht irgendwann, alt und grau, am Ziel meiner Sehnsüchte ankommen. Also war für mich absolut klar: Marie durfte nicht schwanger werden!

Wir hatten nie Sex mit Präservativen, dafür nahm Marie die Pille. Aber das Leben hatte mich gelehrt, dass jede

Frau, die aus tiefstem Herzen schwanger werden will, auch trotz Pille schwanger wird. Entweder passiert irgendetwas Unerklärliches, oder das Unterbewusstsein diktiert eine falsche Einnahmezeit – oder sie unterbricht ganz einfach bewusst, aber heimlich den Einnahmezyklus. Also wollte ich kein Risiko eingehen – und tat etwas, das ich, aus heutiger Perspektive betrachtet, unfassbar finde.

Ich tat es heimlich, im dritten Jahr unserer Liebe. Marie befand sich auf einer zweiwöchigen beruflichen Reise, und am ersten Tag ihrer Abwesenheit habe ich mich sterilisieren lassen.

Der Chirurg, ein alter Freund von mir, hatte ganze Arbeit geleistet, so dass Marie nichts bemerkte. Der Schnitt war ausgesprochen klein und sehr schnell wieder verheilt. Ich fühlte mich auch nicht meiner Manneskraft beraubt, wie so manche Betroffene es nach einem solchen Eingriff berichten. Also ging ich schnell wieder zur Tagesordnung über, und Marie hatte keinen blassen Schimmer von dem, was vorgefallen war. In den ersten Monaten danach erlebte ich geradezu ein Stimmungshoch. Keine Spur von schlechtem Gewissen. Im Gegenteil. Ich dachte, nun könne unserem Glück nichts mehr entgegenstehen, die Welt und die Zukunft gehörten uns. Mir und Marie. Erst nach ungefähr einem Dreivierteljahr meldete sich eine innere Stimme.

Heute muss ich sagen: Wie beschämend, dass ich reifer und erwachsener Kerl so lange dafür brauchte, mein Verhalten kritisch zu hinterfragen! Das allerdings tat ich dann – wenn auch zunächst nur zögerlich. Je mehr Zeit aber verging, desto größer wurde die Gewissenslast. Zwar nahm Marie noch immer die Pille, und vom Schwangerwerden war in jenen Monaten gar nicht die Rede, jedoch wurde mir absolut klar, dass ich sie aufs Übelste hintergangen hatte. Ich kam mir unendlich schäbig vor.

Ein Jahr nach dem Eingriff schließlich beichtete ich, erzählte Marie alles – und hatte eine irre Angst, dass sie mich verlassen würde. Aus Enttäuschung. Vor Zorn.

Und was tat sie?

Sie sagte nur: »Du Schwein«, drehte sich um und ging (das Geständnis hatte in meiner Wohnung stattgefunden). Das schlechte Gewissen lähmte mich derart, dass ich sie weder aufzuhalten versuchte noch irgendetwas zu meiner Entschuldigung oder Verteidigung vorbrachte. Eine halbe Stunde später kam eine SMS mit dem Text: »Ich will keinen Anruf von dir, auch keinen Besuch.« Mir lief es eiskalt über den Rücken. Ich wusste, was das bedeutete. Marie verhielt sich immer zurückhaltend und nur ausgesprochen selten aggressiv. Diese Reaktion und ihre Worte zeigten mir, wie ernst es war, wie sehr ich sie verletzt hatte. Ich fuhr nicht zu ihr, und ich rief sie auch nicht an. Aber eine SMS schickte ich: »Bitte verzeih mir. Ich möchte dich nicht verlieren. Das Leben mit dir ist das schönste Leben der Welt.« Ich hörte *achtzehn* Tage nichts von ihr. Und wurde beinahe wahnsinnig. Ich wollte sie nicht bedrängen, wollte ihre Wünsche respektieren, wusste aber überhaupt nicht, was ich tun sollte. Ich saß in der Falle und musste ganz einfach abwarten. Dann kam der erlösende Anruf. Ich sah ihre Nummer auf meinem Display, ließ es ein paarmal klingeln und nahm schließlich mit zitternder Hand den Hörer ab.

»Hallo, Marie ...«

Und sinngemäß sagte sie zu mir: »Nie wieder darf so etwas passieren, nie wieder darf es Heimlichkeiten zwischen uns geben! Nur wenn du mir das versprichst, kann ich weiter mit dir leben – und dann will ich es auch wirklich, von ganzem Herzen.«

Mir blieb der Atem weg, und ich flüsterte nur in den Hörer: »Ich verspreche es dir.«

Nach diesem Vorfall habe ich Marie nie mehr betrogen. Kein einziges Mal. Und es fiel mir nicht einmal schwer. Ich musste mich nicht dazu zwingen. Aber die Zeit, die Marie und mir noch blieb, war knapp bemessen. Zu ihrem nächsten Geburtstag, den sie nicht mehr erlebte, wollte ich ihr eine Bescheinigung meines Chirurgen schenken, dass die Sterilisation rückgängig gemacht worden war.

10. EINTRAG

Habe heute zum ersten Mal Bettwäsche gewaschen. Alles von Hand natürlich. Wie auch sonst? Sehr mühsam. Hatte nichts Sauberes mehr. Erst in den letzten Tagen ist mir in den Sinn gekommen, dass ich mir ja eigentlich einen Vorrat an Laken und Bezügen hätte beschaffen können, zusammengesucht aus verschiedenen Geschäften. Daran aber hatte ich vor Wochen nicht gedacht. Nun muss ich mit dem auskommen, was ich besitze. Aus den anderen Wohnungen hier im Haus möchte ich mir nichts nehmen. Das Waschen war eine umständliche Prozedur: Wasser auf dem Kohleofen erhitzen (in großen Töpfen), Wasser ins Badezimmer schleppen und in die Wanne schütten, Waschpulver dazu geben, Wäsche hineinschmeißen, dann das Ganze mit den Händen immer und immer wieder durchkneten, anschließend unter der kalten Brause spülen und auswringen. Jetzt hängen die nassen Wäschestücke zum Trocknen verteilt in meinem Wohnzimmer und haben die Fensterscheiben beschlagen lassen. Meine kleineren Wäschestücke, wie zum Beispiel Socken, T-Shirts und Unterhosen, werfe ich immer direkt in einen auf dem Ofen stehenden und mit Wasser gefüllten Kochtopf, lasse das Ganze dann ein paar Stunden gut durchziehen, spüle anschließend alles unter fließendem Wasser aus – und habe so wieder saubere Sachen. Man wird halt erfinderisch.

Welch ein Glück übrigens, dass ich vor Jahren meinen Kohleofen nicht entsorgt habe. Einmal war ich kurz davor. Ohne ihn könnte ich jetzt hier nicht leben. Er ist das Herz meiner Wohnung. Er gibt Wärme, ich koche auf ihm, und er erhitzt mir das Wasser.

11. EINTRAG

Draußen: unverändert dichter Nebel. Seit zehn Tagen, und mittlerweile ist er vollkommen regungslos. Nur die ersten beiden Tage nach seinem Aufzug waberte er vor meinen Scheiben. Das ist jetzt vorbei. Temperatur: konstant.

Ich habe Angst, den Verstand zu verlieren, habe Angst vor Halluzinationen. Heute ist es besonders schlimm. Vorhin war mir, als hätte ich im Treppenhaus Schritte gehört!

Schritte? Im Haus? Meine Pulsfrequenz verdoppelte sich daraufhin blitzartig, und ich schlich auf Zehenspitzen zu meiner abgeschlossenen Wohnungstür, legte ein Ohr an das Holz.

Es herrschte zunächst Stille, nur mein Ofen knackte und knisterte im Wohnzimmer. Aber dann, nach einigen Sekunden des Horchens, war es wieder da, jenes Geräusch, welches ich zuvor gehört zu haben glaubte. Und tatsächlich, es klang nach Schritten! Als würde ein kräftiger Mensch entschlossen auf die Holzstufen in den unteren Stockwerken treten. Mein Herz trommelte, und meine Gedanken überschlugen sich. Kam er nach oben? Ein Mensch? Ein Überlebender? Hier? Wie hatte er mich gefunden? Mitten im Nebel! Warum rief er nicht nach mir? Warum freute ich mich nicht? Kam er in guter Absicht? Oder wollte er mich töten? Wie war er ins Haus gelangt? Hatte er eine Scheibe eingeschlagen? Oder die komplett verschneite Haupteingangstür freigeschaufelt? Warum klangen seine Schritte so gewaltig?

Mir liefen Schweißtropfen von der Stirn über das Gesicht. Und dann bemerkte ich, dass die Schritte ihre Richtung nicht zu verändern schienen. Weder kamen sie näher, noch entfernten sie sich. Trat er auf der Stelle? Aber warum? Sollte ich die Tür öffnen? Sollte ich ihm etwas zurufen? Oder war es vielleicht gar kein Mensch? Was konnte es sonst sein? Etwas Übernatürliches? Mein Ohr, die dazugehörige Gesichtshälfte und meine Schulter begannen zu schmerzen, so fest presste ich mich an die Tür. Meine Blicke rasten meinen Wohnungsflur auf und ab. Was sollte ich tun? Vielleicht waren die Geräusche der Beginn meiner Rettung? Oder mein endgültiges Verderben!

Aber was hatte ich schon zu verlieren? Also entschied ich mich kurzerhand, die Tür zu öffnen. Ich griff zu einer an der Wand hängenden Taschenlampe, schloss die Tür auf und trat einen Schritt hinaus ins Treppenhaus. Genau in diesem Moment aber verstummten die Geräusche. Nichts war mehr von unten zu hören. Ich empfand so große Angst und Beklemmung, dass ich die Taschenlampe sofort ausknipste und ein paar Minuten starr im Hausflur stehen blieb. Erst dann gab ich mir einen Ruck, schaltete die Lampe wieder ein, ging zum Geländer, leuchtete in die Treppenschlucht und rief beherzt: »Ist da wer? Melden Sie sich! Es besteht keine Gefahr. Ich bin hier ganz oben ... hallo!«

Aber es kam keine Antwort – es blieb vollkommen still. Nun, da ich den ersten Schritt getan hatte, fielen mir die nächsten nicht mehr so schwer. Ohne zu zögern, ging ich rasch nach unten, Stufe um Stufe, Stockwerk um Stockwerk, lief durch jede Wohnung, leuchtete jeden Winkel aus – entdeckte jedoch nichts und niemanden. Darüber war ich einerseits sehr erleichtert – zugleich aber auch etwas enttäuscht. Dachte allerdings nicht eingehender darüber nach.

Als ich schon wieder nach oben steigen wollte, fiel mir der Keller ein. Den musste ich nun auch noch inspizieren. Es blieb mir gar nichts anderes übrig. Ich schaute nach links: Die Zugangstür zum Kellergewölbe war geschlossen. Wie schon seit Monaten.

Nach dem 17. Juli war ich nur einmal dort gewesen. Auch bei meinen alltäglichen Hausspaziergängen meide ich normalerweise das Tiefgeschoss. Wirklich begründen kann ich das nicht. Irgendwie flößen mir die Katakomben dort unten Furcht ein. Also lasse ich sie stets links liegen, zumal ohnehin nichts Besonderes in den Gängen und den einzelnen Verschlägen vorzufinden ist.

Nun aber, ich stand frierend im Hausflur, musste ich nach unten. Daran führte kein Weg vorbei. Vielleicht war ja jemand dorthin geflüchtet. Ich leuchtete die Tür ab, überlegte einen Moment und öffnete sie schnell. Ein muffiger Geruch schlug mir entgegen. Ich nahm meinen ganzen Mut zusammen und rannte los: ein paar Stufen hinunter, dann rechts in den Gang, schleuderte meinen Lampenstrahl hastig in jede Ecke, bückte mich, leuchtete unter die einzelnen Holzverschläge und sprang schnell zurück zu den Kellerstufen, um dann den linken Gang und die dort befindlichen Schuppen zu prüfen. Aber nichts! Niemand war dort. Kein Mensch. Kein Geist. Kein Tier. Kein Garnichts.

Ich machte mich wieder auf den Rückweg nach oben. Schloss die Kellertür hinter mir – und stieg langsam, nun wesentlich ruhiger geworden, die Stufen hinauf zu meiner Wohnung.

Und hier sitze ich nun, trinke Tee, rauche.

Ich muss sprechen! Ja, ich muss! Das ewige Schweigen treibt mich zusehends weg von mir selbst.

Ich bin nicht stark genug, meinem Schweigen standzuhalten.

Einige Minuten später.

Ich habe eine Idee. In meinem Schlafzimmer hängt eine etwa fünfzig Zentimeter lange und zwanzig Zentimeter breite tibetanische Holzmaske mit unfreundlichen Gesichtszügen; sie gleicht eigentlich eher einer Fratze. Vor vielen Jahren habe ich sie auf einer Tibet-Reise erstanden. Ich will sie hierher in mein Wohnzimmer holen und gut sichtbar an der Wand anbringen – und dann soll sie mein Gesprächspartner beziehungsweise mein Zuhörer sein. Ja, das werde ich tun. Jetzt sofort. Und ich will ihr einen Namen geben. Thor vielleicht? Oder Melchior? Urd oder Balder?

Nein! Die Maske wird Igor heißen. Igor!

Jetzt hängt Igor im Wohnzimmer neben dem Fenster, und ich habe ihm gerade schon ein wenig erzählt, von meinem Leben hier, dem Vorkommnis im Treppenhaus vorhin und von meinen Vorräten in den anderen Wohnungen.

Es tut gut, zu sprechen.

12. EINTRAG

Marie hatte Geschichte und Germanistik studiert. Und ihre besondere Liebe galt dem italienischen Semiotik-Professor Umberto Eco. Sie verehrte ihn über alle Maßen, und schon zu Beginn ihres Studiums hegte sie den Plan, ihre Hochachtung vor dem romanschreibenden Gelehrten mit einer Promotion über sein großes Erstlingswerk *Der Name der Rose* zu krönen.

Allerdings blieb es lange bei einem bloßen Vorhaben, da sie nach erfolgreichem Examen keine Lust mehr hatte, wissenschaftlich zu arbeiten. Sie wollte ins Berufsleben und Geld verdienen – und verschob Umberto Eco auf später. Ungefähr ein Jahr bevor wir uns trafen, hatte sie schließlich mit den ersten Arbeiten an ihrer Dissertation begonnen. Aber es ging nur schleppend voran, da sie nicht ihre gesamte Freizeit für das Projekt opfern wollte. Dann trat ich in ihr Leben – und es blieb ihr noch weniger Freiraum zum Schreiben und Forschen. Dennoch tat sie es. Wenn auch selten, dafür kontinuierlich und diszipliniert. Nie verlor sie die *Rose* aus den Augen, und ungezählte Male diskutierten wir über inhaltliche Probleme, mit denen sie sich gerade herumschlug.

So ging es Jahre. Die Doktorarbeit wuchs Kapitel um Kapitel. Und obwohl mir durchaus klar war, wie viel Herzblut Marie in ihr Werk pumpte, und mit welchem Stolz sie dem Ende der Arbeiten entgegensah, war meine Anteilnahme daran doch gleich null. Wir unterhielten uns zwar oft über die Promotion, ich bemühte mich auch, im Rahmen meines Wissens, konstruktive Dinge zu sagen, aber ich ertappte mich doch allzu oft dabei, dass ich ihr gar nicht richtig zuhörte. Im Grunde interessierte mich diese akademische Pirouette nicht die Bohne.

Und dann kam der große Tag. Mein Julchen war zu einer Frau Doktor geworden. Sie platzte vor Stolz und Erleichterung und gestand mir, dass sie in den vergangenen Jahren immer wieder hatte hinschmeißen wollen und weit davon entfernt gewesen war, an einen erfolgreichen Abschluss ihrer Arbeiten zu glauben. Ihre Seligkeit hatte etwas sehr Anrührendes, weil sie sich ganz offenkundig mehr über ihre Selbstdisziplin freute als über den errungenen Titel. Ich gratulierte natürlich – aber ich empfand dabei eigentlich nicht mehr Respekt, als hätte sie alleine einen Ikea-Schrank aufgebaut. Entsprechend desinteressiert zeigte ich mich auch, als sie mir ein Exemplar ihrer Arbeit überreichen wollte. Ich weiß noch genau, was ich ihr damals antwortete: »Ach, lass mal stecken! Bei mir zu Hause liegen spannendere Bücher. Deine Umberto-Analyse werde ich lesen, wenn ich alt bin – dann spüre ich die Langeweile nicht mehr so sehr!«

Mein Gott! Und ich sagte diesen Satz auch noch mit einem süffisanten Lächeln und kam mir dabei besonders lässig und cool vor. »Ach, du bist ja gemein«, erwiderte sie leise – und ließ sich nur kurz merklich von ihrer Freude ablenken.

Dann sollte es ein großes Fest geben. Der Doktorhut musste gefeiert werden! Das war für Marie sonnenklar. Mit all ihren Freunden wollte sie auf das Erreichte anstoßen und einen rauschenden Abend verbringen. Und ebenfalls sonnenklar für sie war, dass ihr Liebster dabei sein würde. Natürlich! An meiner Seite wollte sie ihren Erfolg genießen und damit wohl unbewusst all den anderen zeigen, dass auch ich verdammt stolz auf sie war. Da ich mich schon lange von ihren Leuten ferngehalten hatte, sah Marie in der Feier sicher auch einen guten Anlass, unsere so enge Verbundenheit zu demonstrieren.

Fast vier Wochen ließ ich sie in dem festen Glauben, dass ich an der Doktor-Party teilnehmen würde. Fast vier Wochen gab es kaum ein anderes Thema zwischen uns: Wer wird eingeladen? Wo soll gefeiert werden? Kaltes Büfett oder warmes Büfett? Mit Live-Musik oder ohne? Und so weiter. Schon von Beginn der Planungen an war mir die ganze Sache lästig. Ich hatte einfach keine Lust auf den Trubel, zumal mir einige von Maries Leuten, die ich im Laufe der Jahre kennengelernt hatte, ziemlich gegen den Strich gingen. Außerdem wollte ich unbedingt ein Zusammentreffen mit Maries Arbeitskollegin Alicia vermeiden, die selbstverständlich auch eingeladen war. Seit jener Weihnachtsnacht war ich ihr geschickt aus dem Weg gegangen, und daran sollte sich auch nichts ändern.

Die Party rückte bedrohlich näher, und ich hatte längst im Stillen entschieden, ihr fernzubleiben. Nur – was sollte ich Marie sagen? Ihr eine extravagante Ausrede präsentieren? Sie mit der Wahrheit konfrontieren? Oder vielleicht eine Krankheit vortäuschen? Ich konnte mich zu nichts durchringen. Erst vierundzwanzig Stunden vor Festbeginn rief ich sie an und teilte ihr larmoyant mit, ich sei sehr schlecht drauf, befände mich in einer Art depressiven Phase und könne deshalb unmöglich mit anderen Leuten kommunizieren. Sie schwieg eine Weile am Telefon (ich spüre dieses Schweigen heute noch) – und dann sagte sie: »Das hab ich mir schon gedacht. Es ist ein so großer Tag für mich. Alle, die mir wichtig sind, werden da sein – nur du nicht. Na ja ...«

»Nun sei nicht traurig, Julchen«, antwortete ich ihr, »es wird schon ein toller Abend werden – und nächsten Sonntag fliegen wir dann auf die Malediven und machen uns dort zwei wunderschöne Wochen. Nur wir beide alleine.«

Die Doktorarbeit habe ich erst nach ihrem Tod gelesen. Heute steht sie hier in meinem Bücherregal.

13. EINTRAG

Ich begreife nicht, was letzte Nacht passiert ist! Kann denn alles immer noch schlimmer werden? Offensichtlich ja! Es gibt für mich nicht den geringsten Anhaltspunkt, was vor sich geht! Ich habe wahnsinnige Angst!

Vor einer Stunde bin ich aus dem Schlaf aufgeschreckt – vor Lärm! Ja, Lärm. Derartige Geräusche nach so vielen Monaten der Stille?

Ich wusste zunächst gar nicht, wie mir geschah, wo ich war, was ich denken sollte, glaubte, noch verstrickt zu sein in ein Alptraumgeflecht. Aber dann wurde mir schnell klar, dass ich nicht mehr träumte, sondern im Gegenteil hellwach war. Ich sprang auf, rannte in meiner Wohnung auf und ab, horchte an den Wänden, am Fußboden, horchte ins Treppenhaus – konnte aber nirgendwo die Quelle des fremdartigen Lärms ausmachen. Erst dann schoss mir durch den Kopf: Es kommt von draußen! Irgendetwas muss draußen los sein! Ich öffnete hektisch eines meiner Fenster, eisiger Nebel quoll in meine Wohnung, und tatsächlich: Der Geräuschpegel erhöhte sich sofort um ein Mehrfaches. Durch den Nebel drang ein so schrecklicher Lärm, wie ich ihn noch nie zuvor gehört hatte: ein Gemisch aus startendem Düsenjet, polterndem Güterzug und tausend im Gleichtakt hämmernden Maschinen. Dazu ein dumpfes, penetrantes Brummen.

Mein Gott, was war los?

Ich streckte den Kopf weit aus dem Fenster, drehte ihn in alle Richtungen. Rannte dann zu den anderen Fenstern, tat dort das Gleiche. Und erkannte: Das bedrohliche Getöse kam aus allen Himmelsrichtungen, sogar von oben.

Und bis zu diesem Moment, in dem ich hier schreibe, hält es vor, konstant, ohne Schwankungen!

Was ist geschehen? Explodiert gleich die Welt? Landet ein fremdes Raumschiff? Werde ich *jetzt* irre? (Die vermeintlichen Schritte im Treppenhaus waren vielleicht die ersten Anzeichen meiner geistigen Verwirrung.) Sind es andere Überlebende, die irgendetwas in der Stadt tun? Nur: was?

Ist es der Beginn einer weiteren Katastrophe? Ich weiß es nicht! Aber ich weiß: So kann ich nicht lange leben. Was soll ich tun?

Ich bin gefangen im Eis, in der Finsternis, im Nebel – und nun auch noch unentrinnbar einem nicht zu identifizierenden Lärm ausgesetzt. Naht das Ende? Vielleicht. Dann soll es so sein.

Drei Stunden später.

Keine Veränderung des Geräuschpegels! Habe vorhin lange mit Igor gesprochen; das heißt, ich habe ihm erzählt, von dem Lärm draußen, von meiner Angst, von meinen Mutmaßungen. Dabei hat er mich völlig regungslos angestarrt. Auch als ich ihn von der Wand nahm und ihn aus dem geöffneten Fenster hielt – er sollte sich selbst einen Eindruck von dem unheildrohenden Getöse machen –, blieb seine Mimik ohne Rührung. Nun hängt er wieder an seinem Nagel.

Ich muss etwas tun. Ich muss. Ich kann nicht hier sitzen und warten. Ich kann nicht hier sitzen und lesen. Ich kann nicht meinem »normalen« Tagesrhythmus nachgehen. Ich werde für ein paar Stunden meine Wohnung und mein Haus verlassen! Ich will versuchen zu erkunden, was draußen vor sich geht. Aber alles wird ungleich schwieriger sein als bei meinem Ausflug nach St. Aposteln. Noch mehr Schnee ist seitdem gefallen, und eigentlich macht der Nebel jegliche Orientierung fast unmöglich. Dennoch, ich will es versuchen. Ich werde mich jetzt mit dem Nötigsten ausrüsten – und dann aufbrechen. Ich habe nichts zu verlieren.

Sechs Stunden später.
Ich bin zurück.
Aus dem Lärm. Ich kann nicht mehr. Fühle mich so erschöpft. Habe mich kreuz und quer durch mein Viertel gekämpft, durch den so hohen Schnee, durch den so dichten Nebel. Dabei immer in Angst, mich zu verlaufen, mich in dem eisigen Dunst zu verlieren. Und *nichts* habe ich entdeckt. Der Lärm ist überall – und überall gleich. Nirgendwo stärker, nirgendwo schwächer. Und es gibt nicht den geringsten Hinweis, woher er kommt, was ihn verursacht. Keine Spuren, kein Licht, keine Gerüche. Nur gleichbleibendes Getöse, in jeder Straße, vor jedem Haus, auf jedem Platz. So könnte man Menschen foltern – zu Tode foltern. Welch eine Erleichterung, wieder hier im Haus zu sein, in meiner Wohnung! Zwar höre ich die Hölle dort draußen immer noch, aber wesentlich abgeschwächter.

Während meines Rückwegs vorhin – ich quälte mich mühsam durch den Schnee, nur den trüben Lichtstrahl meiner Taschenlampe vor Augen und in jeder Gehirnwindung den geheimnisvollen Lärm spürend –, da war mir plötzlich, als würde mein Ich auseinanderfallen, in Tausende und Abertausende von Fragmenten. Und nichts konnte ich dagegen tun. Erst nachdem ich das rettende Eingangsfenster meines Hauses erreicht hatte und mich in der dazugehörigen Wohnung unten im ersten Stock befand, gelangen mir wieder klare Gedanken.

Ich weiß nicht, was ich tun soll. Ich weiß es nicht. Eigentlich müsste ich etwas essen. Ja, ich will mich dazu zwingen. Jetzt. Und dann werde ich meine Ohren mit Wachs verschließen – und versuchen zu schlafen.

14. EINTRAG

Nichts verändert sich. Lärm, Nebel, Dunkelheit, Kälte. Nun schon seit einer Woche. Seit einer Woche.

Ich schleppe mich herum. Ich verkomme. Habe keine Kraft zu schreiben. Bleiern meine Gedanken. Nur Igor gibt mir noch etwas Halt. Ich erzähle ihm von früher, aus meiner Kindheit.

Er hört mir zu.

Das Wasser fließt nicht mehr.

15. EINTRAG

Julchen!

16. EINTRAG

… ich vegetiere …

… kein Wort mehr zu Igor …

17. EINTRAG

... ich kann nicht mehr ...

18. EINTRAG

Ich fasse es nicht! Meine Hände zittern. Mein Gott, welch ein Glück! Mein Gott, welch eine Gnade! Ich hätte es nicht mehr lange ausgehalten!

Der Lärm ist verschwunden!

Er ist weg! Einfach weg! Ja, es ist wieder still! Absolut still. So, wie ich es kenne. Es ist keine Totenstille, es ist eine heilige Stille.

Schlag fünfzehn Uhr vorhin, heute am 25. Oktober, verstummte das Getöse von einer Sekunde auf die andere. Vollkommen. Ich kann es noch gar nicht glauben, habe trotz Kälte und Nebel alle meine Fenster geöffnet, um die Ruhe zu genießen, um mir zu beweisen, dass dort draußen wirklich kein Lärm mehr herrscht.

Es gibt also doch noch positive Veränderungen. Das habe ich nicht mehr für möglich gehalten. Ich will dafür dankbar sein. Ich weiß nicht, wem, aber ich will dankbar sein.

19. EINTRAG

26. Oktober. Ich habe gut geschlafen. Hatte allerdings Angst, dass über Nacht der Lärm zurückkommen könnte. Umso größer war das Glücksgefühl heute Morgen, als ich *nichts* hörte.

Ich versuche nun wieder meinen normalen Tagesrhythmus zu leben. Vielleicht gibt es bald noch andere Veränderungen. Der Lärm ist verschwunden. Vielleicht geschieht mit dem Nebel dasselbe. Vielleicht wird es sogar wärmer – und heller. Wer weiß.

Ich bin stolz, dass ich an dem Lärm nicht zerbrochen bin. Daraus schöpfe ich Kraft. Die Kraft, weiter hier auszuharren.

Ich werde jetzt nach unten gehen und Schnee holen. Und zwar eine ganze Menge. Ich brauche Wasser. Ich möchte ein Bad nehmen. Es wird sicher mühsam sein, so viel Wasser auf meinem Ofen zu erhitzen. Aber egal! Ich habe so lange nicht mehr gebadet.

20. EINTRAG

Meine letzten Stunden mit Marie: Es war ein brennend heißer Julitag. Die Sonne stand so mächtig und klar am Himmel, als würde sie nie mehr untergehen wollen. Wir hatten beide frei, und gegen Mittag fuhr ich zu ihr in ihre Stadt. Wie immer, wenn ich mit dem Zug anreiste, holte sie mich am Bahnhof ab. Das war ein sehr schönes Ritual. Ich sehe sie noch genau vor mir, wie sie an jenem Tag auf dem Bahnsteig stand, mit erwartungsvollem Blick und in einem knallgelben engen Sommerkleid und ebenso knallgelben Stoffschuhen. Während der Zug einlief, hatte ich mich bereits in den Gang begeben, um sie so rasch wie möglich auf dem Bahnsteig zu erspähen. Und tatsächlich trafen sich unsere Blicke dann sehr schnell. Sie strahlte, ich strahlte, im Schritttempo fuhr der ICE ein, und Marie spazierte nebenher, genau auf meiner Höhe, nur die Glasscheibe trennte uns noch. Dann kam der Zug zum Stehen. Vor mir im Gang hatte sich eine kleine Menschenschlange gebildet, alle wollten aussteigen, und nur sehr langsam ging es voran. Ich zwinkerte Marie durch die Glasscheibe zu und streckte ihr einige Male die Zunge raus. Das machten wir oft, so aus Spaß, und es war immer als kleine Liebkosung gemeint. Als ich Marie endlich in die Arme schloss, war es ungefähr dreizehn Uhr. Sie roch wunderbar frisch und hatte zur Feier des Tages eine doppelte Dosis ihres Parfüms aufgetragen. Das machte sie immer, wenn sie sich besonders auf mich freute. Denn sie wusste, wie gerne ich den Geruch mochte, wie verrückt ich geradezu danach war.

Übrigens habe ich mir einmal, direkt nach ihrem Tod, genau dieses Parfüm gekauft. Als ich die Schachtel damals öffnete und ansetzte, den Sprayknopf zu drücken, blieb mir vor Aufregung und Angst beinahe das Herz stehen. Und dann tat ich es: Ich sprühte mir etwas von dem Parfüm auf den Arm – und mir wurde schwarz vor Augen, ich atmete hektisch den Duft ein, immer und immer wieder, und hunderttausend Marie-Bilder jagten durch mein Gehirn. Alles war so schmerzlich irreal. Ich hatte das Gefühl, sie sei bei mir und mein Arm sei ihr Arm. Ich streichelte ihn, ich küsste meinen eigenen Arm ... und so ging das eine ganze Weile ... und endete schließlich mit heftigem Weinen und Schluchzen ... wie lange, weiß ich nicht mehr ... bis ich dann ins Bad ging und den Arm unter heißem Wasser mit Kernseife und Handbürste reinigte. Ich schrubbte ihn so eingehend, dass er sich feuerrot verfärbte. Danach entsorgte ich das Parfüm im Müllcontainer. Begegnete mir später eine Frau mit dem gleichen Parfüm, riss es mich immer in die Tiefe, immer.

Zurück zu unserem letzten Nachmittag. Da standen wir also eng umschlungen auf dem Bahnsteig und warmer Wind wehte über die Gleise. »Was wollen wir machen?«, fragte Marie. »Keine Ahnung, vielleicht in den nächsten Zug steigen und ans Mittelmeer fahren?« »Ja, das wäre eine Gaudi – und heute Abend wieder zurück. Aber im Ernst, Wasser wäre nicht übel. Wollen wir zum See wandern und schwimmen gehen?«

So richtig begeistert war ich von dem Vorschlag nicht, da ich den See am Rande von Maries Stadt nicht sonderlich mochte, und er vermutlich wegen des vortrefflichen Wetters fürchterlich überfüllt sein würde. Aber ich hatte keinen guten Gegenvorschlag – und so holten wir in ihrer Wohnung die Badeutensilien und machten uns auf den Weg. Er führte durch ein kleines Wäldchen und dann über eine wilde Wiese, die nur so strotzte vor bunten Blüten und grellgrünem Gras. Am Horizont, in blauer Ferne, trieb der Südwind vereinzelte Wolkenformationen vor sich her. Wir waren in gelöster, freudiger Stimmung, und als wir das Wäldchen verließen und die Wiese betraten, begann Marie zu singen:

»*Die Gedanken sind frei,*
Wer kann sie erraten,
Sie fliehen vorbei
Wie nächtliche Schatten.
Kein Mensch kann sie wissen,
Kein Jäger erschießen
Mit Pulver und Blei.
Die Gedanken sind frei ...«

Wir hatten in den letzten Jahren unseres Zusammenseins das Volkslied für uns entdeckt und zunehmend Gefallen daran gefunden. Früher wäre das für mich undenkbar gewesen, stand das Volkslied meines Erachtens doch auf derselben Stufe wie die dumpfe, volkstümelnde Musik, mit der man mich hätte jagen können. Aber im Laufe der Zeit lernte ich durchaus zu unterscheiden, und zusammen mit Marie erkannte ich die Schönheit der alten Weisen. Wir studierten sie regelrecht ein. Marie hatte aus ihrer Buchhandlung zwei kleine Liederfibeln besorgt, und ich war in einem Musikgeschäft auf eine dazugehörige CD gestoßen, besungen von berühmten Männerchören. So kam es, dass wir auf vielen Wanderungen und Spaziergängen die verschiedensten Volkslieder schmetterten.

Das war ein Spaß. Und das war ein Glück ...

Nach der ersten Strophe, die Marie alleine zum Besten gegeben hatte, stimmte ich mit ein, und wir sangen zusammen:

»Ich denke, was ich will,
Und was mich beglücket,
Doch alles in der Still,
Und wie es sich schicket.

Mein Wunsch, mein Begehren,
Kann niemand verwehren,
Es bleibet dabei:
Die Gedanken sind frei.«

Um den See herum tummelten sich wirklich Massen von Menschen, und wir hatten Mühe, noch ein freies Plätzchen zu finden. Deshalb sank meine Laune rapide. Wir breiteten unsere Handtücher aus. Im Nacken saß uns eine lärmende türkische Familie, links und rechts tollten Pubertierende, und vor uns lagen zwei überaus fette Frauen in Bikinis, beide weit über fünfzig, denen der Schweiß aus allen Poren quoll. Marie machte das alles nichts aus. Sie versuchte mich aufzumuntern und zog mich ins Wasser. Das war dann auch eine gute Erfrischung, aber den Rest des Nachmittags habe ich ihr und uns versaut, indem ich ständig nörgelte: »Ich find's scheiße hier.« »Du immer mit deinem See.« »Das ganze Volk hier geht mir auf den Geist.« »Wir hätten in den Stadtpark und dort ins Café gehen sollen.« »Du musst ja immer genau dahin, wo alle sind.« Und so weiter. Nach zwei Stunden war sie mürbe und auch ihre gute Laune hatte sich verflüchtigt. Wir packten unsere Sachen und machten uns auf den Heimweg.

Wanderten wieder über die grellgrüne Wiese, doch diesmal ohne Gesang. In mir rumorte es. Ich war hin- und hergerissen zwischen meinem schlechten Gewissen und einer deftigen Wut. Die Gewissensbisse hatte ich, weil *ich* ja für die miese Stimmung verantwortlich war, und die Wut richtete sich gegen Marie, weil ich *ihr* die Schuld gab, dass wir überhaupt zum See gegangen waren. Ich versuchte, mir meine inneren Kämpfe nicht anmerken zu lassen und redete belangloses Zeug. Auch sie erzählte irgendetwas und verbarg ihre wahren Gefühle. Ich weiß nicht, ob sie zornig auf mich war oder einfach nur traurig. Erst nachdem wir endlich in ihrer Wohnung angekommen waren, normalisierte sich meine Stimmung wieder, und auch sie schien den verpfuschten Nachmittag ad acta gelegt zu haben.

Wir duschten, tranken Kaffee in ihrer Küche und Weißwein auf ihrem Balkon und überlegten, wie wir den Abend gestalten sollten. Ungefähr sechs Stunden hatten wir noch bis zur Abfahrt meines letzten Zuges. Ich wollte nicht bei Marie übernachten, weil ich am nächsten Morgen einen wichtigen Termin in meiner Stadt hatte.

Da war es bequemer für mich, zu Hause zu schlafen – so erklärte ich es ihr. Und sie sagte: »Ach komm, dann stehen wir halt zusammen etwas früher auf, und dafür sind wir heut Nacht zusammen, und der ganze Abend ist entspannter. Bleib hier, es wird eine so schöne Sommernacht, lass sie uns doch gemeinsam genießen!« »Nein, ich habe keine Lust, morgen so früh aufzustehen! Wir sehen uns doch ständig, und der Sommer liegt noch vor uns. Wenn ich um null Uhr fahre, dann ist das doch wohl absolut in Ordnung, oder?«

Sie machte noch zwei Versuche, mich zu überreden. Als ich dann aber sehr barsch reagierte, gab sie es auf, und wir beschlossen, ins Schlossgartenrestaurant zu gehen. Dort aßen wir eine große Salatplatte mit Putenbruststreifen und tranken dazu anderthalb Flaschen Riesling. Unsere letzten Stunden verliefen harmonisch, obwohl ich ihre Enttäuschung durchaus spürte. Aber ich kümmerte mich nicht groß darum, sondern war mit meinen Gedanken ständig bei meinem Termin am nächsten Tag – ein Treffen mit einem mittelständischen Unternehmer, der mir in Aussicht gestellt hatte, Fotos für seine neue Werbekampagne machen zu können. Es lockten ein sattes Honorar und wahrscheinlich interessante Folgebuchungen.

Um dreiundzwanzig Uhr dreißig brachen wir in Richtung Bahnhof auf. Wir gingen Arm in Arm. Sie war mir nicht böse. Ich streichelte ihr über das Haar. Und die heiße Sommernacht trug ein so funkelndes Sternenkleid, wie ich es in unseren Breiten lange nicht mehr gesehen hatte. Wir schlenderten vorbei an Straßencafés, an Parkbänken, an lachenden Menschen, an schweigenden

Menschen. »So könnte es sein, wenn die Zeit einmal stehen bliebe«, sagte Marie. »Es ist warm, so friedlich und überall herrscht Gleichmut.«

Der Bahnhof war fast menschenleer. Mein Zug rollte ein. Ich küsste sie, so wie ich sie in derartigen Situationen immer geküsst hatte, ohne besondere Aufmerksamkeit. Die Uhr zeigte 23.58 Uhr. Ich stieg in einen Waggon, nahm zwei Stufen nach oben, drehte mich wieder um und verharrte in der offenen Tür. Marie stand vor mir auf dem Gleis. Sie blickte zu mir auf. »Es war ja doch noch ein schöner Abend«, sagte sie, »ich freue mich, dass du mich besucht hast.« Und dann tat mir plötzlich alles so unendlich leid: mein Verhalten am Nachmittag, meine Unfreundlichkeiten, und dass ich ihr den Wunsch abgeschlagen hatte, bei ihr zu übernachten. Die Türen schlossen automatisch, und mit leichtem Quietschen und Knarren fuhr der Zug los. Ich drückte meine Nase an die Glasscheibe der Tür, und Marie lief neben dem Zug her, so, als wollte sie den Moment der Trennung noch etwas hinauszögern. Das hatte sie manchmal getan, wenn sie über meine Abreise sehr traurig gewesen war. Ich streckte ihr die Zunge entgegen. Dann blieb sie stehen – und streckte auch mir die Zunge raus.

Vierundzwanzig Stunden später war sie tot.

21. EINTRAG

Ich glaube, seit dem Aufzug des Nebels vor vier Wochen (und schon ein paar Tage davor) hat es überhaupt nicht mehr geschneit. Heute ist der 1. November. Die Temperatur liegt bei etwa 11,5 Grad minus, und es ist nach wie vor vollkommen still draußen.

Ich gehe meinen Ritualen wieder nach: lesen, schreiben, essen, durch das Haus wandern am Abend (mit einer Taschenlampe in der Hand), Musik hören und so weiter.

Ich überlege, *warum* ich das alles hier aushalte, *warum* ich mich verhalte, wie ich mich verhalte – und *warum* ich am 17. Juli, als das Unglück begann, nicht in heillose Panik geraten bin; hatte ich doch noch nie eine vergleichbare Angst erlebt, nie eine solche Einsamkeit, nie eine derartige Ausweglosigkeit. Aber ich bin nicht durchgedreht. Ich bin nicht Amok gelaufen. Ich habe mir nicht das Leben genommen. Stattdessen habe ich mich schnell, eigentlich überraschend schnell, diesen unfassbaren Ereignissen ergeben, mich nicht gegen sie gestellt. Warum war das so? Hätte ich nicht noch mehr unternehmen können?

Ja, bestimmt! Ich hätte damals beispielsweise zum Bahnhof laufen können; vielleicht wäre es mir gelungen, einen Zug in Bewegung zu setzen und davonzufahren, zu fliehen, in eine bessere oder gar noch intakte

Welt. Vielleicht wäre es aber auch sinnlos gewesen, weil überall dieselben Zustände herrschten (was sehr wahrscheinlich war, da mein Weltempfänger nichts, aber auch gar nichts von irgendwo empfing). Aber ich hätte es immerhin versuchen können. Ich habe es nicht getan. Warum?

Hier im Zentrum der Stadt gibt es einen Radiosender, der weit über die Stadtgrenzen hinaus zu empfangen ist. Warum bin ich nicht dorthin gegangen? Damals floss der Strom noch. Ich kenne mich zwar mit der Technik nicht aus, aber vielleicht wäre es mir gelungen, einen Hilferuf zu senden, als Endlosschleife. Womöglich hätte es irgendjemand da draußen gehört. So es denn irgendjemanden da draußen gegeben hat. Aber ich habe es nicht getan. Warum?

Ich hätte, als der Schnee noch nicht zu hoch war, mit einem Geländewagen oder Baufahrzeug noch viel öfter die Stadt verlassen können, das Leben zu suchen – oder nach den Ursachen der Katastrophe zu forschen. Vielleicht wäre ich auf eine Spur geraten, die mich irgendwie hätte weiterbringen können. Ich habe es nicht getan! Warum? Nun, ich hatte außerhalb der Stadt noch weitaus größere Angst, weil mir dort die tote Welt noch viel unheimlicher vorkam als hier. Und meine Wohnung schien mir wie eine schützende Burg, eine Festung gegen das Nichts, inmitten des Nichts. Trotzdem hätte ich immer wieder suchen können, in allen Himmelsrichtungen. Ich hätte die Stadt auch ganz verlassen können, mit einem Auto oder einem Zug, Treibstoff gab es überall in Hülle und Fülle. Ich hätte fahren können bis Portugal oder bis Italien, bis Russland, in die Mongolei oder sogar noch weiter und immer weiter. Wer weiß, auf was ich alles gestoßen wäre. Vielleicht hätte es mir genützt oder geholfen. Aber ich habe es nicht getan!

Ich hätte mir in einem Geschäft Leuchtmunition nehmen können, in großen Mengen, um immer wieder mal in die Luft zu schießen und so auf mich aufmerksam zu machen. Ich habe es nicht getan! Warum?

Gewiss! Ich stand unter einem nie gekannten Schock! Und ich wollte die neue Realität nicht wahrhaben. Weil das alles ja viel zu fantastisch war, als dass man es hätte ernst nehmen können. Das wäre eine Erklärung – aber keine ausreichende.

In den ersten vier Wochen war ich zweimal kurz davor gewesen, mich selbst zu töten. Mit starken Schlafmitteln. In meinem Medikamentenvorrat auf dem Flur befinden sich ja genug davon. Ich hatte die Tabletten schon ausgepackt und auf dem Tisch verteilt. Dort lagen sie über Stunden und ich umschlich sie, dachte dabei wirres Zeug, kam mir feige vor, malte mir mein Sterben aus, hatte dann noch mehr Angst und redete mir ein, dass die mysteriösen Ereignisse nur von kurzer Dauer sein würden.

Das stärkste Gefühl aber in jenen ersten Tagen und Wochen der Katastrophe war, heute erst ist mir dies wirklich klar: die *Schuld*. Meine Schuld gegenüber Marie. Zweimal wischte ich die Pillen wieder zusammen und schmiss sie aus dem Fenster. So einfach durfte ich mich nicht davonmachen.

Und wenn ich heute ganz tief in mich hineinschaue, hatte ich, ohne mir dessen bewusst zu sein, schon am ersten Tag nach dem dramatischen Wetterumsturz das

Gefühl: *Du hast es nicht anders verdient! Du hast es genau so verdient! Und jetzt musst du es ertragen, du musst es aushalten. Alles resultiert aus deinem verkommenen Handeln. Deine Vergangenheit schlägt auf dich zurück. Begehre nicht auf! Unternimm nur das Nötigste! Erdulde! Die Dunkelheit, die Einsamkeit, die Kälte sind gerechte Strafen.*

Sogar der Lärmhölle der vergangenen Woche habe ich noch getrotzt. Was war schon der Lärm gegenüber all dem, was ich Marie angetan hatte?

Als ich dies alles vorhin Igor gegenüber äußerte, hatte ich den Eindruck, er würde erwidern: *Aber das ist doch völlig absurd! Was hat eine so exorbitante Katastrophe mit deinen kleinen Lebensverfehlungen zu tun? Du scheinst dich ja sehr wichtig zu nehmen, wenn du denkst, irgendetwas, nennen wir es Schicksal oder Gott, habe genau dich auserwählt, und nur dich, damit du so für deine schlechten Taten büßt. Welch ein Unsinn!*

Igor hätte zweifellos Recht gehabt! Und doch glaube ich, weil ich so dachte und empfand, habe ich vor drei Monaten nicht *mehr* unternommen. Die Schuld hat mich gelähmt und mich dieses merkwürdige Schicksal annehmen lassen. Zumal meine Lebensenergie seit Maries Ende ohnehin erschöpft schien. Fast alles war mir gleichgültig geworden. Die Jahre zogen an mir vorbei, und ich stand unbeteiligt daneben. Wären die Menschen und das Leben um mich herum *vor* Maries Tod verschwunden, niemals hätte ich mich so verhalten, wie ich mich schließlich verhalten habe.

Warum denke ich erst jetzt über diese Dinge nach? Ich weiß es nicht. Hatte ich es mir in meiner Resignation allzu bequem gemacht? Vielleicht, ja. Der Lärm dann allerdings war etwas sehr Entscheidendes. Er trieb mich an meine Grenzen. Ich hätte es nicht mehr lange ausgehalten. Noch entscheidender aber war die Erlösung von der akustischen Hölle, die Wiederkehr der Stille.

Ich habe das Gefühl, erst jetzt alle Zusammenhänge zu sehen. Wie seltsam! Nach so vielen Monaten irrealen Lebens.

Wie ist meine Gefühlslage im Moment? Gelassen? Nein, das wäre zu viel gesagt! Aber die Angst ist auf ein erträgliches Maß geschrumpft. Ich habe inmitten des Unglücks die Erfahrung gemacht, dass es positive Veränderungen gibt (eben das Verstummen des Lärms), und diese Erfahrung wirkt beruhigend auf mich, gibt mir sogar Hoffnung. Wobei die Hoffnung sehr gedämpft ist. Ob je wieder Leben in mein Leben zurückkehrt, so, wie ich es von früher kenne? Das glaube ich immer weniger. Aber vielleicht zieht der Nebel ab, vielleicht wird es allmählich wärmer, vielleicht kommt sogar die Sonne wieder. Schon das wäre ein unermessliches Glück. Und Menschen? Ich möchte so gerne daran glauben, dass irgendwo auf der Erde noch Menschen leben. Aber wenn es sie denn geben sollte, werde ich je mit ihnen in Kontakt treten können? Einen Menschen zu umarmen, mit ihm zu sprechen, sein Lachen zu sehen, einfach in seiner Nähe zu sein, ist für mich eine so unfassbar schöne Vorstellung, dass ich mir verbieten muss, weiter darüber nachzudenken. Ich werde sonst zu traurig. Ich muss mich der Gegenwart widmen und will auf weitere kleine Verbesserungen der äußeren Umstände hoffen. Zurzeit spüre ich die Kraft dazu. Ich werde weiter meinem gewohnten Leben hier in meiner Wohnung und meinem Haus nachgehen. Die Vorräte reichen noch lange.

Aber darum geht es nicht. Es geht um meinen Lebensmut. Ich erzwinge nichts mehr. Zwar empfinde ich meine Schuld noch genauso intensiv wie vor Wochen, Monaten, wie vor Jahr und Tag. Ich darf mich jedoch nicht an sie klammern. Ich will mir klarmachen, dass die Weltkatastrophe, in die ich hineingeraten bin, nichts mit meiner individuellen Vergangenheit zu tun hat. Und folglich *muss* ich nichts mehr aushalten, nichts mehr erdulden.

Aber ich bin noch bereit zu warten. Vielleicht wird eines Tages der Schnee schmelzen, und ich werde ohne Probleme das Haus verlassen können oder sogar den Mut haben, meiner Stadt ganz den Rücken zu kehren. Vielleicht. Aber ich will mich nicht auf diese Träume fixieren. Ich lasse alles auf mich zukommen. Sollte sich nichts mehr verändern, oder sollte alles wieder schlimmer werden, dann will ich sterben. Und es wäre gut so – obwohl ich große Angst vor dem Tod habe. Ich setze mir jedoch kein Ultimatum.

Heute ist der 1. November.

Alles hat seine Zeit.

22. EINTRAG

Licht ist Leben. Wie lange kann ein Mensch eigentlich ohne Licht existieren? Ich giere so sehr nach Licht. Die Kälte, der Schnee, der Nebel – all das ist nichts gegen die Dunkelheit. Die Dunkelheit ist das Bitterste.

Gestern habe ich in einem Reisebericht gelesen, dass die nördlich des Polarkreises lebenden Menschen zu schweren Depressionen neigten, weil sie im Winter über Monate in vollkommener Finsternis ausharren mussten. Umso größer war ihr Glück, wenn sich im Frühjahr die ersten Sonnenstrahlen am Horizont zeigten und das Land bis hoch in den Norden hinauf sanft berührten.

Manchmal lege ich zehn große Taschenlampen nebeneinander in mein Bücherregal, schalte sie ein und setze mich davor. Ich genieße dann die künstliche Helligkeit, starre regelrecht in die Lichtkegel und höre dabei Musik.

Ich habe es übrigens mittlerweile aufgegeben, mit meinem Weltempfänger nach irgendwelchen Signalen zu fahnden. Außer Rauschen ist auf der gesamten Skala, auf allen Wellen absolut nichts zu hören. Nichts. Nie.

Mein Schlaf ist ruhiger geworden. Ich habe weniger schlechte Träume.

Seit ein paar Tagen lese ich Igor am Abend immer ein Märchen vor.

Wie lange werde ich wohl noch wissen, wann Abend ist, wann Morgen, welches Datum wir haben? Momentan gelingt mir noch die Orientierung an meinem Kalender, und ich achte sorgsam darauf, die Uhren mit neuen Batterien zu füttern. Aber wie wird es nächstes Jahr sein? Dann habe ich keinen Kalender mehr. Die Zeit könnte immer mehr zerfließen. Eigentlich wäre das auch egal. Aber nein!

Ich brauche Strukturen für mein Leben. Dazu gehören meine Rituale und eben auch die Uhrzeit, die Wochentage, die Monate. Ich werde mir Ende des Jahres selbst einen Kalender entwerfen – aber stopp! Gerade sehe ich, dass dies gar nicht nötig sein wird, denn auf der Rückseite meines Schreibtischkalenders ist bereits das nächste Jahr verzeichnet.

Also: die Märchen. Es macht mir Spaß, sie Igor vorzulesen. Ich glaube, *Die Schneekönigin* gefällt ihm besonders gut, aber auch *Der Mönch und das Vöglein*. Und schon zweimal habe ich ihm *Das kleine Mädchen mit den Schwefelhölzern* vorgetragen. Jetzt gleich wird er *Die Boten des Todes* hören.

Zwei Stunden später.

Igor ist ein guter Zuhörer! Nur die Antworten, so ich ihn etwas frage, lassen auf sich warten. Und immer scheinen seine weißen Augen, die in Wirklichkeit Ausschnitte meiner Raufaserwand sind, kühl und nachdenklich durch mich hindurchzublicken (denn Igor ist ja eine Maske mit herausgesägten Augenschlitzen). Was ich ihn schon alles gefragt habe!

Gibt es Parallel-Universen? Wenn ja, wie viele – und warum so viele?

Ist das Weltall begrenzt? Falls ja, was kommt danach?

Wo ist das All entstanden? Und was war dort vorher?

Wer oder was hat es warum entstehen lassen? Oder könnte es sogar aus dem Nichts entstanden sein? Wenn ja, wie wäre das möglich?

Warum bin ich nicht in der Lage, »Raumlosigkeit« zu denken?

Gibt es irgendwo Zeit, die ganz anders ist als die uns bekannte Zeit?

Warum bin ich nicht in der Lage, »Zeitlosigkeit« zu denken?

Welche ethischen Werte haben Außerirdische? (Ich setze extraterrestrisches Leben mal voraus.)

Sind alle Außerirdischen sterblich – so wie wir?

Könnte es vielleicht Feuerwesen geben, die auf unserer Sonne oder anderen Sonnen leben?

Was ist Feuer eigentlich? Und was ist Wasser?

Gelten wirklich im ganzen Kosmos dieselben physikalischen Gesetze?

Könnte es sein, dass irgendetwas, uns gänzlich Fremdes, sich noch schneller fortzubewegen vermag als das Licht?

Warum gibt es Leid? Und gibt es Leid überall im Universum?

Was ist die stärkste Kraft in der Welt?

Warum bleibt kein Ding immer gleich?

Was ist wirklich? Gibt es gar mehrere Wirklichkeiten?

Und was ist mit der Wahrheit? Ist sie einzigartig?

Existiert ein Jenseits? Ein Nirwana? Wenn ja, wozu? Und gibt es dort Bewusstsein?

Wie erklärt man einem Taubgeborenen Musik?
Wie einem Blindgeborenen Farben?
Wie würden wir unsere Welt wahrnehmen, wenn wir, sagen wir mal, neun Sinne hätten?
Könnten wir dann vielleicht Farben hören? Töne sehen oder die Zeit schmecken?
Ist der Zustand vor unserer Geburt gleichzusetzen mit dem nach unserem Leben? ...

Und so weiter – und so weiter.
Igor kann man alles fragen.

23. EINTRAG

Irgendetwas passiert draußen. Aber ich weiß nicht, was. Es ist Nachmittag, 16.20 Uhr. Ich sitze am geschlossenen Fenster meines Wohnzimmers und blicke hinaus.

Seit einer Woche ungefähr habe ich die Gardine nicht mehr zugezogen. Obwohl der schwarze Nebel vor der Fensterscheibe seine Bedrohlichkeit nicht ganz verloren hatte, war er mir doch irgendwann weniger unheimlich als zu Anfang. Und so ließ ich eines Tages, nachdem ich mein Zimmer gelüftet hatte, die Vorhänge offen. Deshalb bemerke ich jetzt gerade auch die Veränderung draußen. In den Nebel scheint Bewegung zu kommen.

Ja! Bewegung!

Zumindest ein wenig. Wochenlang hat er starr an meiner Scheibe geklebt; so jedenfalls mein Eindruck. Was geschieht?

Ich werde das Fenster öffnen – und hinausschauen.

Ein paar Minuten später.

Unfassbar! Tatsächlich! Es ist, als wäre er lebendig geworden, der Nebel. Ich habe gerade mit einer starken Taschenlampe in ihn hineingeleuchtet. Er wabert hin und her. So wie am Anfang, als er aufzog.

Ich sitze jetzt wieder vor dem geschlossenen Fenster. Es wurde mir zu kalt. Die Taschenlampe liegt eingeschaltet draußen auf der Fensterbank. So kann ich das Geschehen besser beobachten. Ich spüre meinen heftigen Herzschlag an meinem Unterhemd. Ich wage es gar nicht, zu hoffen.

Sind das die ersten Anzeichen für den Abzug des Nebels?

Es wäre die zweite positive Veränderung der äußeren Umstände, nach dem Verstummen des Lärms. Es wäre spektakulär, so großartig.

Vielleicht aber bedeutet es auch nichts. Der Nebel bewegt sich halt ein wenig – und wird dennoch bleiben. Vielleicht ist Ähnliches in den letzten Wochen schon mehrfach vorgekommen, und ich habe es wegen der geschlossenen Gardinen nur nicht bemerkt; oder es geschah, während ich schlief.

Eine halbe Stunde später.

Der Lichtschein meiner Taschenlampe zeigt zunehmende Unruhe dort draußen. Mal treibt der Nebel nach rechts, mal nach links, dann wieder scheint er sich von oben, an meinem Fenster vorbei, nach unten zu bewegen. Im Moment sieht es so aus, als würde er vor der Scheibe kreisen. Es ist gespenstisch. Aber ich habe keine Angst. Nein, ich habe Hoffnung.

Eine weitere halbe Stunde später.

Es ist definitiv etwas im Gange. Der Nebel treibt jetzt geradezu an meiner Scheibe vorbei, mittlerweile nur noch in eine Richtung. Ich habe vor ein paar Minuten wieder den Kopf hinausgestreckt. Starker Wind war nicht zu spüren, und doch raste der Nebel an meinem Gesicht vorbei: schwarz, eiskalt und geräuschlos.

Etwa 19 Uhr. Ich bin gerade in der Wohnung herumgerannt und habe laut gesungen, ja gesungen. Einen albernen Schlager aus den fünfziger oder sechziger Jahren: »Marina, Marina, Marina, dein Chic und dein Charme, der gefällt. Marina, Marina, Marina, du bist ja die Schönste der Welt ...«

Ich kann wieder etwas von der Welt sehen!

Es gibt die Welt also noch!
Tatsächlich scheint der Nebel zu verschwinden.
Ist es wirklich so? Ich kann es kaum glauben. Aber er zieht ab! Keine Frage!
Zwar wabern immer noch Nebelbänke an meinem Haus vorbei, allerdings werden sie zunehmend durchsichtiger und lückenhafter. Ich kann bereits wieder die Nachbargebäude und auch die Straße unten erkennen. Unglaublich! Nach so vielen Wochen der Beklemmung.

»... dein Chic und dein Charme, der gefällt ...«

Woher war der Nebel gekommen? Und wohin zieht er jetzt? War nur meine Stadt betroffen gewesen? Oder ganze Landstriche? Egal!
Ich stehe jetzt am geöffneten Fenster, mit einem Notizblock, schreibe (was ich gleich in die Maschine tippen werde) und atme die neue Freiheit. Die Temperatur hat sich nicht verändert, minus elf Grad etwa. So viel Schnee überall. Aber es schneit nicht. Ich friere. Egal. Immer weniger Nebel. Dort unten der dick verschneite Hut der Litfaßsäule. Der Himmel ist nachtdunkel – und doch er-

scheint mir die Stadt hell, fast freundlich. Jetzt sehe ich sogar schon die Türme von St. Aposteln. Gibt es Spuren auf der Straße dort unten? Nein. Egal. Kein Lärm und kaum noch Nebel! Welch eine Lebensbereicherung! Tauchen sogar Sterne auf? Nein. Der Himmel sieht aus wie vor dem Nebel: wolkenverhangen. Egal. Der Nebel löst sich auf. Wirklich! Immer mehr! Und ich habe den Eindruck, er zieht sogar immer schneller ab. Unfassbar! Mein Haus steht wieder ganz frei. In der letzten Zeit hatte ich ja schon daran gezweifelt, ob es die Stadt überhaupt noch gibt. Sie hätte ja *auch* verschwunden sein können. Jetzt weiß ich, dass alles beim Alten ist. Die schlimme Wirklichkeit, in die ich geraten bin, verändert sich also relativ schnell. Jetzt schon zum zweiten Mal – und das in für mich positiver Weise. Kann ich hoffen? Ja!

Ich bin so aufgeregt.

Vielleicht schaffe ich es, das alles hier auszuhalten, es zu überwinden.

Der Nebel ist weg! Nun ganz und gar! Er ist verschwunden!

Ich bin ein Mensch! Vielleicht ist die Hölle endlich!

Und jetzt muss ich erst mal eine Runde heulen.

24. EINTRAG

Einen Tag darauf, später Vormittag.

Die Welt ohne Nebel muss gefeiert werden! Ich habe über zehn Stunden tief geschlafen. Fühle mich ausgeruht und bin noch immer in einer fast euphorischen Stimmung. Nur als ich vorhin nach dem Aufstehen ans Fenster gegangen bin, war ich sehr angespannt; es hätte ja sein können, dass der Nebel über Nacht ...

Aber dem Himmel sei Dank, die Luft war klar und rein, wie schon gestern Abend!

Zusammen mit Igor will ich den heutigen Tag zelebrieren. Es soll ein Festtag werden! Wenn ich mich recht erinnere, habe ich damals auch Champagner in meiner Vorratskammer, der Alexander-Kur-Wohnung, eingelagert. Davon werde ich uns ein paar Flaschen holen. Ob Igor Schampus mag? Man wird sehen. Dann will ich uns ein opulentes Mahl zubereiten. Auf Alexanders Balkon liegen ein paar tiefgefrorene Enten. Ich werde mir die schönste aussuchen, sie auftauen und braten. Dazu soll es Kartoffeln, Dosengemüse, Käse und Birnenkompott geben. Als Nachspeise werde ich eine Schwarzwälder Kirschtorte vom Balkon holen und danach Kaffee und vielleicht noch ein Kirschwasser trinken – und rauchen.

So weit mein Plan. Ich beginne jetzt mit den Vorbereitungen.

17.00 Uhr am selben Tag.

Ich bin sehr satt und ziemlich betrunken. Sitze noch am Esstisch, den ich natürlich auch für Igor eingedeckt habe. Es sieht alles festlich und schön aus. Gutes Besteck, mein bestes Porzellan, Champagnergläser und Kerzen. Mir genau gegenüber ist Igors Platz. Zur Feier des Tages habe ich ihn von der Wand genommen und an eine große, stabile Blumenvase neben seinem Teller gelehnt. So sitzen wir quasi Aug in Aug. Während des Essens bin ich immer zwischen meinem Ende des Tisches und seinem hin- und hergelaufen. Denn der arme Igor kann ja nichts zu sich nehmen. Also musste ich seinen Teller, den ich vorher mit Braten und sonstigen Köstlichkeiten gefüllt hatte, auch leer essen. Deshalb fühle ich mich jetzt so satt. Habe immer die doppelte Portion verspeist.

Prost! Trinke gerade ein weiteres Gläschen Kirschwasser.

Prost, Igor! Hatte ihm auch nachgegossen – und trinke jetzt sein Glas leer.

Prost, Welt ohne Nebel! Prost, Welt ohne Lärm!

Als Vorspeise gab es übrigens Tomatensuppe mit einem Schuss Sherry. Die Schwarzwälder Kirschtorte war nicht so mein Fall. Ich glaube, Igor mochte sie auch nicht besonders. Wir haben uns während des Essens gut unterhalten. Na ja, ich will ehrlich sein: Ich habe geredet wie ein Wasserfall, und er hat mich dabei klug angeschaut. Mit hellroten Augen. Weil die Blumenvase, an der er lehnt, aus hellrotem Glas ist. Ich bin richtig erschöpft vom Erzählen. Was da alles aus mir herausgesprudelt ist ...

Von meinem ersten Sex habe ich Igor erzählt. Mannomann, das war ein Ding damals, wie die Kleine, Sandra hieß sie und war fünfzehn Jahre alt, nachdem sie ihre Hand auf meinen erigierten Penis gelegt hatte, den legendären Satz von sich gab: »Ist das aber ein dicker Knochen. Schiebt der sich, wenn wir fertig sind, wieder in deinen Bauch zurück?« Da musste ich so lachen, dass mir die Lust verging. Seitdem bin ich allen Sandras aus dem Weg gegangen.

Von der absurdesten Liebesnacht meines Lebens habe ich Igor erzählt. Da war ich wohl so zwanzig. Ich hatte eine Menge gesoffen und zog mit Freunden von Bar zu Bar. Spät in der Nacht lernte ich eine rasend schöne junge Frau kennen. Ihren Namen habe ich vergessen, aber ich weiß noch genau, dass sie ein lila schimmerndes, hautenges Kleid trug, perfekt geschminkt war, blonde Locken hatte und umwerfend gut roch. Ja, und ihr Dekolleté feuerte meine Fantasien dergestalt an, dass wir zwei Stunden später gemeinsam in meinem Bett lagen. Sie küsste wie eine Göttin. Ich liebkoste ihren Busen, ihren Hals, dabei zog sie mich aus und verwöhnte mich, was sie meisterhaft beherrschte. Aber ich wollte sie ebenfalls verwöhnen – vor allem, ich wollte natürlich mit ihr schlafen. Und da lag sie dann vor mir, nur noch bekleidet mit einem schwarzen Slip, räkelte sich, rollte sich auf den Bauch, ich küsste ihren Nacken, ihren Rücken, ihre Beine – und nach einer Weile bemerkte ich, trotz des vielen Alkohols im Blut, dass sie sich irgendwie zierte, ihren Slip auszuziehen oder ihn sich von mir ausziehen zu lassen. Zunächst steigerte das meine Erregung, und ich fand es sogar irgendwie süß. Aber dann wollte ich doch zur Sache kommen. Ich hantierte mit ihrem schönen Körper herum, so dass sie bald wieder auf dem Rücken lag, und mit einem zärtlichen, aber dennoch kraftvollen Griff zog ich ihren Slip herunter bis zu ihren Knien – und konnte nicht fassen, was ich sah. Ich war geschockt und von einer Sekunde auf die andere stocknüchtern. Denn die schöne blondgelockte junge Frau *war ein Mann*. Sie/Er hatte seinen Penis zwischen den Beinen eingeklemmt, und ich Idiot hatte nichts davon bemerkt. Das Glied samt Hodensack quoll mir entgegen, denn ihm/ihr waren durch den Schreck der schnellen Entkleidungsaktion die Beine auseinandergesprungen.

Da hockte ich nun auf meinem Bett vor einem Kerl mit großen Brüsten, war sprachlos, genauso wie mein Gegenüber; starrte auf den etwas verkümmert aussehenden, nur leicht versteiften Penis, starrte in die Augen der Halbfrau – und war ganz kurz davor, ihr/ihm eine zu scheuern. Dieses Luder. Dieser Scheißkerl. Ein Fake war *es* also. Und *es* lag bewegungslos und schweigend auf meinem Bett. Ich fühlte mich verarscht und hinters Licht geführt. Allerdings schlug ich nicht zu, worüber ich heute sehr froh bin, sondern rollte ihr/ihm den Slip gänzlich von den Beinen, nahm ihn, ebenso ihre/seine restlichen Kleidungsstücke, ging zum Fenster und schleuderte alles in hohem Bogen hinaus auf die Straße, sogar die Schuhe. *Es* lag immer noch regungslos auf meiner tags zuvor frisch bezogenen Matratze. Und dann sagte ich: »Verpiss dich!«, packte ihn, es, sie am Nacken und ich schmiss den armen, splitterfasernackten Zwitter-Menschen aus meiner Wohnung. Er ließ es mit sich geschehen, ohne Gegenwehr, ohne Protest. Er sagte bis zum Schluss kein

Wort. Danach rauchte ich noch einen Joint und ging schlafen.

Und ich habe Igor von meiner verrücktesten Drogenerfahrung erzählt. In welchem Jahr war das eigentlich? Keine Ahnung. Ich muss so um die neunundzwanzig gewesen sein. Vielleicht auch etwas jünger. Es war ein LSD-Trip. Der erste (und letzte) meines Lebens. Ein Freund hatte das Zeug besorgt, und an einem schwülen Sommerabend legten wir es uns auf die Zunge und spülten es mit ein paar Schluck Bier hinunter. Zuerst merkten wir gar nichts.

»So ein Mist«, sagte Frank, mein Freund, »das Geld hätten wir uns sparen können.«

Ich war auch enttäuscht – und während wir noch überlegten, wie wir den Abend nun ohne Drogenerlebnis gestalten sollten, ging es plötzlich los. Und wie es losging! Wir saßen noch ein paar Minuten auf Franks Balkon, aber dann hielten wir es dort nicht mehr aus. Durch unsere Adern floss Starkstrom, wir schlugen uns auf die Schultern, sagten immerzu: »Das ist ja irre!«, und gingen raus auf die Straße.

Und was kam mir da entgegen? Bestimmt ein Dutzend Parkuhren. Sie trippelten über den Bürgersteig und hatten freundlich lächelnde Gesichter. Frank sah sie nicht, dafür erzählte er mir etwas von Soulmusik, die angeblich aus den Gullydeckeln wie aus Lautsprechern dröhnte. »Lass uns in eine Disco gehen«, schlug ich vor.

»Ja, sehr gerne«, meinte er, »wir können über diesen Regenbogen hier dorthin balancieren«, und zeigte dabei auf den Fahrradweg. Ich sah keinen Regenbogen auf dem Weg, dafür schienen meine Hände zu schrumpfen, und es wuchsen lange schwarze Haare aus den Fingernägeln, was ich so lustig fand, dass ich mich vor Lachen hätte kugeln können.

Meine Erinnerungen an den weiteren Verlauf des Abends sind diffus. Ich könnte sie auch einen surrealen Brei nennen.

Die Musik in der Disco: Ich war ein kleiner Vogel und flog mit den Melodien kreuz und quer durch den Raum. Das bunte Licht dort: Wie warme Flüssigkeit auf meiner Haut kam es mir vor – und ich wunderte mich, dass meine Kleidung nicht nass wurde.

Die tanzenden Menschen: Sie waren ein Körper, nein, ein Organ, ja, ein Herz, ein großes, schlagendes Herz, das rhythmisch und lustvoll zum Takt der Musik pulsierte. Frank erzählte mir von miteinander diskutierenden Klobürsten in der Toilette. Ich verwandelte mich ständig: war ein Fisch, der Tequila trank; ein Miniaturmensch, vielleicht zwei Zentimeter groß, dem es extremen Spaß bereitete, auf der Tanzfläche den wild durcheinanderstampfenden Schuhen auszuweichen; und ich war ein Zeitlupenmann (so empfand ich meine Bewegungen), der seinen Gehörsinn verloren hatte, ihn aber keineswegs vermisste.

Erst am frühen Morgen verließen wir die Diskothek wieder. Frank ging nach Hause. Ich ging nach Hause. Die Wirklichkeit hatte uns wieder. Fast acht Stunden Halluzinationen lagen hinter uns. Unterhaltsame Halluzinationen. Und bis heute bin ich froh, dass der LSD-Rausch nicht in einen Horrortrip umgeschlagen war. Ich schlief anschließend sehr lange und fühlte mich am nächsten Tag bestens. Keine Spur von Kater oder schlechter Stimmung.

Ungefähr 20.00 Uhr.

Habe den Tisch abgeräumt, das verschmutzte Geschirr aus dem Fenster geworfen (heute mal keinen Abwasch!) und Igor zurück an seine Wand gehängt. Bin momentan dabei, mich mit Kirschwasser voll laufen zu lassen. Das ist mein erstes Besäufnis seit Juli, seit Katastrophenbeginn. Igor hat jetzt wieder weißgraue Raufaseraugen.

Warum schneit es eigentlich nicht mehr?

Oft ging Marie, wenn wir zusammen den Abend verbrachten, früher ins Bett als ich. Kam ich dann später ins Schlafzimmer, ich hatte noch gelesen oder Fernsehen geschaut, wachte sie manchmal schlaftrunken auf und flüsterte mir zu, dass sie hungrig sei. Ich holte ihr dann immer eine Banane aus der Küche, hockte mich zu ihr auf die Bettkante und fütterte sie.

Das ist eine rührende Erinnerung. Im Schlafraum brannte nur ein ganz schwaches Licht, sie hatte sich ein wenig aufgerichtet und aß und kaute mit geschlossenen Augen. Mein Julchen. Wenn die Banane weg war, streichelte ich ihr über die Wangen, gab ihr einen Kuss und ihr Kopf sank wortlos zurück in das Kopfkissen. Dann schlief sie sofort wieder weiter. Eine für mich genauso rührende Erinnerung ist dieses Bild: Ich sitze mit ihr am Meer, irgendwo in den Bergen, an einem See oder auf einer bunt blühenden Wiese – und wir essen zusammen unsere Wanderbrote.

Immer wenn wir längere Wanderungen unternahmen, hatte ich einen kleinen Rucksack auf dem Rücken, gefüllt mit Getränken, Broten und Obst. Und dann machten wir an einer besonders schönen Stelle Rast, genossen die Natur, erzählten, plauderten, lachten, aßen und tranken.

Ich sehe uns zum Beispiel gerade auf einer Bank in Österreich sitzen, an einem Berghang, unter uns ein lauschiges Tal und vor uns ein Dreitausender: ein grandioser Anblick! Die Sonne scheint sommerschön, warmer Wind weht über unsere Haut – und losgelöst vom Alltag, der Vergangenheit und der Zukunft essen wir unsere Brote und Marie sagt: »Wie gut es uns doch geht!«

Das fand ich damals auch, dennoch nahm ich die glückliche Stunde als eine viel zu große Selbstverständlichkeit. Ich habe nicht *bewusst* gedacht: *Na, so eine Situation wird es für uns noch hundert und tausend Mal geben.*

Aber ich bin davon ausgegangen! Und genau diese Haltung hat verhindert, das Glück umfassend und tief wertzuschätzen.

Nun sind mir Leben und Zeit durch die Finger geronnen; und ich sitze alleine in meiner Wohnung und unterhalte mich mit einer alten Holzmaske.

25. EINTRAG

Ich habe lange nicht geschrieben. In einer Woche ist Weihnachten. Draußen hat sich seit meinem letzten Eintrag nichts geändert: Stille, Kälte, Dunkelheit. Kein Nebel, kein neuer Schneefall. Ich führe ein strikt geregeltes Leben gemäß meinen alten Ritualen. Habe seit meiner »Feier« keinen Alkohol mehr getrunken. So besoffen wie nach der Entenmahlzeit mit Igor war ich noch nie zuvor gewesen. Hatte danach zwei Tage starke Kopf- und Magenschmerzen. Ich werde überhaupt keinen Alkohol mehr trinken.

Fünf Monate lebe ich nun schon in diesem Rätsel hier.
    Die fast optimistische Stimmung, die ich vor Wochen hatte, als Lärm und Nebel verschwunden waren, gibt es nicht mehr. Dafür verdüstert sich mein Gemüt zusehends. Ich bin dabei allerdings nicht verzweifelt – sondern ernst und gefasst. Wird mein Herz jetzt kalt? So kalt wie die Welt da draußen? Stirbt die Hoffnung?

Ich würde so gerne an ein neues Leben nach dem Tod glauben. Aber ich kann es nicht. Die Natur, Gott, das Universum, was auch immer, hat mich und mein Bewusstsein zufällig geschaffen, ich existiere für eine gewisse Zeit, und danach verschwinde ich wieder – auf ewig. So wird es wohl sein.
    Ich betrachte meine Hände und Arme und stelle mir

vor, wie sie verfaulen und zerfallen werden. Kein Weg führt daran vorbei. Das Leben endet tödlich. Und mit hundertprozentiger Sicherheit kommt der Tag, an dem die Fäulnis beginnt. Wie werden die letzten Sekunden sein? Vielleicht bricht eine Klaustrophobie in mir aus, weil sich das Gehirn in der schnell schrumpfenden Endlichkeit unentrinnbar eingeschlossen fühlt. Gerät es in Panik? Kämpft es? Oder übergibt es sich willenlos dem Nichts? Weiß es überhaupt, was ihm bevorsteht? Nimmt es Licht und Farben wahr? Oder ist das Ende schwarz? Vielleicht aber gleicht das Leben einem Traum – und nach dem Sterben wacht man auf, womöglich in einer Welt ewigen Leidens. Warum eigentlich gehen so viele Religionen davon aus, dass dem Tod Gutes folgt oder zumindest folgen kann? Vielleicht folgt ihm *immer* nur Böses, und die irdische Existenz ist ein Geschenk, eine Gnade, kurzfristig, das heißt für ein paar Erdenjahre, den ewigen Schmerzen und der ewigen Angst nicht ausgesetzt zu sein. Vielleicht aber ist alles noch unbegreiflicher: Könnte es sein, dass ich sowohl im Hier und Jetzt lebe und *zugleich* eine Existenz in einer Jenseitigkeit führe, von der ich als Mensch nichts ahne, während aber mein jenseitiges Ich um das diesseitige Dasein weiß, es beobachtet, mit ihm untrennbar verbunden ist ...

Das Bewusstsein ist ein Fluch.

Als Marie beerdigt wurde, regnete es in Strömen. Während der gesamten Zeremonie war ich nicht wirklich bei Sinnen. Ich beobachtete mich, schaute mir die vielen Trauergäste an – und wunderte mich, dass überhaupt kein Gefühl in mir aufkam. Ich konnte nicht weinen, ich konnte aber auch nicht sprechen, und die Worte des Pfarrers (Maries Familie hatte auf eine kirchliche Beerdigung gedrängt) zogen ungehört an meinen Ohren vorbei. In der Trauerhalle saß ich zwischen Maries Bruder Marko und ihrer vor Fassungslosigkeit zitternden betagten Mutter Edith. Marie und ich hatten Edith oft im Altenheim besucht (Ediths Mann war schon in den Sechzigerjahren gestorben), ich mochte die alte Dame wirklich sehr, aber ich war komplett außerstande, ihr nun beizustehen, sie zu trösten. Ich konnte sie nicht einmal anfassen oder umarmen. Der Pfarrer redete und redete, in der kühlen Trauerhalle roch es wie in einem Blumengeschäft und an die hohen, gelblich gefärbten Fensterscheiben prasselte der Regen. Marie lag in einem schlichten weißen Sarg, den ihre Mutter ausgesucht hatte. Er war geschlossen. Niemand sollte Marie mehr sehen. So hatten es uns der Bestatter und davor auch schon die Ärzte nahegelegt. Sie war durch den Unfall derartig entstellt, dass man sie wohl nicht mehr herrichten konnte. Ein mit Stahlträgern beladener LKW hatte ihr die Vorfahrt genommen und ihren Kleinwagen an der Betonsäule einer Brücke regelrecht zerquetscht. Ihre genauen Verletzungen habe ich nie erfragt, wollte sie gar nicht wissen. Und so konnte ich mich damals nicht wirklich von ihr verabschieden. Später habe ich immer wieder gedacht: Wäre es doch nur möglich gewesen, sie noch einmal zu sehen, sie noch einmal zu berühren! Vielleicht hätte ich dann ihr Ende und die damit verbundene Endgültigkeit besser begreifen können. Ob es wirklich so gewesen wäre, weiß ich natürlich nicht.

Ich saß wie in Trance auf meinem harten Stuhl, wachte

ab und zu auf, dachte sonderbare Gedanken, um dann wieder schnell tief in mich zurückzufallen.

Ich erinnere mich, dass ich auf die Tür der Trauerhalle starrte, in der festen Überzeugung, jeden Moment müsste nun endlich auch Marie hereinkommen.

Ich erinnere mich, dass der Pfarrer kleine weiße Speichelreste in seinen Mundwinkeln hatte, während er sprach, und ich ein paarmal demonstrativ meine Mundwinkel mit dem Zeigefinger und dem Daumen der rechten Hand abrieb, um ihn zu animieren, genau dasselbe zu tun, was mir natürlich nicht gelang.

Und ich erinnere mich, dass ich angesichts des weißen Sarges an Schneewittchen und die sieben Zwerge denken musste, obwohl Schneewittchen ja in einem Glassarg gelegen hatte.

Überhaupt, dieser Sarg, dieses hochglanzlackierte Behältnis dort vorne – darin sollte meine Marie liegen? Das war für mich so unbegreiflich, dass ich es einfach nicht glaubte.

Laute Musik riss mich schließlich heraus aus meinen seltsamen Gedankenwelten, aus meinem Dämmerzustand. Der Pfarrer hatte seine Ansprache beendet, und über die Lautsprecheranlage erklang in der Trauerhalle Johann Sebastian Bachs *Air*. Bis zum heutigen Tag weiß ich nicht, wer das veranlasst hatte, mochte doch Marie genau dieses Stück überhaupt nicht. Sie fand es zu gefühlsduselig, und einmal waren wir sogar aus einem Konzert vorzeitig gegangen, weil am Ende die *Air* gegeben werden sollte; was mich allerdings nicht sonderlich geärgert hatte, da ich ohnehin kein großer Bachfreund war.

Es wurde also bei ihrer Trauerfeier die *Air* gespielt,

und um mich herum weinten viele, am lautesten Edith. Irgendwann nahm Marko meine Hand und drückte sie fest, in der letzten Reihe kreischte ein Kind, das ich nicht kannte, und vorne, auf der grauglatten Steinwand hinter dem Sarg, sah ich, wie von einem Video-Beamer dorthin projiziert, Maries Sturz vor die Kuchentheke im Dünencafé; ihr Hut flog auf eine Torte, sie lachte, und dann sah ich auch mich dort, sah uns beide, wie wir uns mit Linien-Aquavit zuprosteten ...

Irgendwann war die *Air* zu Ende, ein Trauerzug formierte sich, und wir alle schritten hinter dem weißen Sarg in Richtung Grabstätte, im Regen. Meine Erinnerungen verlieren sich und setzen erst in dem Moment wieder ein, als ich am Grab stehe. Alleine und nach unten blickend. Ich sehe das weiße Holz des Sarges, darauf viele Handvoll Erde geworfen, und dann sacke ich zusammen, halte mich am Begrenzungsstein des Nachbargrabes fest, bin stumm und ohne Tränen, werfe meinen Strauß bunter Wiesenblumen in die Gruft, mir wird schwarz vor Augen, bin wohl kurz davor, das Bewusstsein zu verlieren, nehme auch noch eine Handvoll Erde, bringe es aber nicht fertig, sie auf den Sarg zu schmeißen, richte mich auf, streue mir die Erde vor und auf die Füße, höre, wie Marko sagt: »Komm, Lorenz, komm«, spüre seine Hand auf meiner Schulter ...

Was dann noch geschah, habe ich vergessen, komplett vergessen. Wie man mir später erzählte, waren wir nach der Beerdigung in einem Restaurant – und Markos Freundin Nina soll mich anschließend nach Hause gefahren haben.

26. EINTRAG

Ein Tag vor dem Heiligen Abend, Nachmittag. Keine Veränderung der äußeren Umstände.

Ich denke an letztes Jahr. Am Nachmittag des 23. Dezember fuhr ich zu Maries Grab, wie jedes Jahr seit ihrem Tod, und brachte ihr einen kleinen Weihnachtsbaum. Aber nicht irgendeinen, sondern eine sogenannte Zuckerhut-Zwergfichte. Als ich ihr Grab zum ersten Mal weihnachtlich schmücken wollte, entdeckte ich zufällig in einem Garten-Center diese Fichtenart. Der kleine Baum, ungefähr achtzig Zentimeter hoch, eroberte gleich mein Herz. Zum einen sah er wirklich ausgesprochen niedlich aus, und zum anderen überkam mich sofort eine Flut von Assoziationen, die mich in unsere gemeinsame Vergangenheit zurückführten. Vor Jahren hatten Marie und ich eine dreimonatige Reise quer durch Venezuela und Brasilien unternommen und waren natürlich auch in Rio de Janeiro gewesen, auf dem Zuckerhut. Diese Reise gehörte zu unseren spektakulärsten Unternehmungen, und wir hatten uns die ganze Zeit über, trotz bisweilen heftiger Strapazen, extrem gut verstanden. Besonders die Woche in Rio zählt zu meinen glücklichsten Erinnerungen. So war die Wahl im Garten-Center schnell getroffen. Seitdem brachte ich ihr zu jedem Weihnachtsfest ein solches Bäumchen in einem Tontopf und stellte es neben ihren Grabstein; immer geschmückt mit bunten

Holzkugeln und roten Schleifen, die ich bei ihrer Wohnungsauflösung im Keller gefunden und an mich genommen hatte. Jedes Jahr, so gegen Ende Januar dann, entschmückte ich das kleine Bäumchen wieder, nahm es zunächst mit zu mir nach Hause, und in den ersten Frühlingswochen schenkte ich ihm die Freiheit, indem ich es in einer etwas verwilderten Stadtparkanlage unweit meiner Wohnung irgendwo einpflanzte. Später, bei jedem Spaziergang dorthin, zwinkerte ich den kleinen Fichten zu – ich wusste genau, wo welche stand –, und so war ich in Gedanken wieder ganz nahe bei Marie.

Dieses Jahr nun gibt es keine Zuckerhut-Zwergfichte auf Maries Grab. Sondern nur Schnee. So viel Schnee. Natürlich wird auch ihr Grabstein schon lange darunter versunken sein. Edith hatte sich für einen mittelgroßen, schwarzen Marmorstein entschieden, auf dem lediglich stand: *UNSERE LIEBE MARIE*. Keine Daten, kein Nachname.

Was ist eigentlich »Gegenwart«? Ich glaube, dass ich in meinem Leben nur sehr wenig Gegenwart erlebt habe. Die meiste Zeit war ich mit meinen Gedanken entweder in der Zukunft oder in der Vergangenheit. So selten im Hier und Jetzt! Erst die großen Unglücke, Maries Tod und die aktuelle Katastrophe, haben mir das klargemacht. Jetzt aber ist es zu spät, aus dieser Einsicht Konsequenzen zu ziehen.

Mein Interesse am Lesen lässt merklich nach. Es erscheint mir zunehmend sinnlos. Allerdings zwinge ich mich noch dazu. Obwohl ich manchmal denke, statt zu lesen könnte ich auch einfach nur dasitzen und vor mich hinstarren. Es würde keinen Unterschied machen. Auch mein Interesse an Igor schwindet. Ich spreche nur noch selten mit ihm. Er scheint jedoch nicht sonderlich darunter zu leiden. Vermute ich. Wie in eine tiefe Meditation versunken hängt er an seinem Nagel, hat den Blick für die Welt ja ohnehin längst verloren, ist ernst und, ich glaube, abgeklärt. Es ist ihm wohl egal, ob ich mit ihm spreche oder ob ich schweige.

Musik höre ich überhaupt keine mehr. Musik ist Leben, vielleicht das größte Lebenselixier überhaupt. Ich mag in meiner toten Welt damit nicht konfrontiert werden. Sie tröstet mich nicht mehr.

Musste in letzter Zeit oft an Gregor Samsa denken. Wie er am Morgen in seinem Bett aufwacht und er nicht mehr Mensch ist, sondern ein auf dem Rücken liegender Riesenkäfer, ein ungeheures Ungeziefer, mit vielen, vielen Beinen. Ob Kafka, der Dichter, vor so etwas Angst hatte? Könnte eine solche Verwandlung vielleicht sogar in Wirklichkeit geschehen? Über Nacht? Das fehlte mir noch!

Als Kind stellte ich mir oft vor, oder sagen wir besser, hatte ich die Angst, am Morgen in einem fremden Bett, in einer fremden Wohnung, in einer fremden Stadt, bei fremden Eltern aufzuwachen. Ich weiß noch genau, dass ich unter meinem Holzbettrahmen, am äußersten rechten Rand, etwa in Kopfhöhe, drei kleine Reißzwecke eingedrückt hatte. Sie dienten mir als Erkennungsmerkmal, wieder in der richtigen Realität aufgewacht zu sein. Noch mit geschlossenen Augen, ich traute mich nicht, sie vorher zu öffnen, ertastete ich jeden Morgen die drei Reißzwecke, und sie waren dann das Signal für mich: Entwarnung! Alles in Ordnung! Mach die Augen auf. Es ist *dein* Bett. *Dein* Zuhause.

Dass ich eventuell zusammen mit meinem Bett in einer anderen Wohnung, bei anderen Eltern hätte gelandet sein können, daran habe ich nie gedacht. Ich glaube, erst mit elf oder zwölf Jahren verloren sich diese beklemmenden Fantasien.

Als Gregor Samsa vor seinem Vater davonläuft, bewirft dieser ihn mit Äpfeln – ein Apfel trifft Gregors Käferrücken, wo er stecken bleibt und dann langsam verfault. Gregor lebt noch Wochen mit dem faulenden Apfel im Rücken, und rundherum entzündet sich alles. In den Morgenstunden eines Frühsommertages stirbt er schließlich.

Die Äpfel, die in *mir* faulen, habe ich selbst geworfen.

Es schneit nicht mehr. Manchmal wünsche ich mir die durch das Dunkel rasenden Schneeflocken wieder zurück. Sie suggerierten mir stets Bewegung und Geschehen. Schaue ich jetzt aus dem Fenster, so liegt alles starr und stumm vor mir. Wenn ich es recht bedenke, war der ständige Schneefall weniger angsteinflößend als der jetzige Zustand. Ja, ich weiß, es gibt weder Lärm noch Nebel. Das ist schon ein großer Vorteil. Aber es fällt mir immer schwerer, ihn zu würdigen.

Meine Sehnsucht nach Licht schwindet auch dahin. Meistens brennt hier im Wohnzimmer nur eine Kerze. Zum Lesen allerdings zünde ich dann mehrere an. Mein

Ofen funktioniert weiterhin gut, es ist wohlig warm. Das genieße ich besonders, wenn ich mich entleert habe. Seit das Wasser nicht mehr fließt, also schon seit vielen Wochen, gehe ich in der Regel einmal täglich auf den Balkon der unter mir liegenden Anna-Thomas-Wohnung und verrichte dort meine Notdurft. Dabei friere ich immer schrecklich. Gewiss, ich könnte mich auch auf einen Eimer in meinem geheizten Zimmer setzen, aber irgendwie ist mir das unangenehm, es wäre für mich der Beginn einer schleichenden Verwahrlosung – und dagegen kämpfe ich an. Die kleinen Geschäfte erledige ich ins Waschbecken meines Badezimmers und gieße danach reichlich geschmolzenes Schneewasser hinterher.

Auf meine Körperhygiene achte ich nach wie vor. Obwohl mir allzu oft ein lautes *Wozu eigentlich?* durch den Kopf hallt. Aber das ignoriere ich. Ich rasiere mich sogar alle drei Tage.

Das Essen allerdings ist eine Qual. Ich habe überhaupt keinen Appetit. Ich esse nur aus Vernunft. Aus Vernunft? Welch merkwürdige Aussage! Alkohol mag ich nicht anrühren.

Manchmal stehe ich lange am Fenster und beobachte die bewegungslosen Wolken über mir. Einmal mit den Blicken einen Stern erhaschen – das wäre was. Ob es noch Sterne gibt? Und den Mond? Vielleicht ist ja alles versunken, vergangen? Und ich existiere hier im Nirgendwo, wie auf einer kleinen Insel, die jede Sekunde untergehen kann. Vielleicht ist die Erde in ein schwarzes Loch gestürzt? Vielleicht ist das ganze Universum zusammengefallen? Und nur Rest-Wirklichkeiten sind, durch Zufall oder gewollt, erhalten geblieben. Vielleicht lebe ich in einer Rest-Wirklichkeit?

Und morgen ist Weihnachten. Dass ich nicht lache! Weihnachten in der Rest-Wirklichkeit. Nein! Weihnachten gibt es nicht mehr. Auch kein Silvester oder ein neues Jahr. Es gibt überhaupt nur noch sehr wenig – außer meinen Gedanken und meinen Erinnerungen.

Manchmal erscheint mir mein eigenes Leben wie ein Buch, wie ein Roman. Und selbst Marie wird darin zu einer fiktiven Gestalt.

Wäre es bloß so!

27. EINTRAG

Später Nachmittag. Heiligabend.

Warum will der Mensch eigentlich leben? Welch ein machtvoller Trieb, der Selbsterhaltungstrieb! Warum hängt der Mensch so sehr an seinem Leben? Weil es außer dem Tod keine Alternative gibt! Aber niemand weiß, was der Tod ist. Oder?

Eigentlich tritt der Tod doch schon mit der Sekunde der Geburt in unser Leben. Die uns gegebene Zeit beginnt genau in diesem Moment abzusterben, zu schrumpfen. Tag um Tag näher dem Ende, näher dem letzten Atemzug. Egal, wie viele Jahre vor einem liegen.

Meine ganze Vergangenheit ist schon im Besitz des Todes.

23.30 Uhr.
Stille Nacht! Heilige Nacht! Alles schläft, einsam wacht ...
Stille Nacht! Heilige Nacht! ...

Jetzt habe ich keine Angst mehr. Vor nichts. Auch nicht vor dem Sterben. Es tut gut, so zu empfinden. Es ist vollkommen ruhig in mir. Ein ganz neues Gefühl! Ich hatte immer so große Angst vor dem Ende. Schon seit meiner Kindheit. Aber jetzt, da ich keine Hoffnung mehr habe (und ich habe nicht mehr die geringste Hoffnung), ist die Angst vor dem Tod und dem Sterben verschwunden.

Wie seltsam.

28. EINTRAG

Dieser Eintrag wird der letzte sein! Denn ich habe den Entschluss gefasst, meine Wohnung in wenigen Stunden für immer zu verlassen!

Heute ist der 30. Dezember. Seit gestern bereite ich alles vor. Ich werde ausgerüstet sein mit genügend Proviant, meinen Tiefschneeschuhen, der Polarkleidung, einem guten, wärmenden Schlafsack und diversen Kleinigkeiten wie Taschenlampe, Schaufel, Seil, Hacke und so weiter.

Ich habe nur noch ein Ziel, einen Wunsch: Ich will zu Marie!

Ich will zu Maries Grab! Und dort sterben. Ich werde noch einmal dorthin wandern. So wie damals, ein paar Wochen nach ihrer Beerdigung. Nur wird es diesmal ungleich beschwerlicher werden. Doch das ist mir egal. Ich *will* es schaffen! Und wenn es dreißig, vierzig oder mehr Tage dauert! Marie ist mein Ziel!

Ich werde ihr Grab auf dem Friedhof finden, trotz der Schneemassen, da bin ich sicher. Denn einige Meter neben ihr steht ein Kriegerdenkmal, monströs gebaut, bestimmt sechs, sieben Meter hoch. Ein guter Orientierungspunkt also. Wenn ich dann dort bin, werde ich ihr Grab freischaufeln, meine Polarkleidung ausziehen und mich auf den gefrorenen Boden legen, zum Sterben. Ich werde bei meiner Marie sein, bei meinem Julchen. Und alles ist getan. Und alles ist gut.

Zum Schluss nun, bevor ich hinaus in die Nacht gehe, möchte ich noch ein paar letzte Worte aufschreiben, die mir wichtig sind:

Ich hatte ein gutes Leben. Aber ich habe so vieles falsch gemacht – und meine Zeit nicht genutzt.

Ich bitte all die um Vergebung, die wegen mir leiden mussten, die ich vernachlässigt und belogen habe, denen wegen meiner Unzulänglichkeit Schaden oder Unglück widerfahren ist.

Ich bitte meine Marie um Vergebung. Ich schäme mich. So sehr. Heute würde ich alles dafür geben, das Geschehene wiedergutmachen zu können. Aber dazu ist es ja jetzt zu spät. Viel zu spät.

Ich weiß nicht, warum ich so wurde, wie ich schließlich war.

Vater und Mutter tragen daran keine Schuld. Vielleicht fließt schlechtes Blut in mir. Von Geburt an. Nein! Das klingt nach Erklärung, nach Entschuldigung, nach Rechtfertigung. Also will ich diesen Gedanken wieder verwerfen. Jeder ist für sein Handeln verantwortlich. Immer. Und mein Handeln war bestimmt von Trägheit und Eigensucht. Von Selbstherrlichkeit und Gier.

Vergebt mir! Ihr, die es nicht mehr gibt.

Aber selbst wenn es euch noch gäbe, und ihr würdet sagen: »Es ist gut, alles ist gut!« – ich wäre nicht erleichtert.

Meine Taten sind, wie sie sind. Und kein Mensch könnte sie von mir nehmen.

Aber ich gehe nicht in Bitterkeit. Ich habe gelernt – und dafür bin ich dankbar.

Ich will zu Marie.

Mein Herz erlischt.
Adieu.

Ende der Aufzeichnungen. 30. Dezember, 9.30 Uhr.

29. EINTRAG

Der 23. Januar.
 Etwas Unfassbares ist passiert. Etwas Unglaubliches ...

Ich bin wieder in meiner Wohnung! Zurück in meiner Wohnung! Und das schon seit zehn Tagen. Aber erst jetzt finde ich die Ruhe, zu schreiben. Ich kann noch immer nicht glauben, was geschehen ist. Alles hat sich für mich verändert, obwohl die Wetterverhältnisse genauso sind wie vor meinem Aufbruch. Es ist kalt, dunkel und windstill – aber das interessiert mich im Moment nicht. Es ist zweitrangig.

Ich will erzählen, was sich zugetragen hat:
 In den Morgenstunden des vorletzten Dezembertages verließ ich Wohnung und Haus. Schwer bepackt, entschlossen, mein Ziel vor Augen. Ohne die geringste Angst, trotz der hohen Risiken, die mein Vorhaben barg. Der Wille, auf Maries Grab zu sterben (und nur dort!), war so stark, dass ich keine Sekunde daran zweifelte, den weiten Weg zu schaffen. Und ich hätte ihn sicher auch geschafft. Aber dann sollte es anders kommen, ganz anders.
 Ich weiß gar nicht mehr, wie lange ich brauchte, um lediglich meinen und den benachbarten Stadtteil zu durchwandern. Der so tiefe Schnee, das schwere Gepäck und meine schlechte Kondition, bedingt durch den monate-

langen Aufenthalt im Haus, ließen mich nur im Schneckentempo vorankommen.

Schon vom ersten Schritt an war ich ohne Gedanken. Ich starrte nach vorne, blickte selten auf zu den verlassenen Häusern, die wie schwarze Riesensärge meinen Weg säumten, stapfte vor mich hin. Wenn ich nachdachte, dann nur darüber, welche Straße ich als nächste nehmen sollte. Ich empfand die einsame Schneedunkelheit, durch die ich mich mühte, als etwas Neutrales. Nichts war mir unheimlich. Alles war mir egal. Ich wollte nur zu meinem Ziel, auch wenn es noch sehr weit entfernt lag. Ab und zu ruhte ich mich kurz in irgendwelchen Hauseingängen aus, trank etwas und marschierte dann rasch weiter. Meine erste Nacht verbrachte ich in einer Tankstelle. Ich musste nicht einmal den Eingang freischaufeln, da das großflächige Dach über den Zapfsäulen bis an die Tür heranreichte und sie von Schnee frei gehalten hatte. Es war eine Tankstelle mit üppigem Sortiment: Lebensmittel von Dosenwurst bis Nougatcreme und Getränken aller Art. Um meine Vorräte zu schonen, nahm ich mir, was ich brauchte, wonach mir der Sinn stand. Ich aß, trank, rauchte ein paar Zigaretten, rollte dann meinen Schlafsack aus und stürzte aufgrund der großen Erschöpfung binnen Sekunden in einen tiefen Schlaf. Da ich keine Uhr bei mir hatte, weiß ich nicht, wie lange ich schlief. Nach dem Aufwachen aber fühlte ich mich erholt, aß etwas, packte meine Sachen zusammen und machte mich wieder auf den Weg.

Vom zweiten Tag gibt es nichts zu berichten. Ich wanderte durch die überall gleich aussehende, verlöschte

Welt, legte ab und zu kleine Pausen ein und schlief schließlich im Büro einer Autowerkstatt.

Der dritte Tag war wesentlich kräftezehrender als die beiden ersten, weil immer weniger Häuser an meiner Route lagen und ich nicht im Schutz der Mauern gehen konnte. Je freier die Flächen wurden, desto höher lag der Schnee. Für die Nacht allerdings fand ich dann doch noch eine befestigte Unterkunft. Ein kleines Einfamilienhaus an einer Landstraße. Ich schaufelte zwei Fenster frei, zerschlug die Scheiben und kletterte mit eingeschalteter Taschenlampe hinein. Und genau in diesem Moment überkam mich ein ungeahntes Grauen. Ich stand in einem fremden Haus, das einst Lebensmittelpunkt lebendiger Menschen gewesen war, überall konnte ich ihre Spuren sehen. Das machte mir Angst und ließ mich die Realität, in der ich nun schon so lange existierte und mit der ich mich ja eigentlich abgefunden hatte, noch einmal in ihrem ganzen Schrecken erleben. Der Raum, in den ich eingestiegen war, schien das Esszimmer des Hauses gewesen zu sein, denn in der Mitte stand ein großer Tisch, gedeckt mit vier Tellern. Und auf jedem Teller befanden sich noch Speisereste: Nudeln, Kartoffeln, Fleischstücke, Gemüse, alles zu Klumpen gefroren. Auch die Getränke in den Gläsern waren erstarrt. Kreuz und quer lagen die Bestecke herum, und auf einem Stuhl saß ein großer brauner Teddybär, der eine steinharte Scheibe Brot in seinen Tatzen hielt und mich mit melancholischen Augen anschaute. Wie gruselig mich das alles anmutete.

Ich ging durch die anderen Räume. Offensichtlich hatte eine Familie mit Kindern in dem Haus gelebt. Es gab zwei Kinderzimmer, zwei kleine Bäder, ein Schlafzimmer, eine Küche, das Esszimmer und daneben einen Raum, der wohl wenig benutzt worden war. Zumindest sah es so aus. Vielleicht hatte er der Familie als Gästezimmer gedient. Und weil in diesem Raum so gut wie keine persönlichen Spuren vorzufinden waren, entschied ich mich, dort zu lagern. Meine immense Müdigkeit verdrängte die Beklommenheit. Ich schloss die Tür des Zimmers, in dem es, ebenso wie im übrigen Haus, eisig kalt war, setzte mich auf die in einer Ecke stehende Couch, aß und trank etwas im Taschenlampenlicht, schlief aber dabei fast schon ein. Im Halbbewusstsein zerrte ich meinen Schlafsack aus dem Gepäck, warf ihn auf die Couch, kroch hinein, legte noch eine Wolldecke über mich, die ich zuvor auf einem Sessel neben mir entdeckt hatte, verschnürte den Schlafsack fest von innen – und schlief sofort. Wie mir schien, endlos lange.

Am nächsten »Morgen« erschrak ich zunächst. Ich wusste überhaupt nicht, wo ich war. Ich suchte wie ein Verrückter nach meiner Taschenlampe, und erst als ich sie gefunden und eingeschaltet hatte, verstand ich allmählich. Schon wenige Minuten später verließ ich das Haus.

Der vierte Tag meines Marsches wurde ausgesprochen hart, da ich während der gesamten Wegstrecke weder an Häusern vorbeikam noch im Schutz von Bäumen gehen konnte. Ich quälte mich über einstige Wiesen und Felder, hatte dabei immer große Sorge, mich zu verlaufen. Unablässig stierte ich in alle Richtungen und war schließlich grandios erleichtert, als ich inmitten der dunkelweißen Ödnis ein großes Straßenschild aus dem Schnee ragen sah, das meine Marschrichtung bestätigte. Ich bin überzeugt, allein die Besessenheit, Maries Grab zu erreichen, machte mich gegen die unaussprechliche Trostlosigkeit der Umgebung immun. Ich wäre sonst wahrscheinlich schon an diesem vierten Tag wahnsinnig geworden: das endlose Leichentuch aus Schnee unter mir, die bleiernen, mich fast erdrückenden Wolken über mir, die absolut stumme Welt um mich herum. Nur meine Schritte und das dadurch verursachte Knirschen verliehen meiner Lebenslage noch etwas Irdisches. Nachdem ich das Straßenschild zwei- und dreimal gelesen hatte, beschloss ich genau dort zu übernachten. Ich schaufelte ein tiefes Loch in den Schnee, legte meine Isoliermatte hinein, dann mein Gepäck und schließlich mich selbst – geschützt diesmal von zwei Schlafsäcken.

Ich fror nicht und schlief gut. Wobei mich das Erwachen, wie schon tags zuvor, in Angst und Schrecken versetzte. Was war los? Lag ich in einem offenen Grab? Weit über mir schien ein wolkiger Nachthimmel zu sein, das konnte ich aus meiner Grube heraus sehen. Oder träumte ich noch? Erst als ich meinen Oberkörper von den Schlafsäcken befreit hatte, und ich in die mich umgebenden kalten, weichen »Wände« griff, wurde mir meine Situation klar, und der Herzschlag normalisierte sich wieder. Ich frühstückte in dem Schneeloch und zog dann weiter.

Stundenlang ging es über schier endlos erscheinende Schneefelder. Wenig war zu sehen. Ab und zu ein Baum, nie Häuser und auch kein Straßenschild mehr. Was erneut die Angst in mir nährte, mich eventuell zu verirren. Irgendwann aber tauchte vor mir eine dunkle Silhouette auf. Ich meinte, ein Gehöft mit Nebengebäuden und einen riesigen Baum zu erkennen. Und tatsächlich, je näher ich kam, desto mehr bestätigte sich meine Vermutung. Es war ein Bauernhof, der offenbar am Rand eines kleinen Dorfes stand, da ich in nicht allzu weiter Entfernung weitere Häuser ausmachen konnte. Ich war froh. Für die bevorstehende Nacht hatte ich also eine Unterkunft gefunden. Ein Haus war nun doch besser als ein Schneeloch.

Da ich mich schon sehr müde und erschöpft fühlte, entschied ich, das Gehöft direkt anzusteuern und nicht noch weiter bis zu den anderen Häusern zu gehen. In welches Gebäude aber sollte ich eindringen? In den Stall? In die Scheune? Oder in das Wohnhaus? Eigentlich saß mir noch das Grauen der vorletzten Nacht im Leibe. Wie unwohl war mir in den ehemals von Menschen bewohnten Räumen gewesen! Und plötzlich hatte ich den großen braunen Teddybären wieder vor Augen, seinen wehmütigen Blick und wie er die steinharte Scheibe Brot in seinen Tatzen hielt. Alle hatten sterben dürfen – nur er nicht. Tiefgefroren musste er wohl das endgültige Ende der Welt abwarten.

Nein, in ein Menschenhaus wollte ich nicht noch einmal gehen!

Also näherte ich mich einem der Nebengebäude, das ich für die Scheune hielt. Keine Fenster waren zu sehen, nur eine recht große Öffnung ganz oben unter dem Giebel. Was mir die Sache sehr erleichterte. Ich brauchte nichts freizuschaufeln, sondern konnte an einigen aus der Fassade ragenden Holzbalken direkt nach oben klettern und einsteigen. Und wirklich: Ich befand mich in einer alten Scheune, auf dem oberen Heuboden. Zwei, drei Meter musste ich noch durch hineingewehten Schnee waten, dann stand ich vor einem beachtlichen Haufen Stroh und atmete auf. Hier würde ich geschützt übernachten können. Ich lud mein Gepäck ab, buddelte eine für mich passende Mulde – und ließ mich nieder zum Essen und Schlafen.

Mitten in der Nacht allerdings fuhr ich auf. Hatte sich der Holzboden unter mir bewegt? Oder war es ein Geräusch gewesen? Passierte irgendetwas? Bebte die Erde? Geträumt hatte ich nicht, da war ich mir ganz sicher.

Und sofort packte mich eine heftige Unruhe. Nicht weil ich mich vor einer weiteren und vielleicht sogar noch schlimmeren Naturkatastrophe fürchtete, sondern weil ich mein Vorhaben gefährdet sah, Maries Grab zu erreichen. Schon ein erneut einsetzender dichter Schneefall oder gar Nebel hätte eine Fortsetzung meiner Wanderung unmöglich gemacht. So trostlos die Welt da draußen auch war, unter den gegebenen Umständen konnte ich mir nichts Besseres wünschen. Sollten nun aber neue Ereignisse eintreten, vielleicht sogar gänzlich fremdartige, hätte mein Plan wohl nicht mehr die geringste Chance. Mein Gott!

Aber konnte ich meinen Sinnen überhaupt noch trauen? Nach allem, was passiert war? Vielleicht hatte ich ja nur fantasiert ...

Ich saß still im Stroh, war hochkonzentriert, horchte und lauerte. Aber alles blieb ruhig. Dann stand ich auf, ging an das Giebelloch und spähte nach draußen, auf den Schnee, in die Weite, zu den anderen Gebäuden hinüber. Ich konnte jedoch nichts Auffälliges entdecken. Tot lag mir die Welt zu Füßen. Ich atmete die beißend kalte Luft, fror und schlich zurück zu meinem Strohlager.

Aber genau in dem Moment, als ich mich erneut in meinen Schlafsack gezwängt hatte und die Augen schließen wollte, gab es einen Knall! Grell, laut, durchdringend – und sofort wieder verhallt. Er kam eindeutig von draußen. War es ein Schuss gewesen? Beinahe hatte es so geklungen. Ein Schuss? Absurd! Und ich hatte noch etwas gehört, unmittelbar danach, konnte das Geräusch jedoch überhaupt nicht einordnen.

Was sollte ich tun? Ich lag da wie gelähmt, glotzte an die Scheunendecke und überlegte. Nein, ich überlegte nicht, sondern die Gedanken überrannten einander, und ich zitterte am ganzen Leib. Seit dem Ende des Lärms vor Monaten hatte ich in aschgrauer Stille gelebt. Und nun ein Schuss – oder was immer es auch gewesen sein mochte.

Also geht irgendetwas dort draußen vor, dachte ich. Kommt es zu einem neuen Mysterium? Oder ist es der Beginn des definitiven Untergangs? Werde ich je Maries Grab erreichen? Werde ich überhaupt weiterziehen können? Wenn nicht, was passiert hier mit mir? Wie soll ich mich verhalten? Wäre ich doch nur schon ein paar Wochen früher aufgebrochen! Dann hätte ich es geschafft. Ganz sicher! Aber vielleicht gibt es an verschiedenen Orten auch unterschiedliche Phänomene? Nein, das ist doch eher unwahrscheinlich. Zumal ich noch gar nicht weit von der Stadt entfernt bin. Nicht einmal mein letztes Ziel werde ich erreichen, nicht einmal meine letzte Aufgabe erfüllen. Ich will zu Marie! Ich will nicht *hier* sterben. Ich will nicht *irgendwo* sterben ...

Obwohl ich nur ein paar nicht zu identifizierende Geräusche wahrgenommen hatte, mehr war ja in den letzten Minuten nicht passiert, sog mich eine machtvolle Verzweiflung in die Tiefe, und ich verlor jegliche Kontrolle über mich selbst. Ich war, nach all dem, was schon hinter mir lag, schlichtweg mit den Nerven am Ende und hatte nur noch wenig Kraft. Laut schluchzend presste ich meinen Kopf in das Stroh, verspürte bald einen starken Schwindel und fiel schließlich in Ohnmacht. Wie lange sie andauerte, weiß ich nicht.

Was ich dann aber empfand, als ich wieder zu mir kam, spottet eigentlich jeder Beschreibung. Für Sekunden, für Minuten, die mir allerdings ewig erschienen, glaubte ich, entweder tot zu sein oder mich im Sterbeprozess zu befinden oder nun endgültig irrsinnig zu werden.

Ich spürte etwas an meinem Hals. Und einen heftigen Druck auf meiner Brust, der fast in Schmerz überging. Ich lag auf dem Rücken, konnte mich nicht bewegen, und meine Augen stierten in ein gewaltiges Licht.

Und dann das Unfassbare: Ich hörte eine *Stimme!*

Eine männliche Stimme, eine tiefe Stimme.

»Wer bist du? Was bist du? Woher kommst du? Was willst du?«

Schweigen ... Licht ... Brustschmerzen ... unvorstellbare Angst ...

»Wer bist du?!«

Die Stimme wurde lauter.

»Bist du ein Mensch?«

Schweigen ... Licht ... Brustschmerzen ... unvorstellbare Angst ...

»Verdammt, gib einen Laut von dir!«, befahl die Stimme.

... unvorstellbare Angst ...

»Lorenz«, sagte ich leise.

»Lorenz? Ist das dein Name?«

Das Licht kam so nahe an mein Gesicht, so nahe an meine Augen, dass ich fürchtete, davon verbrannt zu werden. Schon meinte ich, Hitze, starke Hitze auf den Wangen zu spüren.

»Ja – mein Name ...«

Und plötzlich erlosch das Licht. Der Druck auf meiner Brust verschwand binnen Sekunden, ebenso die Schmerzen. Ich atmete schwer, und meine Blicke irrten durch die schlagartige Schwärze. Ich sah rein gar nichts.

»Steh auf«, hörte ich die Stimme sagen, diesmal in einem weniger befehlenden Ton.

Ich streckte mich ein wenig, bewegte meinen Kopf nach links, nach rechts, hob ihn dann an – und wie von einem Instinkt geführt, ohne zu denken, griff ich nach links, denn dort hatte ich meine Taschenlampe abgelegt, bekam sie tatsächlich zu fassen, schaltete sie ein, schwenkte sie etwas nach oben – und mein Herz erstarrte:

Vor mir stand ein großer Mensch! Ein Mann!

Ein Mensch?

Ich konnte zunächst keinen Ton von mir geben, und meine Hand zitterte so sehr, dass der Lichtstrahl meiner Lampe kreuz und quer über das Gesicht des Wesens schnellte und so seine Mimik unheimlich und äußerst bedrohlich erscheinen ließ – wir befanden uns ja in einem fast stockfinsteren Raum.

Und dann stotterte ich: »Lebst du?«

»Ja«, sagte das Wesen.

»Bist du auch ein Mensch?«

Das Wesen schwieg.

Und ich hatte so große Angst vor der Antwort. Denn je länger es schwieg, desto sicherer wurde ich, dass es »Nein« sagen würde. Mein Gott! Und was wäre dann?

Es stand regungslos mit herabhängenden Armen und blickte in meine Richtung, die Augen weit geöffnet. Große, dunkle Augen, die den Schein meiner unruhigen Taschenlampe so reflektierten, als würden sie selbst flackernd leuchten.

Mit einem langen Seufzer und tiefer Stimme sagte das Wesen dann endlich, sehr langsam artikulierend: »Es gibt keine Menschen mehr. Alle sind verschwunden. Und bis gerade eben glaubte ich, der letzte Mensch auf Erden zu sein. Ja, ich bin ein Mensch! Und ich lebe! Warum auch immer. Mein Name ist Finn.«

Ich schaute das Wesen, nein, ich schaute Finn einige Sekunden stumm an, immer noch zitterte meine Hand, aber dann konnte ich plötzlich nicht länger an mich halten. Die Angst und die Skepsis brachen in sich zusammen – und all die Verzweiflung, die zuvor nie gekannte Einsamkeit, die Hilflosigkeit, das Gefühl der unendlichen Verlorenheit, die ganze Seelenlast der letzten Monate fiel von mir ab. Ich warf die Taschenlampe ins Stroh, sprang auf, umarmte Finn – und er umarmte mich auch. Ich weinte, wie ich noch nie in meinem Leben geweint hatte – und auch er weinte. Und wir hielten uns eng umschlungen.

30. EINTRAG

Es war eingetreten, was ich absolut nicht mehr zu hoffen gewagt hatte. Ich war einem Menschen, einem leibhaftigen Menschen begegnet!

Ich war also nicht der einzige Überlebende dieser unsagbaren Katastrophe!

Wir saßen Stunden um Stunden in der Scheune und erzählten und erzählten. Und wie wir beide es genossen zu sprechen, zu fragen und zu antworten! Immer wieder fassten wir uns dabei an, wohl um sicherzugehen, dass wir uns nicht in einem Traum befanden, dass wir real waren, dass wir tatsächlich einander gefunden hatten.

Finns Geschichte ist ebenso merkwürdig wie meine (ansonsten aber ohne Parallelen zu dem, was mir am 17. Juli des vergangenen Jahres widerfuhr). Und auch bei ihm gibt es keinerlei Anhaltspunkte, warum gerade *er* das Weltunglück überlebt hat.

Als es geschah, schlief er. Mit Freunden war er am 16. Juli zu einer einsam gelegenen Jagdhütte gefahren, die mitten im Wald stand, auf einem etwa fünfhundert Meter hohen Berg. Die Jungs und Mädels, sieben Leute insgesamt, planten dort eine Sommernachtsparty zu feiern. Tatsächlich wurde dann auch bis in die frühen Morgenstunden des 17. Juli hinein getanzt und getrunken, besser gesagt gesoffen. Finn und sein alter Freund Boris gehörten zu den Ausdauerndsten und beide gingen erst gegen sieben Uhr ins Bett. Da schliefen alle anderen bereits. Finn war extrem betrunken und sehr müde.

Als er schließlich nach zwölf Stunden wieder erwachte, gab es die alte Welt nicht mehr. Es war dunkel, es schneite heftig, das Thermometer zeigte minus acht Grad – und außer Finn befand sich kein Mensch in der Jagdhütte. Nur das Gepäck seiner Freunde stand noch überall herum, und vor der Hütte parkten die beiden Autos, mit denen die sieben Leute angereist waren.

Im Gegensatz zu mir akzeptierte er die neue Wirklichkeit nicht so schnell. Über Wochen suchte er nach Menschen und forschte nach dem Grund der Katastrophe. Was er alles getan hat! Wo er überall war! Auf Flughäfen, in Observatorien, in einer Erdbebenstation, in zivilen und militärischen Forschungseinrichtungen, in U-Bahn-Schächten, Elektrizitätswerken, Universitäten, im Hauptquartier des Geheimdienstes, in einer Abhörstation, sogar in einer Tropfsteinhöhle (hoffend, dort jemanden zu finden) und in einem großen Fernsehsender (um einen Hilferuf zu produzieren und auf Sendung zu bringen, was ihm aber trotz zweitägiger Versuche nicht gelang).

In einem robusten Geländewagen war er kreuz und quer durchs Land gefahren, solange es noch ging, bis hoch oben an die Küste. Und selbst auf den in Häfen ankernden Schiffen suchte er noch – nach irgendwem, nach irgendwas. Er sah brennende Städte, abgestürzte Flugzeuge, entgleiste Züge, ineinander verkeilte Schiffe, ölspeiende Raffinerien und auf Schlachthöfen tote Tiere. Er durchforstete Zeitungsredaktionen und eine Presseagentur, sah sich in Rathäusern und im Innenministerium einer Landesregierung um.

Doch all seine Erkundungen erbrachten keinerlei Hinweise. Zwar schienen die Menschen sich am 17. Juli des vergangenen Jahres sehr über den plötzlichen Wetterumschwung gewundert zu haben, waren aber nicht in Panik geraten. Darauf deuteten Notizen, einige Pressemeldungen, E-Mails und so weiter hin. Warum aber war das so gewesen? Eigentlich hätte ein irres Chaos ausbrechen müssen. Schnee im Juli! Frost im Hochsommer! Dunkelheit schon am Nachmittag! Alles aber lief offenbar relativ ruhig und geordnet weiter. Warum nur?

Irgendwann stellte sich Finn die berechtigte und interessante Frage (die ich mir nicht gestellt hatte), um wie viel Uhr genau das Leben wohl verschwunden war – und kam auf eine schlaue Idee.

In einem großen Bankhaus machte er die Videoüberwachungsanlage ausfindig und entdeckte, dass sie die Daten der letzten Wochen gespeichert hatte. Er tüftelte so lange herum, bis die Aufzeichnungen des 17. Juli über einen Bildschirm flimmerten.

Der gesamte Vormittag verlief normal, gegen 13.30 Uhr aber füllte sich die Schalterhalle plötzlich. Bis ungefähr 14.30 ging das so, dann kamen kaum mehr Kunden, und von den Anwesenden verließen nur sehr wenige das Bankgebäude wieder. Alle unterhielten sich eindringlich, so schien es zumindest (es gab ja nur Bilddokumente, keine Tonaufnahmen). Sogar die Angestellten mischten sich unter die Besucher, um mit ihnen zu reden. Der normale Bankbetrieb war unterbrochen. Und dann, Punkt 15.00 Uhr, fielen sämtliche Kameras aus. Endgültig! Das also war vermutlich die große Todesstunde oder Todessekunde – und niemand mehr hatte den bald darauf einsetzenden Schneefall erlebt. Das würde erklären, warum nirgends (in keiner Notiz, Mail, Pressemeldung und so weiter) von Schnee, Frost oder Dunkelheit die Rede war. Finn sichtete später ebenfalls noch die Videoaufzeichnungen eines Flughafens und eines Juweliergeschäftes: mit demselben Ergebnis. Genau um 15.00 Uhr brachen die Überwachungsmitschnitte allesamt plötzlich ab.

Finn hatte also genau das getan, was ich hätte tun sollen. Über Wochen war er aktiv gewesen. Während dieser Zeit wollte er sich mit seiner Ahnung, der wohl einzige überlebende Mensch zu sein, nicht abfinden – und er wurde beherrscht von einer beinahe hysterischen Neugierde. Er suchte wie besessen nach einer Erklärung für die unfassbaren Vorkommnisse. Jedoch vergeblich. Am Ende war er nicht schlauer als ich. Aber wir hatten beide dieselben Schlüsse gezogen: Alles Lebendige war verschwunden, alles Tote war geblieben. Offensichtlich schien die ganze Erde betroffen zu sein, da weltweit alle Sender schwiegen, soweit wir das mit unseren Geräten feststellen konnten; und auch Finn vermutete, dass hinter all dem ein kosmisches Ereignis unvorstellbaren Ausmaßes stecken müsse.

Nach etwa vier Wochen resignierte er. Und sein Auto blieb endgültig im Schnee stecken. Mitten auf einer Landstraße, nahe dem Weiler, zu dem auch die Scheune gehörte, in der wir uns dann Monate später begegnen sollten. Er war dort gefangen, so wie ich gefangen war in meiner Stadt, in meiner Wohnung. Mit dem Unterschied allerdings, dass er nicht in seinem Zuhause wohnte, dass er es nicht mehr geschafft hatte, Vorräte heranzukarren, und er sich weniger ablenken konnte als ich. In den drei Bauernhäusern des Weilers befanden sich gerade mal fünfzehn Bücher, darunter sieben Bibeln.

Die Zeit des Lärms – Lärm und Nebel hatte es auch bei ihm gegeben – verbrachte er fast ununterbrochen in einem Kellergewölbe. Wie ich hatte er unaussprechliche Angst, unaussprechliche Sehnsucht nach Menschen, und genau wie ich hatte er jegliche Hoffnung schließlich aufgegeben. Sein Plan war es gewesen, sich noch in der Woche unseres Zusammentreffens zu erschießen, da er sämtliche Lebensmittelvorräte der Bauersleute so gut wie aufgebraucht hatte. Als er mich entdeckte, glaubte er zunächst an eine Täuschung. Da ich jedoch nicht einfach wieder verschwand, beobachtete er mich aus der Entfernung. Das Unglück hatte ihn dermaßen mürbe gemacht, dass er es für völlig ausgeschlossen hielt, einen leibhaftigen, einen lebenden Menschen zu sehen. Und so schoss er irgendwann in die Luft und rief zur Scheune hinüber, das Wesen solle sich zu erkennen geben, es solle sich zeigen. Genau diese Worte aber hatte ich nicht verstanden, die Laute nicht einmal als Gesprochenes erkannt, nur den Schuss als solchen doch richtig identifiziert. Und dann stieg er in die Scheune, fand mich mit geschlossenen Augen, glaubte an einen Trick, kniete sich auf meine Brust, griff mir an den Hals und hielt eine große Taschenlampe mit grellem Lichtstrahl vor mein Gesicht.

Wir hatten uns also gefunden. Zwei Verlorene waren durch Zufall in der endlosen Einöde aufeinander getroffen.

Was für ein ungeheures Ereignis!

Der Freudentaumel hielt zwei Tage an. Wir schliefen nur wenig – und berauschten uns an und mit unseren Reden. Wir konnten unser Glück kaum fassen. Und ich wunderte mich, überhaupt wieder *empfinden* zu können. Denn bis zu jenem Zeitpunkt hatte meine Seele in tiefer Apathie vor sich hingedämmert. Der ganz kleine Rest Lebensglut in mir war also fulminant entfacht worden; und die Flammen der Freude brannten binnen Kürze die große Hoffnungslosigkeit nieder.

Und mehr noch: Nachdem sich der erste Freudentaumel gelegt hatte, und ich wirklich begriff, was geschehen war – das Glück wurde dabei immer ruhiger und tiefer –, wollte ich nicht mehr sterben. Es war mir plötzlich klar, dass ich meine Wanderung zu dem tief verschneiten Marie-Friedhof nicht fortsetzen würde. Wenn ich es mir heute recht überlege, war das schon ein kleines Wunder. Denn der Entschluss, ihre letzte Ruhestätte aufzusuchen, um selbst die endgültige Ruhe zu finden, hatte absolut festgestanden – und dann, ohne innere Kämpfe, ohne das Gefühl, in einen Zwiespalt geraten zu sein, rückte ich schlagartig davon ab.

Finn erging es nicht anders.

Auch er hatte beschlossen, zu sterben. Und wäre ich drei oder vier Tage später auf den Weiler gestoßen, vermutlich hätte ich einen Toten vorgefunden – wenn ich ihn überhaupt entdeckt hätte –, und dann wäre mir wohl kaum in den Sinn gekommen, dass dieser Tote noch kurz zuvor ein Lebender gewesen war. Vorausgesetzt, der Frost hätte seinen Leib bereits in Beschlag genommen. Als Finn begriff, dass ich ein realer Mensch war, gab er sofort sein Vorhaben, sich in den nächsten Tagen zu erschießen, auf. So erzählte er es mir später. Er empfand unsere Begegnung als eine Fügung, als einen Schicksalswink – und auch als Aufforderung, weiter durchzuhalten, gemeinsam zu kämpfen, gegen das Unglück, gegen das Mysterium, für das Leben.

Unsere Entscheidungen trafen wir in der Stille, tief in unseren Herzen. Ohne mit dem anderen darüber zu beraten, ohne mit dem anderen darüber zu sprechen. Und Finn war der Erste, der seine Entscheidung in Form einer Frage aussprach: »Wollen wir zusammenbleiben? Wollen wir es gemeinsam versuchen? Vielleicht schaffen wir es! Sterben können wir noch immer.«

Ich zögerte nicht eine Sekunde und antwortete: »Ja! Lass es uns versuchen. Vielleicht schaffen wir es.« Wobei mir eigentlich nicht klar war, *was* genau wir schaffen wollten; ich wusste nur, dass ich leben wollte, gemeinsam mit Finn – diesem mir zu jenem Zeitpunkt vollkommen fremden Menschen.

Und dann schrien wir hinaus in die Nacht, über den Schnee und hinauf in die schweren Wolken: »Leben! Leben! Leben! Uns bist du noch lange nicht los!« Wir umarmten uns, lachten – mein Gott, wie lange hatte ich nicht mehr gelacht! – und beschlossen, in meine Stadt, zu meiner Wohnung zurückzuwandern. Weil es in den Häusern von Finns Weiler nichts mehr zu essen gab, weil es eine grausige Umgebung war, und weil Finn meinte: »Da, wo einer von uns zu Hause ist, ist auch ein guter Platz für den anderen.« Sein Zuhause war so weit entfernt, niemals hätten wir es erreicht.

Und so machten wir uns auf den überaus mühsamen Weg. Zwar hatte sich Finn ehedem auch mit wintertauglicher Kleidung eingedeckt, dabei aber die Tiefschneeschuhe vergessen. Ein fatales Versäumnis! Denn deshalb war er all die Wochen und Monate außerstande gewesen, seinen Unterschlupf zu verlassen. Nur mit solchen Schuhen ausgerüstet, kann man sich auf das Schneemeer dort draußen wagen; ohne sie würde es einen sofort verschlingen. Also trugen wir sie abwechselnd, und der sie gerade nicht an den Füßen hatte, stapfte hinter dem anderen her, in dessen Spuren, aber sackte dennoch immer wieder sehr tief ein, was unser Fortkommen äußerst schwierig gestaltete. Da wir jedoch exakt der Spur folgten, die ich von meiner Wohnung bis hin zu dem Weiler hinterlassen hatte, ging alles leichter, als wenn wir uns einen ganz neuen Weg hätten bahnen müssen. Der Schnee war eben schon etwas festgetreten. Und wir mussten keine Sorge haben, uns zu verlaufen.

Wie anders doch das Gehen zu zweit war! So viel besser! Wir machten uns gegenseitig Mut und feuerten einander an. Und wir lachten viel. Wie schön Lachen doch ist! Wie stark Lachen macht!

Dann sahen wir die Schemen meiner Stadt vor uns – und sprangen vor Freude in die Luft. Und bauten jubilierend einen Schneemann. Unsere beiden eingeschalteten Taschenlampen wurden seine Augen, für Nase und Mund brachen wir Äste von einem Baum ab, und auf den

Kopf setzten wir ihm eine dunkle Wollmütze. Sie gehörte Finn.

Noch lange schaute uns der weiße Mann mit seinen leuchteten Augen nach.

Heute ist der 25. Januar. Und jetzt lebe ich schon seit zwölf Tagen hier in meiner Wohnung mit einem Fremden.

31. EINTRAG

Wir haben uns gut eingerichtet. Der Ofen brennt wieder. Es war seltsam zurückzukommen. Wir kochen regelmäßig, machen Spiele (in der Alexander-Kur-Wohnung haben wir *Monopoly, Mensch ärgere Dich nicht* und ein *Dame*-Spiel gefunden), und wir lesen viel – lesen uns sogar manchmal gegenseitig vor. Die Tage verfliegen. Alles ist anders als vorher. Leichter. Aber es ist merkwürdig, so eng mit einem Menschen zusammen zu sein. Über drei Jahre war ich alleine. Über drei Jahre hat außer mir kein Mensch in meiner Wohnung übernachtet.

Wir betasten einander mit großer Vorsicht. Ob Finn ebenso misstrauisch ist wie ich, weiß ich nicht. Ich denke darüber nach, *warum* ich ihn mag. Weil mir keine andere Wahl bleibt? Weil es die Katastrophe in der Katastrophe wäre, würde ich ein schlechtes Urteil über ihn fällen? Ich spiele durch, was geschehen könnte, sollte er mir zuwider werden: Ich würde ihn nötigen, meine Wohnung, mein Haus zu verlassen; er ginge in ein anderes Gebäude, vielleicht in einen anderen Teil der Stadt, wir hätten keinen Kontakt mehr miteinander. Wir, die beiden letzten Menschen auf der Welt, wären einander feind. Wie absurd!

Die beiden letzten Menschen?

Wir sprechen immer wieder darüber, ob wir *wirklich* die beiden letzten sind. Wo es zwei gibt, könnte es doch auch drei, vier, fünf oder tausende geben, die ebenfalls auf wundersame Weise das Unglück überstanden haben. Und irgendwo leben. Vielleicht in unserer Nähe, vielleicht aber auch sehr weit entfernt. Und wenn wir gemeinsam darüber spekulieren, oder ich alleine darüber nachdenke, ertappe ich mich immer bei folgender Überlegung: Sollte es wirklich noch andere Überlebende geben, könnte darunter doch auch eine Frau sein. Wäre eine Frau an meiner Seite besser als Finn?

Ja, ich würde gerne mal wieder mit einer Frau schlafen! Aber es ist gut, dass Finn keine Frau ist! Denn Sexualität würde die Situation bestimmt verkomplizieren. Eine Frau an meiner Seite hat bei genauer Überlegung nichts Verlockendes! Unweigerlich müsste ich ständig an Marie denken, und meine Sehnsucht nach ihr würde sicher neu entfacht! Ich hätte das Gefühl, sie zu betrügen, und wäre befangen. Nein, es ist gut, dass Finn keine Frau ist!

Interessant finde ich, dass ich allmählich wieder ein sexuelles Bedürfnis verspüre, eben Sehnsucht nach einer Frau habe. Seit Beginn der Katastrophe war an solcherlei Empfindungen überhaupt nicht zu denken gewesen. Onaniert habe ich das letzte Mal am 14. Juli des vergangenen Jahres.

Ich bin stets sehr freundlich zu Finn. Bin ich es aus tiefstem Herzen – oder aus Kalkül? Theoretisch könnte *er* ja auch *mich* verlassen. Weil er mich nicht mag, weil *ich ihm* zuwider bin. Und somit strenge ich mich besonders an, ihm zu gefallen. Weil ich Angst, irre Angst davor habe, wieder alleine zu sein. Ob es ihm auch so geht? Sind wir verdammt dazu, uns nett und sympathisch zu finden? Wie würde ich mich ihm gegenüber verhalten, wenn alles normal wäre? Wenn ich ihn zum Beispiel in einer Kneipe kennengelernt hätte. Wäre ich dann genauso engagiert wie jetzt? Natürlich nicht. Das ist doch klar. Die Grundfrage aber ist: Würde ich ihn unter normalen Umständen genauso beurteilen, wie ich es jetzt tue? Und mein Urteil fällt durchaus positiv aus. Bis jetzt habe ich nichts Unangenehmes, nichts Befremdliches an ihm bemerkt. Aber vermutlich ist es müßig, darüber nachzudenken: Was wäre, wenn ...

Natürlich schweißt das Unglück ungemein zusammen. Vielleicht zwingt es uns sogar zu einer so großen Selbstdisziplin, dass wir unsere schlechten Seiten gänzlich unter Kontrolle halten und wir als durchaus gute Menschen dastehen. Vielleicht verschwindet gar infolge der ungekannten Disziplin das Schlechte ganz aus unseren Herzen.

Wie auch immer. Ich will alles so nehmen, wie es ist. Grübeln und Spekulieren hat keinen Sinn. Zu viel Bedenklichkeit zerstört die Gegenwart – und nur um sie geht es. Um nichts anderes.

32. EINTRAG

Es ist Abend. Finn liegt auf der Couch und liest. Ich sitze am Tisch, schreibe und rauche. (Finn ist Nichtraucher.) Ich habe ihm vorhin viel von Marie erzählt. Am Ende sagte er: »Ja, die Schuld bleibt. Aber man kann immer wieder neu beginnen – und es dann besser machen.«

Man kann immer wieder neu beginnen: So habe ich es noch nie gesehen.

Wie viel Trost in diesem Satz liegt! Aber auch die Aufforderung, das Vergangene zu akzeptieren, loszulassen und andere Wege zu gehen.

Ich möchte ein wenig über Finn schreiben. Er ist sechsunddreißig Jahre alt und ein Riese. Auf einen Meter achtundneunzig bringt er es. Und da ich fast dreizehn Zentimeter kleiner bin, muss ich immer zu ihm aufschauen. Was für mich ungewohnt ist, da ich sonst eigentlich immer der Größere war – oder Freunde auf Augenhöhe hatte. Und sehr hager ist er. Dünn sei er schon immer gewesen, sagt er, während der letzten Monate jedoch habe er noch mehr abgenommen. Weil seine Lebensmittelvorräte aufgebraucht waren – und weil die Lust zu essen, ähnlich wie bei mir, immer mehr nachließ.

Was gibt es zu seinem Äußeren noch zu sagen? Seine Haare sind dunkelblond und recht kurz. Er hat große Hände und noch größere Füße, braune Augen, eine fast senkrecht verlaufende lange Narbe auf der rechten

Wange und strahlend weiße Zähne (die waren mir bei unserer Begegnung in der Scheune schon besonders aufgefallen). Ich glaube, dass er nicht als »schöner Mann« durchgehen würde, aber als durchaus markanter Typ.

Auch ihm war im vergangenen halben Jahr sehr daran gelegen gewesen, trotz Unglück und Hoffnungslosigkeit körperlich nicht zu verwahrlosen. Das heißt, er hat sich regelmäßig gewaschen und rasiert, regelmäßig die Haare, die Fuß- und Fingernägel geschnitten.

Nachts schnarcht er manchmal etwas. Dann schrecke ich auf – und ich brauche stets mehrere Denkanläufe, bis ich kapiere, dass er es ist, dass er der ist, den ich vor Wochen getroffen habe, dass er Finn heißt, und dass dieses im ersten Moment seltsam anmutende Geräusch nichts Bedrohliches bedeutet. Er schläft immer auf meiner Wohnzimmercouch, die Verbindungstür zwischen Wohn- und Schlafzimmer lassen wir geöffnet. Tagsüber ist sie geschlossen.

Als die Welt noch nicht aus den Fugen geraten war, arbeitete Finn in einem Architekturbüro und beschäftigte sich hauptsächlich mit dem Ausbau alter Dachböden. Es bereitete ihm Freude, obwohl er vor über zwanzig Jahren ganz andere Sachen im Kopf gehabt hatte. Große Architektur wollte er entwerfen, Denkmäler erschaffen, in Amerika und Asien arbeiten, ja, überall auf der Welt Maßstäbe setzen. Mit viel Idealismus und auch einer Portion Größenwahn hatte er sein Architekturstudium begonnen und absolviert. Im Laufe der Zeit aber musste er dann einsehen, dass er nur gutes Mittelmaß war und ihm die ganz großen Würfe nie gelingen würden. Irgendwann hatte er sich damit abgefunden und die alten Dachböden zu seinem beruflichen Lebensmittelpunkt erkoren. Und jeder gelungene Ausbau, wenn er mal wieder aus einem dunklen Verschlag eine strahlende Wohnung mit herrlichem Blick über die Stadt gemacht hatte, war ein Fest für ihn.

Manchmal beobachte ich ihn heimlich. Er hat Angewohnheiten und einige wunderliche Neigungen. Zum Beispiel legt er sich zum Einschlafen immer auf die rechte Seite und knickt dabei sein rechtes Ohr ganz um, das heißt, er liegt auf der nach innen geklappten Ohrmuschel. Vermutlich tut er das schon seit Jahren, und deshalb steht das rechte Ohr auch etwas mehr von seinem Kopf ab als das linke. Wenn er liest und ganz in sein Buch versunken ist, schiebt er eine beliebige Buchseite ein paar Millimeter unter die Fingernägel des Mittel- und Ringfingers einer Hand und bewegt dann die Finger ein wenig hin und her. Offenbar bereitet ihm das Gefühl, etwas unter den Nägeln dieser Finger zu spüren, eine gewisse Lust. Jetzt gerade, während ich zu ihm hinüberschiele, macht er es wieder, er fühlt sich unbeobachtet.

Kurios finde ich auch seine Angewohnheit, sich genau zwischen Unterlippe und Kinn zu kratzen, um dann für ein paar Sekunden an dem Finger zu riechen, mit dem er sich gekratzt hat. Und immer wenn er sich alleine wähnt – etwa wenn er glaubt, ich sei noch auf dem Balkon der Anna-Thomas-Wohnung und verrichte meine Notdurft oder hole irgendetwas aus der Alexander-Kur-Wohnung –, tanzt er in unserem Wohnzimmer umher. Bemerkt er mich, hält er sofort inne und beginnt verlegen irgendein Gespräch oder stellt eine unwichtige Frage.

All das stößt mich nicht ab, schafft auch keine Distanz zu ihm. Im Gegenteil, seine Eigenheiten machen ihn liebenswert und oftmals muss ich schmunzeln, wenn ich ihn mal wieder bei irgendetwas ertappt habe.

Ob er mich auch gelegentlich beobachtet?

Über seinen Charakter kann ich bislang nur so viel sagen: Ich glaube, in seiner Brust schlägt ein gutes Herz und sein Wesen ist hell. Recht begründen kann ich es nicht. Mich beeindruckt sehr, dass er seine schwer kranken Eltern bis zu ihrem Tod vor fünf Jahren alleine gepflegt hat. Beide waren krebskrank gewesen. Zuerst starb die Mutter, dann sieben Monate später der Vater. Und ich fand es rührend, dass ihm die Tränen kamen, als ich ihm von Maries Beerdigung und meinem Bußgang zu ihrem Grab erzählte. Auch gefällt mir, mit welcher Freude er von seinem Beruf spricht, und wie er seinen einstigen Größenwahn selbst verlacht. Auf meine Frage »Was war dir vor dem Unglück das Wichtigste im Leben?«, antwortete er mir neulich, ohne lange nachzudenken: »Mir war und ist das Wichtigste, so zu leben, dass ich nichts bereuen muss. Und wenn ich es schaffe, niemandem Schaden zuzufügen, ist schon viel erreicht.« Ob es in seiner Vergangenheit etwas gibt, das er bereut, habe ich ihn noch nicht gefragt. Aber ich glaube, grundsätzlich ist er mit sich im Reinen. Keine Schatten der Schwermut oder Melancholie lasten auf ihm. Sicher ist er deshalb auch gelassener und rationaler mit der Katastrophe umgegangen als ich. Obwohl auch er seit dem 17. Juli vergangenen Jahres immer wieder Phasen der Hoffnungslosigkeit durchlebt hatte. Jedoch war es ihm dann stets schnell gelungen, sich wieder zu fangen, nach vorne zu schauen und an eine baldige

Erklärung und Veränderung der Umstände zu glauben. Nur während der letzten Wochen vor unserem Zusammentreffen wurde er immer kraft- und willenloser. Er litt unter Wahnvorstellungen und Panikanfällen. Und da er ohnehin bald nichts mehr zu essen gehabt hätte, war ihm der Entschluss nicht schwergefallen, seinem Leben ein Ende zu setzen.

Über Frauen und die Liebe reden wir oft. Einmal war Finn verheiratet gewesen, wenn auch nur kurz. Das liegt aber schon lange zurück. Sein Ja-Wort gab er mit zwanzig, und scheiden ließ er sich mit einundzwanzig. Sechs Jahre später traf er Asha, eine, wie er sagt, »atemberaubend schöne« Halbinderin. Sie wurde seine ganz große Liebe. Aber dreizehn Monate vor der Weltkatastrophe trennten sie sich. Weil die Leidenschaft erloschen war, und sie nicht nur Freunde sein wollten. Er sagt, er habe sich nach der Trennung vollkommen leer gefühlt. Sei weder traurig noch verzweifelt gewesen, nur gleichgültig. Und bis zuletzt war keine Sehnsucht nach einer neuen Liebe in ihm erwacht. Der Gedanke, für immer alleine zu bleiben, ohne Frau, schreckte ihn nicht. Was ich erstaunlich finde, da er ja noch recht jung ist. Wenn ein Fünfzigjähriger so empfindet, kann ich das eventuell verstehen, aber ein Sechsunddreißigjähriger!? Er schlief ab und zu mit einer Frau, um sich abzureagieren, und nach vollzogenem Akt machte er sich rasch wieder aus dem Staub. Es war immer schneller, mechanischer, herzloser Sex. Seit der Trennung von Asha ist er zu keiner Frau mehr zärtlich gewesen.

In den ersten Jahren ihrer Beziehung stellte sich heraus, dass Asha keine Kinder bekommen konnte, was Finn sehr erschütterte, da er sich zeit seines Lebens Kinder gewünscht hatte. Aber die Liebe zu dieser Frau war stärker als sein Kinderwunsch. Niemals hätte er sie wegen ihrer Unfruchtbarkeit verlassen. Nachdem er es geschafft hatte, die Dinge zu akzeptieren, wie sie waren, sei das Glück ungetrübt gewesen, sagt er.

Mich beschämen die Erzählungen über seine große Liebe. Offensichtlich hat er mit allem abgeschlossen – und sich nichts vorzuwerfen. Ich kann mir so etwas überhaupt nicht vorstellen.

Wie ich ihn darum beneide!

Es ist seltsam, über ihn zu schreiben, wo er nur ein paar Meter von mir entfernt auf der Couch liegt. Er weiß, dass ich in den letzten Monaten oft geschrieben habe und wie gut mir das »Gespräch« mit dem Papier tut. Und tatsächlich: Auch jetzt, obwohl *er* da ist und ich mich mit einem realen Menschen unterhalten kann, gefällt es mir, meine Eindrücke und Gedanken zu Papier zu bringen. Ich sehe dann klarer, außerdem muss ich mit »jemandem« über Finn reden. Es ist ja alles so fremd. Anfangs war ich gehemmt zu schreiben. Hätte er es doch als Abgrenzung verstehen können. Aber auf Nachfrage meinte er, es sei ihm völlig egal, ich solle es ruhig tun, ihn störe es keineswegs.

Gestern Abend hat er mir ein intimes Geheimnis anvertraut. Wir hatten ein paar Gläser Wein getrunken (ja, ich trinke, seit Finn hier ist, wieder Alkohol; nach meinem Besäufnis vor gut zwei Monaten mit Igor hatte ich ja keinen Tropfen mehr angerührt; meistens öffnen wir zum

Abendessen ein Fläschchen, richtig betrunken allerdings haben wir uns noch nicht). Also das intime Geheimnis: Vor und nach seiner Zeit mit Asha hatte Finn hin und wieder etwas mit sehr viel älteren Frauen (die Betonung liegt hier auf dem Wort *sehr!*). Seine Älteste war achtundsechzig! Ja, achtundsechzig! Da war er Anfang zwanzig. Unglaublich!

Ältere Frauen hatten etwas »Magisches« für ihn, sagt er, und damit meint er ihre erotische Ausstrahlung. All das, was andere als wenig oder gar nicht attraktiv beurteilten, bisweilen sogar abstoßend fanden, gerade das zog ihn an, war für ihn eine Attraktion: zerfurchte Haut, verdorrtes Fleisch, hängendes Gewebe, der Geruch des Alters. Aber es ging immer nur um Sex, niemals hätte er sich in eine alte Frau verlieben können. Er lernte die Frauen immer in irgendwelchen Kneipen kennen und baggerte sie dort an. Sie waren zunächst baff, verwirrt, auch skeptisch und konnten dann ihr Glück kaum fassen, in ihrem Alter einen so jungen Kerl zu bekommen und noch einmal leidenschaftlich begehrt zu werden.

Wie vertrocknete Rosen seien sie gewesen, sagt Finn. Aber im Bett später, in seinen Armen, in den Armen eines nach Sperma und frischem Schweiß riechenden jungen Mannes, begannen sie aufzublühen – und blühten dann schöner und strahlender als früher, wohl in der Gewissheit, nun wirklich ein letztes, ein allerletztes Mal die »Liebe« genießen zu dürfen. Keine junge Frau könne einen jungen Mann so grandios verwöhnen, verführen, betören wie eine alte Frau, sagt Finn. Schon beim Kennenlernen habe er in ihren Augen die Sehnsucht gesehen. Und ihre Augen verrieten ihm auch ihre Liebeskünste. Er schlief immer nur einmal mit einer Alten. Denn er hatte die Erfahrung gemacht, dass sie nur ein einziges Mal noch die Kraft besaßen, so gierig, so leidenschaftlich, so bedingungslos nach dem Leben zu greifen. Danach seien sie müder und welker gewesen als vorher. Gerne wäre er noch in den Genuss einer etwa Achtzigjährigen gekommen. Aber dazu hatte die Zeit nicht mehr gereicht.

Für mich ist das alles nicht nachvollziehbar. Nicht im Geringsten. Aber das muss es ja auch nicht.

Übrigens lebt auch er seit dem 17. Juli ohne jegliche sexuelle Regung. Genauso wie ich hat er kein einziges Mal seit Beginn des Unglücks onaniert.

Wie empfindet er wohl zurzeit? Würde er ebenfalls gerne mal wieder mit einer Frau schlafen? Ich habe ihn nicht danach gefragt, und ihm auch nichts von meinen aufkommenden Fantasien erzählt.

Hätte *er* die Wahl in der derzeitigen Situation: Würde er mich gegen eine Frau eintauschen?

33. EINTRAG

1. Februar. Draußen hat sich nichts verändert. Kein Niederschlag.

Wir leben nach festen Regeln: Gegen acht Uhr stehen wir auf, Finn macht immer das Frühstück, ich kümmere mich um den Ofen, gegen zwölf beginnen wir ein Mittagessen vorzubereiten, am frühen Nachmittag beschäftigen wir uns mit Hausarbeit (putzen, aufräumen, waschen, abwaschen und so weiter), um neunzehn Uhr gibt es Abendbrot. Ansonsten lesen wir, machen Spiele. Und reden. Ausgiebig und immer wieder über unsere Lage.

Wie lange werden wir es aushalten? Überhaupt: Was sollen wir tun? Auf Veränderungen hier in der Wohnung warten? Hinausgehen? Bloß, wohin?

Wie lange werden wir uns verstehen? (Wobei wir diese Frage nur einmal und sehr kurz behandelt haben, weil es schlichtweg nichts bringt, darüber zu sprechen.)

Und: *Was ist* am 17. Juli des vergangenen Jahres nur geschehen?

Zwar glauben wir beide an ein kosmisches Großereignis, das wir weder erklären noch verstehen können – und über das wir eigentlich nicht einmal mutmaßen dürfen, da unser Wissen keinerlei Anhaltspunkte anzubieten hat. Dennoch, wohl aus Verzweiflung, spekulieren wir und stochern mit unseren Fragen im Nebel. Das Ereignis an sich ist schon mysteriös genug, unser Überleben aber macht es noch geheimnisvoller. Warum existieren gerade *wir*? Was hat *uns* vor dem Inferno geschützt? Ist unsere Welt in eine andere Dimension gestürzt? Befinden wir uns vielleicht gar nicht mehr auf der Erde, sondern sind, ohne es zu merken, in eine Scheinwelt geschleudert worden? Haben Außerirdische mit unserem Planeten ein Experiment durchgeführt? Oder sind es Vorgänge aus der fernen Zukunft, die in unsere Gegenwart zurückwirken? Vielleicht wird es irgendwann Rechner, Maschinen, Computerprogramme geben, die mit der Vergangenheit machen können, was sie wollen. Was würde wohl Einstein in unserer Situation denken; wie würde er all das, was geschehen ist, bewerten?

Manchmal lachen wir sogar über unsere Lage. Vor Wochen, vor Monaten, als ich alleine war, hätte ich mein Schicksal niemals mit Humor betrachten können.

Finn und ich haben vorhin Überschriften-Wettentwerfen gespielt. Was könnte über einem Artikel stehen, der die momentane Welt beschreibt? Hier eine Auswahl unserer Ideen:

»Sonnenbrand, adieu«

»Gefriertruhen auf den Müll!«

»Endlich keine Nachbarn mehr!«

»Immer Freizeit! Nie mehr Staus!«

»Eröffnen Sie Ihr eigenes Geschäft! Sie sind garantiert konkurrenzlos!«

»Und es geht doch: Eine Gesellschaft ohne Politiker«

»Die steuerfreie Zone«

»Ladenschlusszeiten endgültig gefallen«

»Benzinpreise eingefroren!«

»Immer weiße Weihnacht!«

Finn liest am liebsten Sachbücher. Gerade beschäftigt er sich mit den Azteken. Ich hingegen genieße zurzeit die Erzählungen von Oscar Wilde. Und immer, wenn wir interessante Stellen in unseren Büchern entdecken, lesen wir sie einander vor. So vertreibt man sich gut die Zeit.

Gestern ist etwas geschehen, was mich sehr irritiert. Wir saßen beide auf der Couch und Finn las vor. Er sprach leise und konzentriert, die Beine übereinandergeschlagen, das Gesicht nahe am Buch, er war ganz vertieft in seinen Text. Uns trennten vielleicht vierzig Zentimeter. Ich saß ihm zugewandt und hatte mein rechtes Bein angewinkelt auf das Sofa gelegt. Ich betrachtete ihn von der Seite – wie er seine Lippen bewegte, wie er das Buch hielt, schaute mir sein Profil an, seine Hände und das konfus kurzgeschnittene Haar. Und plötzlich achtete ich gar nicht mehr auf den Text, den er vortrug, hörte ihm nicht mehr zu, sondern lehnte mich an den Kissenberg hinter mir, atmete tief und ruhig, schaute auf seine Wangen und Schultern, nahm den monotonen Rhythmus seiner Stimme wahr – und empfand für wenige Sekunden fast so etwas wie Glück! (Es widerstrebt mir, von »Glück« zu sprechen, aber ich kann das Gefühl nicht anders benennen.) Unglaublich. Seit Maries Tod hatte ich so etwas nicht mehr erlebt. Es war ähnlich wie damals, als ich mit ihr in Österreich auf einer Bank saß, unter uns ein lauschiges Tal, vor uns ein Dreitausender – und sie dann irgendwann sagte: »Wie gut es uns doch geht!«

Erst als sich Finn mit den Worten zu mir herumdrehte: »Genau das hätte ich nicht erwartet. Es ergibt auch keinen Sinn. Was denkst du?«, erwachte ich aus meiner Trance, war kurz verwirrt und bat ihn die letzten Sätze noch einmal vorzulesen. Er hat von meiner kurzen Empfindung nichts bemerkt, es wäre mir auch peinlich gewesen.

Wie ist es möglich, dass ein derartiges Gefühl in mir entsteht? Hier, inmitten der größten nur denkbaren Katastrophe? Und dann auch noch in Anwesenheit eines Mannes?

34. EINTRAG

6. Februar. Wir haben beschlossen, eine Expedition in die Stadt zu unternehmen. Wahrscheinlich morgen. Wir wollen die Wohnung für einige Stunden verlassen, uns gemeinsam umsehen und bei der Gelegenheit ein paar Dinge besorgen. Tiefschneeschuhe für Finn zum Beispiel (vielleicht gehen wir ja in Zukunft öfter hinaus), Champagner für uns beide und Kaviar für mich – ich habe so Lust auf Kaviar, unter meinen Vorräten befindet sich keine einzige Dose, Finn mag das Zeug nicht.

Es ist jetzt 21.00 Uhr. Ich sitze hier über meinem Papier, wie immer am Tisch. Finn liest auf der Couch.

Während des ganzen Nachmittags hat er mir Bewegendes aus seiner Vergangenheit erzählt. Ich bin noch ganz benommen davon.

Als er Mitte zwanzig war, wäre er fast gestorben. Und das nicht an einer Krankheit oder den Folgen eines Unfalls, sondern weil er die Macht über sich selbst verloren hatte.

Mehr als drei Jahre war er harter Kokser gewesen. Und im letzten Jahr seiner Kokskarriere arbeitete er auch noch als Stricher. Zum Schluss lag er in der Gosse, hatte Schulden über Schulden und jede Hoffnung verloren.

Es begann mit einer harmlosen Line bei Freunden, an einem Silvesterabend, kurz nach Mitternacht. Finn hatte zuvor noch nie Drogen konsumiert. Er sog das weißglitzernde Pulver in seine Nasenlöcher, so wie die anderen es auch taten, und schon wenige Minuten später galoppierte sein Selbstwertgefühl in ungeahnte Höhen. Er geriet in eine fantastische Euphorie und tanzte wie ein Verrückter die ganze Nacht hindurch. Immer wieder bot man ihm das Zauberpulver an – und jedes Mal machte das Tanzen noch mehr Spaß. Das war der Anfang.

Von dieser Neujahrsnacht an hatte er nur noch ein Bestreben: regelmäßig Kokain zu bekommen. Er vernachlässigte alles: seine Arbeit (zu jener Zeit jobbte er als Schreiner in einer kleinen Firma), seine Eltern, seine Freunde. All sein Erspartes ging drauf. Zuerst nahm er das Zeug lediglich an den Wochenenden, später jeden Tag. Er verlor seine Arbeit, verkehrte nur noch in Kokserkreisen und lernte dort irgendwann einen jungen Stricher kennen, mit dem er sich schnell anfreundete. Und es kam, wie es kommen musste ...

An einem verregneten Nachmittag im März stand Finn gemeinsam mit dem Jungen auf einem Bahnhofsvorplatz und hielt Ausschau nach Freiern. Er hatte, genauso wie der Junge vor seinem ersten Einsatz, noch nie Sex mit Männern gehabt, und er empfand, so wie der Junge noch immer, nur Abscheu und Ekel. Aber das Geschäft brachte gutes und schnell verdientes Geld. So finanzierte Finn bis zum Schluss seine Sucht. Drei, vier Gramm Koks verbrauchte er täglich. Alles drehte sich um den Schnee! Er fertigte einen Freier nach dem anderen ab und gab den Hurenlohn sofort wieder für Kokain aus. Hatte die Droge ihn anfänglich in Euphorie versetzt und ihm große Gefühle vorgegaukelt, so hielt sie ihn am Ende nur noch gerade so eben über Wasser. Ihm war, als würde er ohne

Koks gänzlich in einen unendlichen, schwarzen Abgrund stürzen. Und davor hatte er panische Angst. Seine Wohnung wurde ihm gekündigt, er hauste mal hier, mal dort, und trotz Dauereinsatz am Bahnhof reichte das Geld nie aus. Er litt zunehmend an Halluzinationen und Verfolgungswahn und verfiel körperlich. In den frühen Morgenstunden einer Sommernacht – er hatte gerade einen »Kunden« bedient – brach er vor dem Waschbecken der Bahnhofstoilette zusammen. Erst fünf Tage später kam er wieder zu sich – auf der Intensivstation einer Klinik. Er hatte einen Herzinfarkt erlitten und wäre fast zu Tode gekommen.

»Wenn Sie Ihr Leben nicht radikal verändern, wird es für Sie keine Zukunft mehr geben«, hörte Finn eine Männerstimme sagen, als er aus dem Koma erwachte. Und er hörte das Piepsen und Ticken verschiedener Überwachungsgeräte, mit denen er verbunden war. Er öffnete seine Augen – und neben seinem Bett stand ein älterer Arzt, der ihn ernst anschaute und dann weitersprach: »Ja, eine zweite Chance werden Sie nicht bekommen. Wollen Sie Ihr junges Leben auf den Müll werfen?!« Diese wohl eher brutale Begrüßung im Diesseits sei, so meint Finn, genau das Richtige damals gewesen. Hätte man ihm später, als es ihm schon wieder besser ging, ins Gewissen geredet, der Appell wäre wohl ohne Wirkung geblieben. So aber war das Ganze für ihn ein heilsamer Schock: der Vorfall selbst, die Ansprache des Arztes, die Behandlung auf der Intensivstation.

Im Anschluss an den Klinikaufenthalt war er zwei Monate in der geschlossenen Psychiatrie und dann zwei weitere Monate in einem Rehazentrum. Seit dem Zusammenbruch auf dem Bahnhofsklo hat er keine Drogen mehr angerührt, dafür aber sein Leben wieder in die Hand genommen.

»Nie mehr Schnee! Das hatte ich mir damals geschworen«, sagte Finn am Ende seiner Erzählung, dabei ging er zum Fenster und blickte hinaus. »Und was ist nun? Mittendrin sitze ich im Schnee! Schnee, wohin ich auch gucke ...«

Wir lachten – und ich sagte: »Komm, lass uns zu Abend essen!«

35. EINTRAG

Sechs Stunden waren wir gestern draußen.

Ohne Finn wäre ich nicht hinausgegangen. (Wobei dieser Satz unsinnig ist, da ich ohne Finn gar nicht mehr leben würde; entweder wäre ich auf dem Weg zu Maries Friedhof umgekommen, oder aber ich hätte mein Ziel erreicht und läge jetzt steinhart gefroren auf ihrem Grab.)

Wir hatten gestern das Haus gerade verlassen und standen wort- und regungslos mitten auf der Straße, da sagte Finn: »Wie sonderbar! Als gäbe es hier draußen keine Zeit. So stark habe ich das noch nie empfunden, auch nicht während unserer Wanderung hierher. Alles steht still. Nichts verändert sich. Ist es möglich, dass nur noch *wir* der Zeit ausgesetzt sind – die Welt aber nicht mehr?«

Völlig überrascht drehte ich meinen Kopf zu ihm hin, weil genau dieselbe Empfindung auch ich in diesem Moment hatte und sie gerade ausdrücken wollte. Nur, er war mir zuvorgekommen.

Ich legte meinen Arm um seine Schultern, sagte: »Vielleicht!« – und fühlte mich ihm sehr nahe.

Ich glaube, meine fast schon zärtliche Geste irritierte ihn etwas, da sie in keinem für ihn ersichtlichen Zusammenhang mit seiner Frage stand.

Dann wateten wir mühevoll durch den Schnee. In Richtung Stadtmitte.

Wir strichen zunächst durch ein Kaufhaus. Die Lichtkegel unserer Taschenlampen ließen die Größe der Verkaufsebenen erahnen. Bitterkalt war es. Im Laufe der Monate hatte sich der Frost überall eingenistet. Wir gingen durch die Abteilung für Damenbekleidung und bemerkten, dass fast alle Röcke, Kleider, Blusen und so weiter wie Bretter an den Bügeln hingen. Sie waren gefroren. Als wir an die Decke leuchteten, entdeckten wir lange Eiszapfen und einige Wände und Säulen schienen regelrecht vereist. Vermutlich war nach dem Unglück, vielleicht durch irgendeine Fehlschaltung, die Sprinkleranlage ausgelöst worden, hatte eine Weile das ganze Stockwerk besprüht und sich dann wieder von selbst ausgeschaltet. Auch auf dem Boden unter den Kleiderständern entdeckten wir größere Eisflächen. Das Kaufhaus wirkte sehr gespenstisch. Weil es so groß und unübersichtlich war. Immer wieder leuchtete ich mit meiner Taschenlampe hinter mich, was mir eine gewisse Sicherheit gab. Ich hatte ständig das Gefühl (und Finn erging es ebenso), irgendetwas würde uns folgen. Auf der dritten Etage versteckten wir uns in einer Herren-Umkleidekabine, setzten uns auf die dort eingebaute kleine Holzbank, schalteten die Lampen aus – und warteten. Den Vorhang der Kabine hatten wir natürlich offen gelassen.

Nichts jedoch geschah, obwohl wir ein paarmal meinten, ein Knacken gehört zu haben. Vermutlich war es die Kälte gewesen – oder was auch immer. Spätestens zu diesem Zeitpunkt verloren wir endgültig die Lust, den Konsumtempel von einst weiter zu erkunden. Über die stehen gebliebenen Rolltreppen liefen wir raschen Schrittes ins Erdgeschoss und waren erleichtert, wieder auf der Straße zu sein.

Hinter dem Kaufhaus befindet sich ein Hallenbad. Irgendwie interessierte es uns – und so gingen wir hinein. Am 17. Juli des vorigen Jahres musste dort wegen der enormen Hitze und der Ferienzeit außergewöhnlich viel Betrieb geherrscht haben. Schon im Eingangsbereich standen überall große, mit diversen Schwimmutensilien gefüllte Sporttaschen herum. Als wir die Tür zum Badebereich öffneten, bot sich uns ein wunderlicher Anblick. Der Pool, bestimmt dreißig mal fünfzehn Meter groß, war komplett zugefroren. Das Licht der Taschenlampen zeigte uns eine weißbläuliche Eisfläche, die wie ein perfekt glatt geschliffener Bergkristall gewirkt hätte – wäre da nicht am anderen Ende des Beckens, mitten auf dem Eis, ein Gegenstand zu sehen gewesen. Wir gingen entlang dem Beckenrand näher heran und erkannten, dass es sich um einen festgefrorenen weißen Kinderschwimmring handelte, aus dem ein mit Luft gefüllter Plastik-Entenkopf ragte. Die Ente schien zu lächeln.

»Sollen wir mal ein paar Schritte wagen?«, fragte Finn.

»Warum nicht?«, erwiderte ich – und schon schlitterten wir auf dem glatten Eis umher, ein jeder mit seiner Taschenlampe in der Hand. Das ging eine ganze Weile so und machte uns Spaß. (Wann kann man schon in einer öffentlichen Badeanstalt Schlittschuh laufen – oder zumindest so was Ähnliches?) Plötzlich jedoch warf sich Finn auf die Knie, fuchtelte aufgeregt mit der Taschenlampe und brüllte, obwohl ich nur ein paar Meter von ihm entfernt stand: »Komm her! Komm her! Hier ist ein Mensch!« Ich machte ein paar große, rutschende Schritte zu ihm hin, hockte mich neben ihn, und wir richteten beide unsere Lampen in das Eis.

Und tatsächlich – direkt unter der Oberfläche schien ein Kind zu schweben, mit weitaufgerissenen Augen, zusammengepresstem Mund, die Hände zu Fäustchen geballt. Es hatte alle viere von sich gestreckt, trug eine gelbe Badehose und war vielleicht vier oder fünf Jahre alt.

Finn beugte sich vor und trommelte auf das Eis. Ich zog ihn zurück. »Es ist tot, es ist tot!«, schrie er. Wie ein in Bernstein eingeschlossenes Insekt sah es aus, das tote Kind. Mir stockte der Atem. Es war im Becken eingefroren.

Wir knieten nur kurz über dem Kind, dann rannten wir voller Entsetzen von der Eisfläche, weil wir den Eindruck hatten, es würde uns um Hilfe flehend anstarren. Wahrscheinlich war es unmittelbar vor der Katastrophe ertrunken. Das Mysterium interessierte sich nicht für die Toten.

Eilig entfernten wir uns aus der Badeanstalt.

Wir machten unsere Besorgungen, fanden auch alles, was wir haben wollten. Obwohl uns nach dem Erlebnis in der Badeanstalt nicht gerade der Sinn nach Kaviar und Champagner stand. Aber die Köstlichkeiten sollten ja für später sein. Und da Finn nun ebenfalls im Besitz von Tiefschneeschuhen war, kamen wir zügiger voran als vorher. Und doch machte uns das Gehen recht große Mühe, denn in einigen Straßenschluchten türmten sich riesige Schneewehen auf.

Gegen Ende unseres Ausfluges, wir hatten bereits wieder mein Stadtviertel erreicht, betraten wir noch die

Lobby eines großen Hotels, einfach so, um uns umzuschauen – und bei der Gelegenheit ein wenig auszuruhen. Prunkvoll sah es dort aus. Eine riesige Halle war es, mit Kristallkronleuchtern, roter Samttapete, Marmorfußboden, vielen Antiquitäten, feinem Mobiliar und Perserteppichen. Neben der großzügig angelegten Rezeption aus edlem Holz führte eine einladend geschwungene Marmortreppe mit goldenem Handlauf in den ersten Stock des Hauses. Wir ließen uns in große Sessel fallen und kreisten mit unserem Taschenlampenlicht durch den pompösen Raum.

»Warst du früher schon mal in so einem Hotel?«, fragte Finn.

»Ja, oft – mit Marie.«

»Und, gefällt dir so was?«

»Damals, ja«, sagte ich – und für einen Moment riss mich die Vergangenheit wieder in ihre Tiefen.

Ich war mit Marie in unzähligen Hotels gewesen. In Absteigen, in hübschen Mittelklassehäusern und immer wieder auch in den besten und teuersten. Wir hatten beide denselben Geschmack, und waren wir in einem Nobelschuppen irgendwo auf der Welt untergekommen, machten wir uns immer einen Spaß daraus, alles aufs Genaueste zu inspizieren. Wir führten Debatten über architektonische Einzelheiten, überlegten, ob der Speisesaal wirklich stilecht eingerichtet war, ob das Badezimmer den sehr gehobenen Ansprüchen gerecht wurde, welche Qualität das auf dem Zimmer zur Begrüßung bereitgestellte Obst hatte, ob der Service auch zur Nachtzeit so gut war wie tagsüber, ob die Aussicht stimmte, das sündhaft teure Zimmer auch wirklich sauber war, die Einrichtung allen Bedürfnissen entsprach, und so weiter und so weiter.

Unsere schönsten Reisetage allerdings verbrachten wir in einfachen Unterkünften, in Pensionen, kleinen Apartments oder schlichten Chalets. Ich erinnerte mich an ein Abendessen mit ihr auf dem winzigen Balkon eines Pensionszimmers. Wir waren irgendwo in Kalifornien und schauten hinaus auf den Pazifik, der sich wie müde vom Tag vor uns räkelte, und dann setzte die untergehende Sonne den Horizont in Brand, gewaltiges Rot und Orange vermischten sich und überspannten den fernen Himmel. Wir konnten gar nicht wegschauen, so berührend war das Schauspiel. Irgendwann erstarb die feuergleißende Sonne im großen Meer, und wir waren sprachlos, tranken stumm unseren Wein und wussten, dass jeder die Erhabenheit dieses Augenblicks nur deshalb so tief empfinden konnte, weil der andere zugegen war.

Eine weitere Erinnerung schoss mir durch den Kopf: Marie und ich hatten uns bei einem Bauern im Allgäu eingemietet. Es war ein alter Hof und direkt vor unserem ebenerdigen Zimmer lag eine ans Haus grenzende Blumenwiese. Jeden Abend, nach unseren Wanderungen, kletterten wir aus dem Fenster, nahmen uns eine Decke mit und saßen dort, bis es kühl wurde. Und jeden Abend kam der Hund des Hofes bei uns vorbei. Es war ein Berner Sennenhund, den Marie sogleich in ihr Herz geschlossen hatte. Überhaupt liebte sie Hunde sehr. Immer wieder sprach sie davon, sich irgendwann einen anzuschaffen. Der Hund, gerufen Karl, hatte Marie seinerseits auch sofort in sein Herz geschlossen; was aber wohl zunächst nicht an ihrem einnehmenden Wesen lag, sondern vielmehr an der ungarischen Salami, mit der sie ihn vom ersten Tage an verwöhnte. Sie wurde seine beste Freundin, und er umwarb sie geradezu. Auch nach den Fütterungen blieb er bei uns, legte seinen Kopf auf Maries Schoß, sie strahlte übers ganze Gesicht, kraulte Karls Nacken, und der wiederum belohnte das Kraulen mit einem genüsslichen Brummen bei geschlossenen Augen. Ich glaube, in diesen Momenten war Karl der glücklichste Hund der Welt – und Marie, na ja, vielleicht nicht die glücklichste Frau der Welt, aber sie wirkte rundherum froh.

Wie lebendig mir das Bild vor Augen stand: die schöne Blumenwiese, Maries buntes Wanderkleid, Maries Lachen, der selige Karl und im Hintergrund die Allgäuer Alpen ...

»Du bist wieder bei Marie, stimmt's? Und du bist sehr traurig«, hörte ich eine Stimme sagen.

Finn war zu meinem Sessel gekommen, hatte sich auf die Armlehne gesetzt, und ich spürte seine Hand auf meinem Bein.

»Es ist vorbei!«, sagte er. »Und wenn du zu sehr trauerst und wenn du zulässt, dass die Schuldgefühle zu große Macht über dich gewinnen, dann zerstörst du dich! Niemals hätte sie das gewollt, niemals!«

Erst jetzt kam ich wirklich zu mir, so versunken war ich in meine Erinnerungen gewesen. Ich drehte meinen Kopf hin zu Finn, schaute in seine Augen, empfand dabei Wärme und Herzlichkeit, legte meine behandschuhte Hand auf seine – und so saßen wir schweigend eine Weile, bis ich sagte: »Ja, du hast Recht. Wir sollten nach Hause gehen.«

36. EINTRAG

So intensiv wie mit Finn habe ich mich noch nie mit einem Mann unterhalten. Natürlich liegt das an der Ausnahmesituation, in der wir hier existieren. Aber es liegt auch an ihm. Ich vertraue ihm immer mehr. Ich achte und schätze ihn. Und ich habe das Gefühl, dass er mir ein tiefes Verständnis entgegenbringt.

Umgekehrt spüre auch ich ein großes Interesse an seiner Person und seiner Vergangenheit. Es macht mir Freude, ihm Fragen zu stellen und ihm zuzuhören. Ich versuche, mich in seine Vergangenheit und sein Denken einzufühlen. Und ich glaube, auch er vertraut mir immer mehr. Wie schade, dass wir uns nicht schon zu normalen Zeiten, zum Beispiel in den letzten Jahren, begegnet sind! Aber vermutlich hätte ich einen näheren Kontakt gar nicht zugelassen. So menschenscheu und in mich gekehrt war ich nach Maries Tod geworden.

Es gibt keine Spannungen zwischen uns. Was ich erstaunlich finde, da wir auf engem Raum und unter schlimmsten Voraussetzungen zusammenleben.

Die Tage sind strukturiert durch unsere Rituale – und die Zeit vergeht wie im Fluge. Gestern haben wir bis tief in die Nacht hinein über die Unsterblichkeit diskutiert. Über das Für und Wider. Als Grundlage unseres Gedankenspiels nahmen wir die Welt, wie sie früher war. (Natürlich, was auch sonst? Bestimmt nicht die jetzige Welt!)

Und dann stellten wir uns vor, ein Zauberer böte uns die Unsterblichkeit an. Würden wir annehmen? Oder würden wir dankend ablehnen und ganz normal den irdischen Weg zu Ende gehen? Ich versuche unser Gespräch zu rekonstruieren:

LORENZ: Wie soll der Zauber funktionieren? Ist man auch unverwundbar?

FINN: Ja. Eine magische Aura schützt den Körper vor Beschädigungen. Kugeln prallen an ihm ab. Messerstiche bleiben ohne Folgen. Zudem wird man niemals krank und hat kein Schmerzempfinden.

LORENZ: Was passiert bei einem Unfall? Nehmen wir an, der Unsterbliche gerät aufgrund widriger Umstände unter die tonnenschwere Last einer Straßenwalze?

FINN: Selbst die kann ihm nichts anhaben. Sie rollt über ihn hinweg, und danach steht er wieder auf und geht weiter. Der Körper findet sich immer wieder zusammen.

LORENZ: Das heißt, der Unsterbliche ist auch nicht in der Lage, sich selbst zu töten, sollte er des Lebens irgendwann doch müde sein?

FINN: Genau! Er *muss* leben, für immer und unter allen Umständen. Dafür aber hat eben der Tod keine Macht über ihn, und niemals wird er körperliches Leid verspüren. So ist der Pakt. Also, ein Leben in Ewigkeit – oder ein Leben, das vielleicht achtzig Jahre andauert und mit Gebrechen, Schmerzen und schließlich dem Tod endet! Wofür würdest du dich entscheiden?

LORENZ: Gibt es noch andere Unsterbliche auf der Erde?

FINN: Nein, du bist der einzige – und das für alle Zeiten.

LORENZ: Werde ich sichtbar älter werden?

FINN: Nein. Dein Äußeres bleibt unverändert. Wenn du zum Beispiel mit dreißig den Zauber annimmst, siehst du für immer so aus wie ein Dreißigjähriger. Nun, wie lautet deine Antwort?

LORENZ: Was für eine große Frage! Ich will ehrlich sein – früher, vor Maries Tod, hätte ich nicht lange überlegt! Ich hätte eingeschlagen. Ja, topp, der Pakt gilt! Ich will leben! Für immer! Dem Tod entkommen! Ich will alles in der Welt erleben. Und alles Neue immer wieder in mich aufsaugen. Ich will die Zukunft sehen und mitgestalten. Ich will auf ewig alle Sinnenfreuden genießen. Ich will den Fortschritt erfahren, den wissenschaftlichen, den kulturellen, den technischen. Ich will erleben, wie die Menschen ins Weltall reisen, das Weltall besiedeln. Ich selbst will auf fremden Sternen gehen. Ich will keine Angst mehr haben vor Krankheit und Schmerz. Ich will tausend Träume verwirklichen, tausend Frühlinge erleben, tausend Frauen lieben!

FINN: Meinst du, man kann tausendmal lieben? Tausendmal *wirklich* lieben?

LORENZ: Damals hätte ich es geglaubt. Aber was würdest *du* dem Zauberer antworten? Ewiges Leben – oder endliches Dasein?

FINN: Endliches Dasein! Zu jedem Zeitpunkt meines Lebens hätte ich mich *gegen* die Unsterblichkeit entschieden. Ganz besonders nach meinem Zusammenbruch, nach dem Infarkt.

LORENZ: Warum so eindeutig? Wäre der Gedanke nie eine Verlockung für dich gewesen? Er *ist* doch verlockend!

FINN: Nein! Ich glaube, es gibt nichts Schlimmeres! Ewig leben zu müssen, ist ein Fluch. Ich stelle es mir schrecklich vor. Nach ein paar hundert Jahren ist man bestimmt so abgestumpft, dass man sich für nichts mehr interessiert.

LORENZ: Aber warum? Es passiert doch ständig etwas Neues. Man kann sich an der unendlichen Fülle des Lebens ohne Ende berauschen.

FINN: Daran glaube ich nicht. Vielleicht ist es die ersten zweihundert Jahre interessant, wenn überhaupt, dann aber wird es trist und fade, da sich im Grunde doch alles immer und immer wiederholt: die Sonnenaufgänge, die Sonnenuntergänge, die Kriege, die

Erfolge, die Niederlagen, das Gebären, das Sterben – und auch die Liebe. Immer dieselben Hoffnungen, immer dieselben Enttäuschungen, immer dieselben Gespräche ...

LORENZ: Aber man kann an so vielem teilhaben, und man ist in der Lage, die immense Erfahrung, die man im Laufe der Zeit sammelt, zum Wohle der Menschheit einzusetzen.

FINN: Ja, vielleicht kann man sich während einer gewissen Zeitspanne darum bemühen. Aber dann wird man dessen doch bestimmt müde, weil die Menschen nicht belehrbar sind. Oder sind sie belehrbar? Ich glaube es nicht. Sie machen immer wieder dieselben Fehler. Und vielleicht erstirbt jeder Enthusiasmus, jede Leidenschaft, jeder Idealismus, wenn man zu viel Scheitern erlebt hat.

LORENZ: Welches Menschenbild sich wohl im Laufe der Jahrhunderte in einem formt?

FINN: Bestimmt kein gutes. Bestimmt erkennt man immer schneller und schneller die Masken der Menschen und sieht dahinter ihre Eitelkeit, ihre Machtsucht, ihre Gier, ihre Lügen.

LORENZ: Und was ist mit der Liebe? Ist es nicht wunderschön, für immer lieben zu können, für immer geliebt zu werden?

FINN: Ja, und tausend und abertausend Mal zu erleben, wie der geliebte Mensch alt wird, verfällt – und schließlich stirbt? Hinter tausend und abertausend Särgen gehen? Den Särgen der Geliebten und den Särgen der eigenen Kinder. Immer wieder Abschied nehmen, und immer bleibt man alleine zurück.
Wie viele Abschiede erträgt wohl ein Mensch?

LORENZ: Ich weiß es nicht. Aber du hast Recht: Die Einsamkeit ist sicher grauenhaft. Keine Frau bleibt, kein Freund, kein Sohn, keine Tochter. Man wird ständig verlassen. Man muss auch immer aufs Neue seinen Wohnsitz und sein Umfeld wechseln, um nicht aufzufallen. Wie einsam einen das Geheimnis an sich schon macht! Keinem Menschen kann man von dem Zauber erzählen! Und tut man es doch, wird man für verrückt erklärt oder man verbreitet Angst und Schrecken. Wer will schon einen Unsterblichen lieben? Wie gespenstisch! Wie klein und unbedeutend sich ein Sterblicher an der Seite eines Unsterblichen vorkommen muss!

FINN: Ja, und spätestens nach hundert Jahren empfindet man alle Liebesrituale, das Werben und Sich-Annähern, die Seelenoffenbarungen und die Treueschwüre, als völlig absurd und öde. Man *kann* bestimmt gar nicht mehr lieben. Man *will* es auch nicht mehr.

LORENZ: Dann muss man sich auf andere Dinge konzentrieren. Auf den Fortschritt zum Beispiel. Wie spannend, die großen und immer rasanteren Entwicklungen mitzuerleben. Vielleicht eines Tages Raumfahrtmissionen zu begleiten, das Weltall zu entdecken, in die gänzlich fremden Welten unbekannter Galaxien einzudringen ...

FINN: Aber auch all das wird irgendwann sein Ende finden. Und dann?

LORENZ: Es geht immer weiter.

FINN: So, wie alles Leben seinen Anfang hat – so hat alles Leben auch irgendwann sein Ende.

LORENZ: Gut. Es gibt kein Leben mehr im ganzen Weltall. Ich bin unsterblich. Was geschieht dann?

FINN: Dann vegetierst du im kalten Staub eines Planeten dahin, oder dein Körper treibt auf ewig durchs Universum.

LORENZ: Wie grauenhaft!

FINN: Ja, aber das Grauen fängt vermutlich sehr viel früher an. Nämlich dann, wenn jede Neugier befriedigt ist.

LORENZ: Ob die Zeit einen zumindest weise macht?

FINN: Nein, ich glaube, nur gleichgültig.

LORENZ: Das stimmt vermutlich. Denn zur Weisheit gehört Gelassenheit. Wie aber kann man gelassen sein, wenn die Ewigkeit auf einem lastet?

FINN: Man wäre ohne Ausweg. Ohne Hoffnung. Ohne Lachen. Ohne Weinen. Ohne Angst. Ohne Mut. Wie entsetzlich!

LORENZ: Vielleicht kann man das Leben nur deshalb leicht nehmen, weil es endlich ist ...

So in etwa haben wir uns unterhalten.

Natürlich ist es im Grunde absurd, in unserer Lage über die Unsterblichkeit zu debattieren. Dass wir uns aber zu einem derartigen Gedankenspiel überhaupt haben hinreißen lassen, zeigt mir, wie wenig finster unsere Gemüter gegenwärtig sind. Jede Diskussion über dieses Thema ist eigentlich aufgrund der Ereignisse des 17. Juli vergangenen Jahres hinfällig. Selbst der euphorischste Befürworter ewigen Lebens im Irdischen würde in der momentanen Welt niemals für immer existieren wollen. Allein die Tatsache, dass so etwas eintreten kann, was nun eingetreten ist, macht die Entscheidung pro oder contra Unsterblichkeit sehr einfach.

37. EINTRAG

Finn hat mir erzählt, dass auch er, so wie ich schon vor Wochen, ein gewisses Bedürfnis nach Sexualität verspürt. Es sei aber kein dominierendes Gefühl, sagt er. Er könne gut Verzicht üben. Genauso geht es mir auch. Das Gefühl ist nicht besonders wichtig.

Eigentlich hatte ich in meinem ganzen Leben noch nie einen richtigen Freund. Das wird mir erst heute klar. Und zwar durch Finn. Ich hatte immer Kumpels, mit denen ich über Frauen, Politik, Musik, meine Arbeit und so weiter sprach. Nie aber redete ich mit ihnen über Herzens- und Seelenangelegenheiten. Dafür waren die Frauen zuständig, meine jeweiligen Partnerinnen oder platonische Freundinnen.

Der einzige Mann, der mein Freund hätte werden können, wanderte nach Australien aus, ein halbes Jahr nachdem wir uns kennengelernt hatten. Er hieß Kai, war damals, so wie ich, einundzwanzig Jahre alt und alle hielten ihn für verrückt. Ein bisschen war er es wohl auch – aber gerade das machte ihn mir so sympathisch. Zum ersten Mal begegnet sind wir uns an einer Tankstelle. Ich betankte gerade meinen alten VW-Käfer, und er rannte fluchend um seinen Citroën DS herum. Aus Versehen hatte er den Tank mit Diesel gefüllt anstatt mit Benzin. Was einer kleinen Katastrophe gleichkam. Als ich mir das Schauspiel näher betrachtete, wurde mir klar, dass das

Versehen auf einen Moment der Verblendung zurückzuführen war, denn hinter seinem Wagen wartete in einem geöffneten Cabriolet eine extrem attraktive Blondine. Sie war der Grund seines Fehlgriffes an der Zapfsäule gewesen, und nun wusste er weder ein noch aus. Obwohl wir einander bis zu diesem Zeitpunkt absolut unbekannt waren, unterbrach er plötzlich sein Fluchen, guckte zu mir herüber und rief: »Du hier? Ich glaub es nicht! Das ist die Rettung! Du bist ein Engel! Schlepp mich zu meiner Werkstatt, dort pumpen sie mir das Zeug wieder raus!«

Und das tat ich dann auch, ohne groß mit ihm zu diskutieren. Im Nachhinein hat mich das oft gewundert, da ich Fremden gegenüber immer eher distanziert und zunächst vorsichtig war. Er hatte mich wohl sekundenschnell in seinen Bann gezogen. Was konkret damals in mir vorging, ist mir bis heute ein Rätsel.

Als sein Wagen endlich wieder dieselfrei war, lud er mich zu einem schicken Essen ein. Und erst da, nachdem wir schon eine Weile am Tisch gesessen hatten und wir uns zum ersten Mal zuprosteten, fragte er mich nach meinem Namen. Ich antwortete, er schien einen Augenblick zu überlegen, zog seine rechte Augenbraue hoch und sagte keck: »Na, Lorenz, mein Engel, da hab ich dich vorhin doch gut überrumpelt, was?« Er war ein Chaot, aber er war charmant und wahnsinnig witzig. Die Hälfte der Zeit, die wir miteinander verbrachten, haben wir gelacht. Aber zwischendurch gab es auch immer wieder stille und tiefe Momente. Wurde es ihm jedoch zu persönlich, machte er schnell wieder einen Witz, und wir waren bei einem anderen Thema. Heute glaube ich, dass ihm, genau wir mir damals, die zu große Nähe zu einem

Mann irgendwie unangenehm war, sie ihn zumindest unsicher machte. Mich jedenfalls machte sie unsicher.

Er studierte Wirtschaft, ging gerne angeln, war ein richtiger Frauenheld, spielte an der Uni Theater, sang in einem katholischen Kirchenchor und machte ständig irgendwelche für mich völlig undurchschaubare Geschäfte. Er stand immer unter Dampf und sprach so viel und so schnell, dass mir oft die Ohren heiß wurden. Aber er war ein guter Kerl, und seit der Tankstellenszene gehörte er zu meinem engsten Umfeld. Ich mochte ihn sehr, was mir jedoch gar nicht so bewusst war. Erst als er mir von seinem Auswanderungsplan erzählte, spürte ich für Sekunden Wehmut und Traurigkeit durch mein Herz flackern (daran kann ich mich genau erinnern), aber ich schob die irritierenden Gefühle schnell zur Seite und sagte: »Super Idee! Mach das! Australien ist bestimmt der Renner.«

Unser Abschied dann war genauso kurios wie unser Kennenlernen: Eines Morgens stand er um sechs Uhr (!) vor meiner Tür. Ich hatte einen Kater vom Vorabend und war sauer, so früh geweckt worden zu sein. Er boxte mir freundschaftlich in den Bauch, betrat meine Wohnung, fläzte sich auf die Wohnzimmercouch und sagte: »Es geht los, Alter, ich flieg schon heute, und nicht erst in einem Monat. Ich schenke dir meinen Citroën, samt Inhalt. Hier ist der Schlüssel!«

»Wie, was?«, stammelte ich. »Du schenkst mir das Auto? Samt Inhalt? Was ist denn da drin?«

»Guck selbst!«

Er ging zum Fenster, zog die Gardinen zurück und winkte mich zu sich.

»Wie bitte?«, sagte ich. »Was soll denn das?«

Auf dem Beifahrersitz des Citroëns, das konnte ich gut vom Fenster aus erkennen, räkelte sich eine verdammt scharf aussehende, sehr junge Frau.

»Die ist für den ganzen Tag gebucht und von mir bereits bezahlt. Macht euch ein paar schöne Stunden!« Und noch ehe ich irgendetwas sagen oder fragen konnte, gab er mir einen Schmatzer auf die Stirn und flüsterte mir ins Ohr: »War 'ne tolle Zeit mit dir! Machs gut! Wirst von mir hören!«

Und weg war er.

Ich habe nie wieder etwas von ihm gehört. Und alle meine Nachforschungen verliefen im Sande.

38. EINTRAG

23. Februar heute. Zum ersten Mal seit Beginn der Katastrophe ist die Temperatur etwas angestiegen. Es sind jetzt nur noch minus neun Grad. Warum mag das wohl so sein? Geschieht (wieder) etwas? Vielleicht etwas Gutes?

Finn meint, wir könnten Hoffnung schöpfen. Das Ansteigen der Temperatur sei ein positives Zeichen. Ich bin skeptisch. Da wir über die uns umgebenden Phänomene rein gar nichts wissen, sind wir auch nicht in der Lage, irgendwelche Veränderungen zu deuten. Ich würde erst dann beginnen zu hoffen, wenn sich der Himmel aufhellte. Aber es ist nach wie vor stockfinster, und die dichte Wolkendecke lässt keinen Blick in den Weltraum zu.

Wir haben jetzt 15.35 Uhr. Finn ist in der Anna-Thomas-Wohnung und holt Holz und Briketts. Außerdem hatte er vor, sich in der Elke-Wohnung ein paar neue Bücher auszusuchen. Dafür lässt er sich immer lange Zeit.

Vorgestern Nacht ist etwas passiert, das mich sehr überrascht und bewegt hat. Wie ich bereits in einem früheren Eintrag beschrieben habe, schlafe ich nachts in meinem Bett im Schlafzimmer und Finn schläft auf der Couch im Wohnzimmer, die Tür zwischen beiden Zimmern bleibt stets geöffnet. Vorgestern nun ereignete sich Folgendes: Es war schon ziemlich spät geworden, da wir uns lange gegenseitig vorgelesen hatten. Ich glaube, so gegen Mitternacht lagen wir dann endlich in unseren Betten. Normalerweise schlafen wir rasch ein und wechseln kaum mehr ein Wort, nachdem einer von uns die Kerzen ausgeblasen hat. Ein »Gute Nacht« noch und dann ist Ruhe.

Vorgestern jedoch war alles anders. Jeder hatte es sich in seinem Bett bereits gemütlich gemacht, aber unsere Unterhaltung fand kein Ende. Wir sprachen hinein in das pechschwarze Nichts vor unseren Augen – und spitzten die Ohren, damit die Worte des anderen zu uns finden konnten.

Finn erzählte von seiner Kindheit, ich von meiner:

Wie schön, spannend und aufregend die Weihnachtsfeste waren – und erst die Geburtstage.

Wie er und sein bester Freund den Klassenlehrer in einen Keller sperrten, die Tür verbarrikadierten – und der arme Mann dann einen ganzen Tag und eine ganze Nacht lang gesucht wurde.

Wie ich als Zehnjähriger unserer Nachbarin Frau Hölzer, die eine gemeine Zicke war, vor vielen Leuten im Supermarkt die Perücke vom Kopf riss, um das blonde Prachtstück dann in ein Bassin mit lebenden Karpfen zu werfen; übrigens wäre ein Karpfen dabei vor Schreck fast aus dem Wasser gesprungen.

Wie Finn zu jedem Muttertag für seine Mama auf einer schönen Wiese vor der Stadt einen großen Strauß Wildblumen pflückte.

Wie ich am Totenbett meines Opas saß und ihm sein Gebiss in den Mund schieben wollte, weil ich dachte, wenn er seine Zähne hat, dann kann er sprechen und wird auch wieder lebendig.

Wie Finn mit zwölf zum ersten Mal in seinem Leben einem Mädchen einen Zungenkuss gab.

Wie ich als ganz kleines Kind immer dachte: Wenn ich die Augen zumache, dann sieht mich keiner mehr.

Wie Finn als Junge davon träumte, später mal zur See zu fahren und auf Hawaii zu heiraten; es musste Hawaii sein, weil die Mädchen dort so schöne Röcke aus Blüten trugen.

Wie ich mir in die Hosen machte, weil Mama und Papa sich so heftig stritten, dass ich dachte, einer bringt gleich den anderen um.

Wie Finn mit vierzehn sein erstes und bislang letztes Gedicht schrieb, es dann Sonja schenkte, der aus der Neunten, und Sonja es schon einen Tag später allen anderen zeigte, auch den Jungs, und die lachten sich alle schlapp.

Und so weiter. Wir redeten und redeten. Irgendwann aber verstummten unsere Erzählungen. Da war es schon sehr spät. Wir schwiegen. Keiner jedoch sagte das tagesabschließende »Gute Nacht«. Ich sagte es nicht, weil ich die Stimmung als so heimelig und schön empfand, ich wollte das Ende unserer Unterhaltung noch ein wenig hinauszögern, auf keinen Fall den Schlusspunkt setzen. Wie lange hatte ich nicht mehr mit einem Menschen so gesprochen! Ich lag mit geöffneten Augen, obwohl ich sie auch hätte schließen können. Die Dunkelheit war so oder so dieselbe. Es vergingen ein paar Minuten. Und ich rätselte, ob Finn seine Augen wohl auch geöffnet hielt. Ich hörte seinen Atem. Und dann fragte er plötzlich mit zurückgenommener Stimme: »Schläfst du schon?«

»Nein!«, antwortete ich im Flüsterton. Wirklich sehr

leise. Ich hatte vermutlich Angst, dass ein zu laut gesprochenes Wort die wohlige Vertrautheit, die in der Dunkelheit zwischen uns entstanden war, verschrecken könnte.

»Ich auch nicht«, flüsterte Finn zurück, machte eine kurze Pause – und sagte dann: »Ich fänd es schön, wenn wir zusammen einschlafen würden. Darf ich zu dir kommen?«

Meine Herzfrequenz verdoppelte sich schlagartig. Wie meinte er das? Und wenn ich ehrlich war: Hatte ich während unseres Gespräches nicht auch einmal ganz kurz dasselbe Bedürfnis gehabt? Aber mit einem Mann in einem Bett schlafen? In meinem? Womöglich noch unter meiner Bettdecke? Groß genug wäre sie ja. Treibt ihn seine neu erwachte Sexualität? Immerhin hatte er schon sehr oft Sex mit Männern, wenn auch wider Willen, wie er sagt, damals als Stricher. Er ist heterosexuell, und ich bin heterosexuell. Also schläft man nicht so eng nebeneinander in einem Bett, wenn zwei Betten zur Verfügung stehen! Aber er ist mein Freund. Mein guter Freund. Und ich fühle mich ihm so nahe. Während der letzten Wochen ist er mir jeden Tag ein wenig mehr ans Herz gewachsen. Wäre es da nicht sogar schön, ihn hier bei mir zu spüren? Aber muss man einen guten Freund »spüren«? Wir waren beide so lange alleine. Wir haben beide in den letzten Monaten so viel Angst erlitten. Vielleicht erwächst daraus die Sehnsucht nach körperlicher Nähe? Und wir haben ja nur uns. Aber wenn er mit mir schlafen will, Sex haben will? Nein! Das kann ich nicht! Niemals! Obwohl ich seinen Körper mag und ihn nicht im Geringsten abstoßend finde. Aber er ist keine Frau.

Er riecht nicht wie eine Frau. Er hat nicht die Magie einer Frau. Allerdings er ist mein Freund, mein guter Freund. Der beste, den ich je hatte ...

So rasten die Gedanken durch meinen Kopf.

»Lorenz?«, hörte ich ihn wieder flüstern.

»Ja!«, sagte ich, hielt kurz inne und hob meinen Kopf etwas an, um dann entschlossen in seine Richtung zu flüstern: »Komm schnell rüber, es ist kalt!«

Mit ein paar Sätzen war er bei mir. In meinem Bett. Und tatsächlich unter meiner Decke. Er legte sich auf den Rücken. Ich drehte mich zu ihm herum und spürte seine nackten Beine an meinen nackten Beinen. So viele Haare begegneten sich da! Meine Freundinnen hatten ihre Beine immer glatt rasiert.

»Hast du genug Platz?«, fragte ich etwas verlegen.

»Ja, und es ist schön warm.«

In diesem Moment brachen meine Hemmungen zusammen. Ich legte meinen Arm auf seine Brust. Er legte seine Hand auf meinen Arm – und beinahe gleichzeitig sagten wir: »Schlaf gut! Gute Nacht!«

So war es vorgestern Nacht.

Am nächsten Morgen fühlte ich mich seltsam, und auch Finn verhielt sich anders als sonst, eher zurückhaltend und unsicher. Dennoch versuchten wir uns nichts anmerken zu lassen. Wir taten so, als wäre es völlig normal, gemeinsam und aneinandergeschmiegt im selben Bett wach geworden zu sein. Ein Außenstehender hätte sicher über uns geschmunzelt. Denn wir glichen zwei Jugendlichen, die krampfhaft darum bemüht waren, ihre Verlegenheit zu verbergen. Erst am Frühstückstisch stellte

Finn die erlösende Frage: »War es für dich okay, heute Nacht? Ich hoffe, du hast dich nicht bedrängt gefühlt!«

»Nein! Überhaupt nicht«, sagte ich schnell, »es war gut, es war schön. Ich hatte anfangs nur Angst, du würdest mehr wollen...«

»Sex?«

»Ja, kurz hatte ich den Gedanken.«

»Nein, danach steht mir nun wirklich nicht der Sinn. Ich möchte nie wieder Sex mit einem Mann haben. Die Erinnerungen daran sind alle schlimm. Ich wollte nur bei dir sein. Wir sind so gute Freunde geworden.«

Ein Glücksschauder durchlief mich. Er empfand also genau wie ich.

Ich sagte nichts, und mein Blick wanderte hin zum Fenster, zur Dunkelheit dort draußen, und ich erinnerte mich an die hinter mir liegenden Monate, an den Lärm, den Nebel, die Einsamkeit, an meine Verzweiflung, meine Angst vor dem Irrsinn, an meinen Entschluss zu sterben – und konnte es nicht glauben, dass ich in diesem Moment, obgleich die Außenwelt immer noch die Hölle war, Glück empfand, tiefes, reines Glück! Nach so vielen Jahren der Trauer, nach so vielen Jahren der Bitternis und Hoffnungslosigkeit war etwas Licht in mein Leben zurückgekehrt. Und das jetzt, da ich in tiefer Finsternis lebte und nicht wusste, ob die Sonne je zurückkommen würde. Wie merkwürdig! Und wie wunderbar zugleich! Mit allem hätte ich nach dem 17. Juli gerechnet, nie und nimmer jedoch mit den jetzigen Geschehnissen! Auf welch verschlungenen Wegen einen das Schicksal doch führt! Marie würde milde lächeln, dachte ich. Sie würde mir das Glück gönnen, davon war ich überzeugt.

»Glaubst du mir nicht?«, fragte Finn, sichtlich irritiert über mein langes Schweigen.

»Doch, hundertprozentig! Du schwule Socke!«, sagte ich mit einem Lachen in der Stimme. »Ab jetzt schlafen wir immer zusammen! Weil es gut ist! Einverstanden?!«

»Einverstanden!«

Somit war alles geklärt.

Und jetzt habe ich schon zwei Nächte Haut an Haut mit einem Mann verbracht. Obwohl dies noch alles andere als normal für mich ist. Ich beäuge uns sehr genau: sein Verhalten, mein Verhalten. Ihn zu streicheln ist seltsam – und dabei auch noch seine Brusthaare zu fühlen. Sein leichtes Schnarchen so direkt neben meinem Ohr wahrzunehmen ist seltsam. Ihn zu riechen ist seltsam. Offen gestanden wusste ich überhaupt nicht, wie ein Mann riecht. Ich empfinde seinen Geruch als etwas Neutrales, vergleichbar etwa mit Papiergeruch. Er löst weder positive noch negative Regungen in mir aus. Auch ist es merkwürdig für mich, eine große starke Männerhand auf meiner Haut zu spüren – oder seinen Atem einzuatmen. Obwohl ich ihn so mag, ist er mir doch in dieser intimen Situation noch sehr fremd. Manchmal zuckt er nachts, dann schrecke ich zusammen. Mich wundert, dass er sich während des Schlafens kaum bewegt. Ich habe zumindest noch nichts davon bemerkt.

Interessant finde ich an mir zu beobachten, dass mich die eigentlich erotische Nähe zu einem Mann in keiner Weise abstößt, ich aber auch nicht die geringste sexuelle Regung dabei verspüre. Es hätte ja sein können, dass tief in mir verborgen eine homoerotische Neigung schlummert, die jetzt durch Finn zum Ausbruch kommt. Dem ist allerdings nicht so. Da bin ich mir sicher.

Früher hätte ich mir eine so große körperliche Nähe zu einem Mann nicht vorstellen können. Ich habe auch nie Männer kennengelernt, die zu einem anderen Mann in einer ähnlichen Beziehung standen. Zumindest sprach niemand darüber. Auch habe ich nie ein Buch gelesen oder einen Film gesehen, wo eine solche Beziehung geschildert worden wäre.

Ist der Ausnahmezustand, in dem wir leben, Bedingung für einen derartigen Umgang? Oder hat der Ausnahmezustand lediglich die Konventionen aufgeweicht, die Tabugrenzen fallen lassen – und wir tun etwas, was wir auch unter normalen Umständen täten, wenn wir nur mutig genug dazu wären?

Ich grübele wieder zu viel. Ich will die Dinge nehmen, wie sie sind. Ich freue mich sehr. Mein Herz ist nicht mehr alleine.

39. EINTRAG

1. März. Es ist wieder etwas wärmer geworden!

Das Fenster-Thermometer zeigt minus sieben Grad. Um ganz sicherzugehen, dass es wirklich wärmer geworden ist, haben wir zwei weitere Thermometer nach draußen gelegt. Eins auf den Balkon der Anna-Thomas-Wohnung und eins auf den kleinen Dachvorsprung vor meinem Badezimmerfenster. Alle drei Thermometer stehen jetzt auf minus sieben Grad. Den ganzen Morgen schon (jetzt ist es 11.25 Uhr) haben wir über die ansteigende Temperatur gesprochen.

Irgendetwas also ist in Bewegung. Irgendetwas geht vor sich. Das glaube ich jetzt auch. Noch vor gut einer Woche habe ich ja den Temperaturanstieg nicht ernst genommen. Nur: *Was* passiert dort draußen in der Welt? Finn ist ausgesprochen optimistisch. Er meint, dies seien die ersten Anzeichen einer Normalisierung der Witterungsverhältnisse. Ich bin mir da überhaupt nicht so sicher. Die ansteigende Temperatur könnte schließlich auch der Vorbote einer neuen und womöglich noch schlimmeren Katastrophe sein.

Nehmen wir an, es wird wärmer und immer wärmer, es beginnt zu tauen, vielleicht sogar heftig und dauerhaft zu regnen – nicht auszudenken. Alles wäre überschwemmt! Wir könnten das Haus nicht mehr verlassen, die ganze Stadt könnte irgendwann in den Fluten versinken.

Finn stoppt mich stets, wenn ich zu sehr schwarzmale. Und das ist gut so. Es hat ja überhaupt keinen Sinn. Warum neige ich dazu (eigentlich war das mein ganzes Leben schon so), immer das Schlimmste anzunehmen?

Das ist ein übler Charakterzug. Er räumt der Angst viel zu viel Macht ein. Er hält einen klein. Er beschädigt oder zerstört gar die Gegenwart.

16.00 Uhr. Es ist *noch ein* Grad wärmer geworden! (Und das im Laufe von nur wenigen Stunden!) Minus sechs Grad jetzt! Das ist fast eine Sensation, stellt man sich vor, dass über Monate das Thermometer konstant auf minus elf Grad stand! Ansonsten aber können wir von hier aus keine weiteren Veränderungen feststellen. Ich bin sehr nervös – und Finn auch. Er meint, wir sollten noch heute ein paar Stunden hinausgehen und herumlaufen, um mögliche Ursachen der Erwärmung eventuell auf die Spur zu kommen, um zu klären, ob sich dort draußen vielleicht doch noch mehr tut.

Wahrscheinlich hat er Recht. Dennoch ich bin mir nicht sicher, ob wir das tun sollen. Die Wohnung bietet immerhin Sicherheit. Andererseits kann ich mir im Moment auch nicht vorstellen, dass wir den Rest des Tages hier sitzen, lesen, reden, spielen. Aber wir sollten uns keinesfalls zu weit vom Haus entfernen!

Finn ist ungeduldig und läuft im Zimmer auf und ab. Er schlägt vor, jetzt sofort loszugehen. Ich bin hin- und hergerissen. Vielleicht begeben wir uns in große Gefahr? Andererseits könnten wir etwas Aufschlussreiches entdecken. Wäre ich jetzt alleine, ich würde die Wohnung sicher nicht verlassen. Oder? Finn meint, das Risiko sei nicht groß. Wir könnten jederzeit sofort zum Haus zurückkehren. Ich muss zugeben, in mir brennt auch die Neugierde. Also gut, ich bin einverstanden! Es ist jetzt 16.10 Uhr. In einer Viertelstunde sind wir startklar.

23.45 Uhr. Ungefähr sieben Stunden waren wir unterwegs. Gerade haben wir etwas gegessen – und nun sitze ich hier und schreibe, während Finn auf dem Sofa liegt und sich die Zimmerdecke anschaut.

Wir sind in einer sehr zwiespältigen Stimmung.

Wir haben Merkwürdiges entdeckt, aus dem wir nicht schlau werden. Draußen herrschen *unterschiedliche* Temperaturen! Durch Zufall sind wir darauf gestoßen.

Für meine Wanderung zu Maries Grab vor zwei Monaten hatte ich mir ein kleines Reise-Thermometer eingesteckt. Und genau das fand ich vorhin, als wir gerade losstapfen wollten, in meiner Anoraktasche wieder. So kamen wir auf die Idee, unterwegs die Temperatur zu messen.

Das erste Mal legten wir das Thermometer etwa vierhundert Meter von hier entfernt auf eine Mauer. Warteten dann eine Weile, da es ja von meiner Körperwärme noch ganz aufgeheizt war, und staunten nicht schlecht, als wir es uns anschließend anschauten: minus neun Grad zeigte es an! Es war also dort, gar nicht weit entfernt von meiner Wohnung, drei Grad kälter! Zunächst glaubten wir, dass mit dem Thermometer irgendetwas nicht stimmte, wir hatten es ja vorher nicht mit den anderen verglichen. Also gingen wir etwa fünfhundert Meter weiter, blieben an einer Straßenkreuzung stehen und legten das Thermometer erneut ab. Diesmal auf einer Fensterbank. Warteten wieder. Sogar noch etwas länger als beim ersten Mal. Inspizierten währenddessen ein wenig die dortige Umgebung, allerdings ohne irgendetwas Besonderes zu entdecken.

Finn war es, der dann zuerst auf das Thermometer schaute. »Das glaube ich nicht«, sagte er und zog mich mit einem heftigen Griff zu sich hin: Die Quecksilbersäule war auf minus fünf Grad angestiegen!

Wir packten das Ding sofort wieder, um rasch weiterzugehen, bogen nach rechts ab und kämpften uns durch eine enge verschlungene Gasse. Wie eine Schlucht wirkte sie. Mir war überhaupt nicht wohl. Ich hatte das Gefühl, die lückenlosen schwarzen Häuserwände rechts und links seien kurz davor, zu kippen, sich auf uns niederzusenken. Für Sekunden glaubte ich sogar, sie rückten näher an uns heran. Nur das Weiß der tief verschneiten Straße, auf der wir uns fortbewegten, hatte noch etwas Beruhigendes und Vertrautes. Ich ging, so schnell ich konnte. Finn hinter mir. Wir schwiegen. Und immer wieder drehte ich mich um. Ich wollte mich vergewissern, ob Finn mir auch wirklich noch folgte. Als wir endlich das andere Ende der engen Gasse erreicht hatten, atmeten wir auf. Auch Finn war schauerlich zumute gewesen. Wir beschlossen auf jeden Fall einen anderen Rückweg zu nehmen. Dann legten wir das Thermometer nochmals aus, auf den Ast eines Baumes. Nach ungefähr zehn Minuten trauten wir unseren Augen nicht: Dort war es viel kälter! Exakt minus zwölf Grad!

Wie elektrisiert suchten wir noch mehrere Stellen in der Umgebung aus, um die Temperatur zu messen. Ich glaube, es waren insgesamt zehn verschiedene Punkte.

Die Temperaturen schwankten zwischen minus vier und minus zwölf Grad.

Wie ist das zu erklären? Und warum gibt es gerade jetzt diese Schwankungen?

Aber vielleicht war es ja die ganzen letzten acht Monate so. Und wir haben es nur nicht bemerkt. Keiner von uns beiden hatte je in der Umgebung seiner Behausung Messungen durchgeführt. An meinem Fenster allerdings war die Temperatur von Anbeginn der Katastrophe bis eben zum 23. Februar konstant geblieben, ohne nennenswerte Schwankung. Glaube ich zumindest, denn irgendwann hatte ich ja mit der täglichen Kontrolle aufgehört. Finn jedoch ist sich ganz sicher, dass es während seines Aufenthaltes auf dem Weiler immer gleich kalt war. Zumindest in der unmittelbaren Nähe des von ihm hauptsächlich bewohnten Hauses. Er hatte jeden Tag ohne Ausnahme zwei Thermometer kontrolliert. Eins hing am Küchenfenster, das andere am Scheunentor des Hofes.

Im Übrigen haben wir unser kleines Reise-Thermometer, direkt nach unserer Rückkehr vorhin, auf den Balkon der Anna-Thomas-Wohnung gelegt. Resultat: minus sechs Grad. Es stimmt also mit meinen anderen Thermometern hier überein.

Aber noch etwas ist uns draußen aufgefallen, auf das wir uns keinen Reim machen können: Es gibt ganz leichte Bodenwinde. Fast überall. Auf Kopfhöhe kann man sie nicht bemerken, dort ist es nach wie vor absolut windstill. Wir haben sie zunächst auch nur *gesehen*, denn die Schneeoberfläche schien sich an manchen Stellen ein wenig zu bewegen. Als wir dann die Handschuhe auszogen und unsere entblößten Hände ganz nahe über den

Schnee hielten, konnten wir den leichten Luftzug spüren. Das ist neu. Das gab es noch nie. Und wir wissen natürlich nicht, was dahintersteckt, woher der Wind kommt und wie er entsteht.

Auf jeden Fall können wir jetzt sagen, dass es *mehrere* Veränderungen draußen gibt. Sind sie Vorboten des endgültigen Untergangs? Oder erste Anzeichen einer Normalisierung der Verhältnisse? Könnten sie unsere Lage verschlimmern?

Oder bleibt trotz Bodenwinden und gestiegener Temperatur alles so, wie wir es seit Monaten kennen? Wir wissen es nicht. Zwar ist Finn nach wie vor optimistischer als ich. Aber auch er hat Angst. Da wir jedoch nichts, aber auch überhaupt nichts tun können, müssen wir uns den Dingen ergeben und alles auf uns zukommen lassen.

Wir haben gerade beschlossen, in der nächsten Zeit das Haus nicht zu verlassen. Die Vorräte reichen noch ewig. Wir wollen versuchen, unseren Alltag zu leben und die Welt da draußen erst einmal nur von hier oben aus zu beobachten. Allerdings noch genauer als vorher.

Ich bin sehr müde. Ich glaube, Finn auch. Wir werden schlafen gehen.

Mein Gott. Was für ein Glück, jetzt nicht alleine zu sein.

40. EINTRAG

5. März. Die Temperatur liegt beständig bei minus sechs Grad. Wir bemerken keine neue Veränderung der äußeren Umstände und sind wieder in ruhiger, fast gelassener Stimmung. Reden viel, lesen, kochen ausgefallene Sachen (soweit die Angebotspalette unserer Vorräte das zulässt) und machen Spiele. So vergehen die Tage. Ohne Angst und ohne Bedrückung. Es ist schon seltsam: Wir leben inmitten des Grauens, aber wir ignorieren es. Die Finsternis erreicht uns nicht. Mir ist, als hätte sich unsere Freundschaft wie ein Schutzschild um unsere Leben gelegt. Und so können wir jeden Tag, an dem es uns hier auf unserer kleinen Insel gut geht, wertschätzen, ja beinahe genießen. Wie sonderbar.

Zum ersten Mal in meinem Leben denke ich über Freundschaft nach. Das habe ich tatsächlich noch nie zuvor getan. Ist die Freundschaft zu einem Mann etwas Wertvolleres als die Liebe zu einer Frau? Kann man beides überhaupt miteinander vergleichen? Ist eine tiefe Freundschaft generell etwas Bedeutenderes als eine von Erotik und Sexualität motivierte Liebe? Aber man kann ja auch lieben, ohne zu begehren! Ist die platonische Liebe die größte Empfindung überhaupt, zu der wir Menschen befähigt sind? Wann jedoch wird aus Freundschaft Liebe?

Finn hatte immer gute Freunde, sein ganzes Leben lang. Boris zum Beispiel, mit dem er am 17. Juli vergangenen Jahres auf der Jagdhütte bis in die Morgenstunden hinein gesoffen hatte.

Als Finn am Abend des 17. Juli aufwachte, und alle Menschen aus der Jagdhütte verschwunden waren, glaubte er zunächst an einen Scherz, hinter dem nur einer hätte stecken können: Boris. Denn er war ein Filou und immer für alle möglichen und unmöglichen Überraschungen gut gewesen. Aber sehr schnell wurde Finn dann der Ernst der Lage klar. Und die große Verzweiflung über das Verschwinden seines Freundes feuerte ihn bei seinen Aktivitäten geradezu an. Eigentlich war Boris der Hauptgrund, warum Finn zu Beginn des Unglücks so viel unternahm: Er wollte hinter die Ursachen der Katastrophe kommen, um so vielleicht Boris finden und retten zu können. Diese Hoffnung zerschlug sich jedoch ungefähr in der dritten Woche des Mysteriums. Auch wenn es die Person Boris nicht gegeben hätte, wäre Finn sicherlich unmittelbar nach dem 17. Juli aktiv geworden, das liegt in seiner Natur – die Freundschaft allerdings war die stärkste Antriebskraft für seinen Forschungsdrang, seine Bemühungen, etwas Licht ins Dunkel der Ereignisse zu bringen.

Ich habe lange gezögert, Finn zu fragen, wie »körperlich« sein Verhältnis zu Boris war. Schliefen die beiden auch ab und zu in einem Bett? Gab es Berührungen? Annäherungen? Zärtlichkeiten? Nein, all das gab es nicht! Nur stets sehr herzliche Umarmungen – zur Begrüßung, beim Abschied. Oder man legte schon mal die Hand auf die Schulter des anderen.

Vor etwa einer Stunde hat er mir das erzählt, nachdem ich dieses Thema endlich angesprochen hatte. Zärtlichkeiten oder Ähnliches seien ihm damals nicht in den Sinn gekommen, sagt er. Von seiner heutigen Warte aus gesehen, wäre ein inniger physischer Kontakt zu Boris jedoch durchaus denkbar gewesen. Vermutlich habe man sich nicht getraut, vielleicht aber war das Bedürfnis nach großer körperlicher Nähe damals auch nicht stark genug. Finn weiß es nicht.

41. EINTRAG

12. März. Wir haben ein neues Hobby, einen neuen, wunderschönen Zeitvertreib!

Ganz beiläufig erzählte mir Finn vor drei Tagen, dass er ein Instrument beherrscht. Nun dachte ich im ersten Moment: Gitarre, vielleicht Klavier, Saxophon oder Schlagzeug – all das hätte gut zu ihm gepasst. Aber nein! Er kann fast perfekt Akkordeon spielen!

Als Kind und später als Schüler nahm er fleißig Unterricht. Seine Oma hatte ihm das Instrument geschenkt – und zunächst ließ er sich nur widerwillig darauf ein. Denn zu jener Zeit war ein Akkordeon nicht gerade angesagt, eher schon E-Gitarre, Keyboard oder Bass. Aber bereits nach der vierten Unterrichtsstunde packte ihn die Begeisterung, und dann ging er bis zu seinem fünfzehnten Lebensjahr einmal wöchentlich zu Frau Rosenmund, seiner Akkordeonlehrerin, die einen goldenen Zahn hatte und zwei weiße kleine Pudel. Als er dann aber heftig zu pubertieren begann, war Schluss mit der Harmonika-Glückseligkeit, und das gute Stück verschwand für viele Jahre auf dem Speicher seines Elternhauses. Erst zu Beginn seines »zweiten Lebens«, nach dem Infarkt, erinnerte er sich wieder an den alten Kasten und an die Freude, die dieser ihm früher einmal beschert hatte. Also kramte er ihn unter allerlei anderen aus dem Leben verbannten Gegenständen, die sich im Laufe der Zeit auf dem Dachboden angesammelt hatten, hervor, ließ ihn bei einem Fachmann restaurieren und begann wieder zu spielen. Das Akkordeon wurde sein liebster Zeitvertreib, und noch am Abend vor der Katastrophe voriges Jahr hatte Finn seine Freunde in der angemieteten Jagdhütte prächtig damit unterhalten.

Erst jetzt hat er mir davon erzählt. Ich kann es gar nicht glauben. Wir waren bei unseren Gesprächen einfach nie auf das Thema Hobbys oder dergleichen gekommen.

Also schmiedeten wir vor drei Tagen einen Plan, den wir dann auch gleich ein paar Stunden später in die Tat umsetzten.

Wir verließen die Wohnung und das Haus. Eigentlich hatten wir ja erst einmal hierbleiben und abwarten und uns nicht nach draußen begeben wollen. Nun aber gab es einen sehr triftigen Grund, dies doch zu tun! Unser Ziel war das Musikhaus Eppstein, nur wenige Straßenzüge von hier entfernt. Der Laden besteht aus zwei großen Verkaufsflächen, eine im Parterre und eine im Kellergeschoss. Was wir suchten, fanden wir schließlich im (Gott sei Dank nicht so kalten) Kellergeschoss: ein großes, schönes Akkordeon. Finn meint, in der oberen Etage hätte der Frost dem Instrument eventuell zusetzen können. Unten aber lag es geschützt. Zudem war es verpackt in einem Styropor-Karton.

Jetzt hat das Prachtstück ein neues Zuhause gefunden. Hier in unserer Wohnung. Und seit drei Tagen singen wir beide uns die Kehlen wund. Das macht Spaß! Alles um uns herum vergessen wir dabei! Und die Glückshormone sprudeln geradezu durch unsere Gehirne!

Vorwiegend sind es Wander- und Seemannslieder, die wir schmettern. Und Finn begleitet uns dazu auf dem Akkordeon:

»... wem Gott will rechte Gunst erweisen, den schickt er in die weite Welt, dem will er seine Wunder weisen, in Berg und Wald und Strom und Feld ...«

»... ich bin ein Mädchen aus Piräus und liebe den Hafen, die Schiffe und das Meer ...«

»... wenn wir erklimmen schwindelnde Höhen ... Bergvagabunden sind wir, ja wir ...«

Und immer wieder:

»... ein Wind weht von Süd und zieht mich hinaus auf See. Mein Kind, sei nicht traurig, tut auch der Abschied weh ... Auf Matrosen, ohé! ... La Paloma, ade!«

Finn beherrscht das Instrument fantastisch, finde ich.

Aber bei allem Spaß, bei allem Glück, während wir so hier sitzen und singen, überkommt mich doch immer wieder ein tiefernstes Gefühl: Für Sekunden wähne ich mich dann in einem absurden Traum, alles erscheint mir unwahr und äußerst bizarr. Und es ist ja auch bizarr! Draußen liegt die Welt in Dunkelheit und Kälte, vielleicht sind wir die letzten Menschen auf diesem Planeten, vielleicht bricht auch unser Lebensraum hier bald zusammen, womöglich stehen wir kurz vor unserem Tod – und trotz allem singen und lachen wir, und suchen uns Lieder der Sehnsucht und der Lebensfreude heraus.

Das Gefühl hält nie lange an. Darüber bin ich froh. Ich glaube, Finn spürt es, wenn ich so denke, so empfinde.

Er lacht mich dann an, haut mir freundschaftlich auf die Schulter und sagt: »Komm, wir singen noch 'ne Strophe!« Und sofort bin ich wieder im Hier und Jetzt und ganz bei ihm.

Ob ihn manchmal auch solche Gefühle beherrschen, weiß ich nicht. Ich möchte ihn nicht danach fragen. Ich will nichts zerreden. Aber ich vermute, ja. Nur, er kann besser mit diesen Anwandlungen umgehen als ich, vertreibt sie vermutlich sofort wieder aus seinem Kopf und lässt sich in seiner Freude über unser neues Hobby nicht stören.

42. EINTRAG

17. März. Heute Morgen haben wir lange über Asha und Marie gesprochen. Ob die beiden sich wohl verstanden hätten? Ob wir zu viert gut miteinander ausgekommen wären?

Ich glaube es nicht. Die beiden Frauen waren zu verschieden. Finn beschreibt Asha als eine äußerst sinnenfrohe Schönheit, die Mode, Partys, schnelle Autos und lange Disco-Nächte liebte. Marie dagegen war dann doch eher die Stillere und Intellektuelle. Wobei auch Asha einen Hochschulabschluss hatte; sie war diplomierte Kauffrau und arbeitete bei einer TV-Produktionsgesellschaft.

Ich fragte Finn, ob er sich seelenverwandt mit Asha gefühlt habe. Er verneinte sofort. Sie beide seien aus völlig verschiedenen Welten gekommen. Aber die Liebe zu ihr habe fast etwas Übernatürliches gehabt. Er hätte damals sein Leben für sie gegeben, er habe sie mehr geliebt als sich selbst. Und dennoch seien sie in gewissem Sinne immer Fremde füreinander geblieben. Was sich zum Beispiel auch daran zeigte, dass er mit seinem Freund Boris einen weitaus intensiveren Gedankenaustausch über alle Dinge des Lebens pflegte als mit seiner Geliebten. Mit ihr sprach er kaum über seinen Beruf, kaum über finanzielle Angelegenheiten, wenig über seine Vergangenheit und fast nie über sein Innenleben. Boris wusste alles über Finn, Asha kannte nur einen fragmentarischen Ausschnitt seines Ichs.

Es fällt mir schwer, das nachzuvollziehen. Ich hatte immer Partnerinnen, die mir stets auch gute Freunde waren. Wenn ich an die langen und intensiven Unterhaltungen mit Marie denke! Wie wir uns gegenseitig inspirierten, immer wieder neue Themen entdeckten und oft stundenlang über die verrücktesten Dinge diskutierten! Zum Beispiel über die Frage: Was würden wir tun, wenn wir ein Jahr lang als unsichtbare Personen leben müssten?

Die Gespräche mit ihr waren wie ein Feuerwerk.

Und wie viele gemeinsame Interessen wir hatten!

Sie wusste so viel von mir! Ich so viel von ihr! Und immer war ich ihr ein guter Ratgeber in allen Angelegenheiten (hoffe ich doch!) – ebenso wie sie mir eine gute Ratgeberin in all meinen Angelegenheiten war.

Ja, und ich könnte sicher noch mehr Schönes aufzählen, das mich und Marie von Finn und Asha unterschied.

Aber: Ich hätte mein Leben damals *nicht* für Marie gegeben. Ich liebte sie *nicht* mehr als mich selbst.

Gott, wenn es eine Existenz nach dem Tode gibt – und die Toten uns beobachten, womöglich auch noch tief in unsere Herzen schauen können –, dann kennt Marie schon so lange die volle Wahrheit. *Wie ich mich schäme!* Was sie wohl über mich denkt? Wie sie wohl urteilt? Sie wird mich verachten! (Haben Tote überhaupt die Fähigkeit zu verachten? *Dürfen* Tote verachten?)

Ob sie manchmal neben mir steht, wenn ich hier meine Aufzeichnungen tippe? Als Geistwesen? Können Tote in das irdische Geschehen eingreifen? Hat *sie* mich vielleicht in diese dämonische Welt der Dunkelheit und Eiseskälte verbannt? Aus Rache! Oder aber versucht sie mir beizustehen, mich zu beschützen? Vielleicht ist sie mein Engel und hat mich im Januar zu Finn geführt, weil sie mich noch immer liebt und möchte, dass es mir gut geht, weil sie mir vergeben hat?

Solche Überlegungen teile ich Finn nicht mit.

Derselbe Tag. 17. März, Abendstunden.

Gerade eben ist etwas sehr Schönes geschehen. Mir zittern noch ein wenig die Hände.

Finn hat vorhin lange Akkordeon gespielt – nur gespielt, nicht dazu gesungen. Es waren alte Volkslieder und Melodien aus verschiedenen Opern und Operetten. Ich lag währenddessen auf der Couch und hörte zu. Schaute dabei immer wieder zu ihm, zu den flackernden Kerzen auf dem Tisch oder einfach nur an die Zimmerdecke und die wirren Schattenspiele dort. Und die Melodien hielten Einzug in meine Seele und ließen alle Gedanken in sich zusammenfallen. Bis ich meine Tränen nicht mehr zurückhalten konnte. Ich heulte einfach los, schluchzte und schluchzte und verschränkte die Arme vor dem Gesicht, weil ich mich etwas schämte. Finn war offensichtlich über mein plötzliches Weinen sehr erschrocken, denn er hörte sofort auf zu spielen, kam zu mir, setzte sich auf die Sofakante und legte seine Hand auf meine Brust. Das empfand ich als ausgesprochen angenehm, aber es beruhigte mich keineswegs, im Gegenteil, ich heulte noch heftiger. Und dann streichelte er über mein Haar. Was mich sehr rührte. Wie viele Jahre hatte mich niemand mehr so gestreichelt? Und ich weinte fast ohne jede Hemmungen ...

»Lorenz«, hörte ich ihn irgendwann sagen, »ich bin so glücklich, dein Freund zu sein. Mir ist deine Vergangenheit egal, und wenn draußen plötzlich tausend schöne Frauen stünden, für keine Frau der Welt würde ich dich verlassen – egal was auch passiert, ich möchte immer mit dir zusammenbleiben.«

Das hätte er nicht sagen dürfen, denn nun verlor ich auch noch den letzten Rest Selbstbeherrschung und schluchzte wie ein ganzer Kinosaal, in dem gerade ein fulminanter Schmachtfetzen geboten wird. Aber mir tat es gut, mich einfach so auszuheulen, ohne Vorbehalte und jetzt auch ganz ohne Scham. Ich drehte mich zu ihm hin, berührte seine mir zugewandte Hüfte leicht mit meinem Gesicht, und eingerollt wie ein Embryo genoss ich die Geborgenheit. Da mir das Zeitgefühl abhanden gekommen war, weiß ich nicht, wie lange dieser Moment der innigen Verbundenheit andauerte. Ich glaube: lange!

Aber irgendwann richtete ich mich noch immer schluchzend auf, schluckte ein paarmal kräftig, hustete, schaute Finn an, soweit das mit den verquollenen Augen überhaupt möglich war, und krächzte mit verweinter Stimme: »Fast genau dasselbe wollte ich dir auch schon lange sagen. Wobei ich stolz auf deine Vergangenheit bin. Wir wollen uns nie wieder trennen!«

Er lachte mich an – oder sagen wir besser, er lächelte mich strahlend an, streichelte nochmals über mein Haar, und nachdem er mir ein paar Sekunden fest in die Augen gesehen hatte, stand er auf und ging zu seinem Akkordeon.

Na ja, und dann war »La Paloma« angesagt! Aber wie! Mit ganzer Seele sangen wir mehrmals alle Strophen rauf und runter.

»... *Auf Matrosen, ohé!*«

43. EINTRAG

Heute ist der 24. März, kurz vor zwölf Uhr.

Wir sind sehr angespannt. Reden schon den ganzen Vormittag. Ich muss jetzt etwas schreiben, um zumindest ein klein wenig Ordnung in meine Gefühle zu bekommen. Das Reden alleine hilft mir dabei im Moment nicht.

Es verändert sich wieder etwas draußen!

Mir schlägt das Herz bis zum Hals, während ich hier schreibe!

Der Himmel verändert sich!

Zumindest hat er sich über Nacht etwas verändert. Schon unmittelbar nach dem Aufstehen heute Morgen ist es uns aufgefallen. Ich wage es gar nicht zu formulieren: Es ist etwas *heller* geworden!

Vielleicht täuschen wir uns aber auch. Obwohl – wir rennen seit Stunden von Fenster zu Fenster, waren auch schon ein paarmal auf den Balkonen unserer Nachbarwohnungen, und immer meinen wir dasselbe wahrzunehmen: eine Nuance Helligkeit in der dichten Wolkendecke.

Eigentlich freuen wir uns. Aber wir haben auch so große Angst.

Was bedeutet diese Veränderung? (Wenn es denn wirklich eine Veränderung ist.) Wird es noch heller? Reißt vielleicht sogar bald die Wolkendecke auf? Kehrt die Sonne zurück? Oder: Kommt nun das endgültige Aus? Vielleicht leben wir ja in einer Restwelt wie in einer kleinen Blase, die jetzt kurz davor ist, zu zerplatzen! Vielleicht aber entsteht gerade wieder ein ganz normaler Tag-Nacht-Rhythmus. Erst heute Abend werden wir das beurteilen können.

Die Temperatur hat sich nicht verändert; zumindest nicht direkt am Haus.

Unsere Augen saugen voll Gier das winzige bisschen Licht auf! Aber nein, man kann es nicht wirklich Licht nennen, sondern bestenfalls eine geringfügige Andeutung von Helligkeit.

Je länger wir diskutieren und je öfter wir in den Himmel schauen, desto sicherer werden wir: so dunkel, wie es all die Monate seit dem 17. Juli war, ist es jetzt nicht mehr! Unsere Augen täuschen uns nicht!

Und nun befinden wir uns wieder in derselben Situation wie vor Wochen, als sich die Temperatur veränderte. Wir wissen nicht, was wir tun sollen. Erneut hinausgehen?

Das lehnt diesmal sogar Finn ab. Was sollen wir auch draußen? Gut, vielleicht registrieren wir erneut irgendwelche Temperaturschwankungen und spüren Bodenwinde auf, stärkere unter Umständen als vor Wochen – aber was bringen uns diese Erkenntnisse? Nichts! Wir müssen hierbleiben, ausharren und abwarten! Wir können nur beobachten.

Aber das ist leichter gesagt als getan. Wir leben immerhin seit über acht Monaten in völliger Dunkelheit – und nun das! Wir können doch jetzt nicht zu Mittag kochen! Oder Romane lesen! Oder singen!

Grabesstille draußen. Nichts zu hören.

Ich habe Todesangst. Finn in manchen Momenten auch.

Aber warum fürchten wir uns, wenn es hell zu werden scheint?

Gerade geht mir durch den Kopf: Vielleicht endet alles so, wie es begonnen hat – mit einem heftigen Gewitter, mit Sturm und Niederschlägen. Vielleicht bricht in den nächsten Stunden ein gewaltiges Unwetter los. Finn hält das für Blödsinn. Und ich auch, wenn ich es recht überlege. Aber, wer weiß ...

Was würden wir tun, wenn es wieder heller würde? Vielleicht sogar richtig hell, wie früher? Nicht auszudenken! Das wäre ein Fest! Wir würden einen neuen Gott erfinden und ihn ganz einfach *Licht* nennen. Wir würden ihm huldigen. Für ihn tanzen, singen, opfern. *Licht* wäre ein guter Gott. *Licht* wäre das Größte überhaupt.

Licht unser im Himmel, geheiligt werde dein Name, dein Reich komme, dein Wille geschehe, wie im Himmel, so auf Erden. Unser tägliches Brot gib uns heute. Und vergib uns unsere Schuld, wie auch wir vergeben unseren Schuldigern. Amen.

Käme mit dem Licht auch die Wärme? Käme mit der Wärme die Normalität wieder? Würden vielleicht sogar die Menschen zurückkehren, wo auch immer sie gewesen sein mögen.

Ach, welch einen Unsinn ich denke! Aber ist denn nicht alles möglich?

Ich will das Schreiben für heute beenden.

Finn ist genauso durcheinander wie ich – und es ist nicht nett, ihn alleine zu lassen. Und ich lasse ihn alleine, wenn ich hier schreibe. Zumindest jetzt! Sonst macht es ihm ja nichts aus.

20.15 Uhr. Immer noch der 24. März. Jetzt liegt der Beweis vor! Der Himmel verändert sich! Definitiv! Denn seit gut einer halben Stunde ist es draußen wieder so stockfinster, wie es seit dem 17. Juli bis heute Morgen war. Wir können den Unterschied nun ganz klar erkennen. Es gibt keinen Zweifel mehr. Aber jetzt ist die große Frage: Wird sich das Schauspiel morgen wiederholen? Wenn ja, welchen Helligkeitsgrad hat der Himmel dann? Stellt sich vielleicht wirklich wieder ein Tag-Nacht-Rhythmus ein? Oder ...

Finn hat sich heute im Lauf des Tages wieder gefangen. Mir ist das nicht so gut gelungen. Aber ich bemühe mich sehr um Disziplin. Alles, was es zu reden und zu spekulieren gibt, ist ausgesprochen. Uns bleibt tatsächlich nichts übrig, als abzuwarten und dabei mit allem zu rechnen.

Vorhin habe ich mir ausgemalt, wie ich mich fühlen würde, wenn ich jetzt alleine und ohne Finn wäre. Die dabei aufkommenden Vorstellungen von alles erdrückender Angst und Panik helfen mir, mich am Riemen zu reißen.

Wir haben ja einander – und alles andere ist egal.

Der nächste Morgen, 25. März, 9.00 Uhr. Während ich hier schreibe, rede ich gleichzeitig mit Finn. Er sitzt neben mir. Wir sind fassungslos! Vorhin, so gegen sieben Uhr, verwandelte sich der Himmel binnen Kürze wieder! Und wurde erneut ein wenig heller!

Zunächst sah alles so aus wie gestern. Aber dann, vielleicht nach weiteren zehn Minuten, kam noch eine Nuance Helligkeit dazu. Und so ist es geblieben – bis jetzt. Wobei es draußen nach wie vor sehr düster ist, aber eben deutlich heller, als wir es seit vielen Monaten kennen.

Wir sind aufgeregt. Wahnsinnig aufgeregt. Haben aber weniger Angst als gestern. Den Lichtschimmer am Himmel empfinden wir heute wie einen Hoffnungsschimmer für unser Leben. Ist das jetzt schon ein leichter Tag-Nacht-Rhythmus? Wir bremsen uns gegenseitig, wenn wir allzu sehr ins Träumen geraten. Was alles könnte mit der Rückkehr der Sonne verbunden sein! Ich will unsere Mutmaßungen und Überlegungen, soweit wir sie überhaupt ausgesprochen haben, gar nicht aufschreiben. Oder doch, vielleicht einige:

Sich das Gesicht von der Sonne bescheinen zu lassen, wäre ein so großes Glück!

Und würde der Schnee schmelzen, könnten wir mit einem Auto weite Ausflüge machen, die Stadt sogar für immer verlassen und ganz woanders leben. Im Süden vielleicht, am Meer. Wie schön es wäre, Boot zu fahren oder gar in der See zu baden! Womöglich sind die Meeresfische nicht von der Welt verschwunden, dann hätten wir genug zu essen. Und wir könnten am Strand liegen und uns einen wunderbaren Sonnenbrand holen ...

Da draußen im Moment nichts weiter passiert, werden wir erst einmal frühstücken. Die Aufregung hat uns bisher daran gehindert. Heute soll es ein besonderes Frühstück geben, da heute ein besonderer Tag ist. Finn schlägt Sekt, Lachs, kleine Bratwürstchen und Obstsalat vor. Ich bin einverstanden.

Die Temperatur ist übrigens immer noch unverändert: minus sechs Grad.

26. März. 8.20 Uhr. *Es gibt einen Tag-Nacht-Rhythmus!*
Gestern Abend, wieder so gegen 20.15 Uhr, wurde der Himmel ganz finster. Und heute Morgen, kurz nach sieben, hellte er erneut auf. Jetzt sieht es draußen so aus wie gestern den ganzen Tag über.

20.20 Uhr. Stockfinster der Himmel. Keine Spur mehr von Helligkeit. Nun ist richtige Nacht! Wir sind voller Hoffnung, dass wir uns in einem positiven Veränderungsprozess befinden, dass es bald auch wieder richtige Tage geben wird. Die Hoffnung stellt die Angst komplett in den Schatten.

27. März. Später Abend. Heute war alles so wie gestern.

29. März. 9.15 Uhr. Finn tanzt um den Tisch, tanzt um mich herum. »Schreib es auf! Schreib es auf!«, ruft er mir zu. Wir haben alle Fenster geöffnet. Wir frieren – aber das ist jetzt völlig egal.

Es ist *noch heller* geworden! Wie hell? Schwer zu beschreiben. Nicht wirklich hell. Es sieht aus, als würde es dämmern. Die Wolken tragen ein milchiges Grau. Man kann sogar schon ihre Konturen gut erkennen. Fantastisch! Seit sieben Uhr ist es so.

»Lass uns rausgehen auf einen Balkon«, sagt Finn gerade, »wir nehmen das Akkordeon mit, wir müssen dem Licht ein Willkommensständchen bringen.«

Es ist also ein Veränderungsprozess im Gange. Jetzt sind wir uns sicher. Und offensichtlich ein guter. Wie grandios!

Ja, huldigen wir der Dämmerung!

44. EINTRAG

Eine Woche ist seit meiner letzten Notiz verstrichen. Unsere Euphorie hat sich wieder gelegt. Denn nichts Neues ist passiert. Die Tage vergehen im Dämmerlicht. Was natürlich einen ungeheuren Fortschritt bedeutet, aber wir hatten ja so sehr auf noch mehr Helligkeit gehofft, hatten uns sogar schon die Sonne am Himmel ausgemalt. Typisch Mensch! Nie ist es genug, immer muss es mehr sein ...

Vielleicht bleibt es jetzt so, wie es ist. Vielleicht gibt es nie mehr eine Veränderung. Vielleicht kommt sogar die ewige Dunkelheit zurück. Alles ist möglich. Zu jedem Zeitpunkt.

Im Großen und Ganzen gehen wir wieder unseren normalen Alltagsaktivitäten nach. Sind aber keineswegs in trauriger Stimmung. Im Gegenteil, nach dem anfänglichen Gefühl doch recht großer Enttäuschung, dass es nicht noch heller geworden ist, haben wir uns jetzt mit allem arrangiert und erfreuen uns an den vereinzelten Photonen, die uns hier erreichen.

(Obwohl natürlich tief in uns die Sehnsucht nach blendendem und ungefiltertem Licht unermesslich ist.)

Vor ein paar Tagen haben wir unter den von mir im Haus eingelagerten Büchervorräten ein kurioses Buch entdeckt. Es heißt *So bin ich* und besteht nur aus Fragen, die der werte Leser, wenn er denn mag, schriftlich beantworten soll. Direkt unter jeder Frage ist eigens dafür eine recht große linierte Fläche angelegt. Am Ende, so verspricht der Autor, habe man eine schlüssige Antwort auf die große Frage, die alle Menschen beschäftigt: Wer bin ich eigentlich?

Nun, das ist sicher zu viel versprochen, aber das Buch macht uns viel Freude und ist ein guter Zeitvertreib. Denn wir gehen Frage für Frage durch, jeder schreibt die Antwort auf ein Blatt Papier, anschließend lesen wir sie uns vor – und diskutieren darüber.

Ein wenig erinnert mich die ganze Sache an früher. Als Jugendliche stürzten wir uns auf jeden sogenannten Psycho-Test in Illustrierten und Tageszeitungen, um so etwas mehr über uns selbst zu erfahren. Die Testergebnisse waren natürlich in der Regel reiner Blödsinn, aber wir hatten unseren Spaß.

So bin ich ist da schon interessanter, weil man gezwungen ist, auf ausgefallene Fragen konkret zu antworten – und diese Antworten wiederum sehr viel über einen selbst aussagen.

Ich habe Finns und meine Antwortzettel hier neben mir liegen und mache mir nun die Mühe, einige der Fragen mit unseren jeweiligen Antworten zu dokumentieren. Finn ist ohnehin gerade ziemlich beschäftigt. Er hat heute Nachmittag beim Herumstöbern in meinem Bücherregal den *Herrn der Ringe* entdeckt – und nun liest er und liest und ist gar nicht ansprechbar ...

Also, die Fragen und unsere Antworten:

Wann haben Sie das letzte Mal gelogen?
FINN: Vorgestern, beim Mittagessen. Ich mochte Lorenz nicht enttäuschen und sagte, das Essen sei köstlich – aber es war doch ein wenig versalzen.
LORENZ: Als Finn mich fragte, ob ich Maries Intimgeruch genauso gemocht habe wie er den Geruch von Asha. Ich antwortete: ja. Aber das stimmt nicht! Ich wollte nur nichts Schlechtes über Marie sagen.

Was ist Ihre sympathischste Eigenschaft?
FINN: Das müssen Sie Lorenz fragen!
LORENZ: Wenn ich ein paar Bier getrunken habe, kann ich sehr gut Witze erzählen.

Worauf sind Sie in Ihrem Leben am meisten stolz?
FINN: Vom Kokain weggekommen zu sein.
LORENZ: Ich weiß es nicht.

Was sind die Schattenseiten der Liebe?
FINN: Dass sie nie selbstlos ist.
LORENZ: Dass man erbarmungslos tief fällt, wenn man sie verliert.

Welche schlechte Eigenschaft Ihrer Persönlichkeit haben Sie im Laufe Ihres Lebens erfolgreich bekämpft?
FINN: Meinen Größenwahn.
LORENZ: Für erlebtes Unrecht Rache üben zu wollen.

Welches Tier wären Sie gerne?
FINN: Ein Delfin.
LORENZ: Ein großer Vogel.

Was träumen Sie regelmäßig?
FINN: Ich fliege wie ein Vogel über weite Felder und bunte Wiesen. Meine Arme sind meine Flügel.
LORENZ: Jemand versucht mich zu erwürgen, aber ich kann mich weder befreien, noch kann ich atmen.

Haben Sie schon einmal einen Menschen zusammengeschlagen?
FINN: Ja, damals einen Freier, der nicht bezahlen wollte.
LORENZ: Nein.

Was würden Sie Gott fragen?
FINN: Wo sind die Menschen?
LORENZ: Wo bist du?

Wenn Sie nur noch eine halbe Stunde zu leben hätten, was würden Sie tun?
FINN: Nichts Besonderes.
LORENZ: Mich mit Finn besaufen.

Was ist Ihre größte Angst?
FINN: Lorenz zu verlieren.
LORENZ: Finn zu verlieren.

45. EINTRAG

Heute ist der 14. April. Ich fühle mich nicht gut. Schon seit zwei Tagen habe ich Kopf- und Gliederschmerzen und seit heute Morgen nun auch noch einen vereiterten Hals und Fieber. 38,7 Grad! Im Bett mag ich nicht liegen. Ich sitze, eingewickelt in eine Decke und mit einer Wärmflasche im Rücken, hier am Tisch. Das Lesen fällt mir schwer, und das Reden tut weh. Finn umsorgt mich. Er kocht Tee, sucht aus unserem Medikamentenvorrat immer neue Naturmittelchen heraus, macht mir die Wärmflasche und versucht mich aufzuheitern und abzulenken. Er liest vor, spielt Akkordeon, erzählt von früher. Hoffentlich ist es nur eine Erkältung. Und hoffentlich stecke ich Finn nicht an.

Ich war sehr lange nicht mehr krank. Bestimmt zwei Jahre. Als Kind lag ich in der Regel zwei- bis dreimal im Jahr flach. Die Erkrankungen gingen immer einher mit schweren Fieberanfällen, vor denen ich größte Angst hatte. Denn in so gut wie jeder Fiebernacht wurde ich von schweren Alpträumen geplagt, an die ich mich heute nur noch bruchstückhaft erinnern kann. Sie glichen einander und begannen immer damit, dass meine Hände und Füße riesenhafte Ausmaße annahmen, während der Rest des Leibes seine normale Größe behielt. So kauerte ich dann irgendwo auf einem erdigen Boden, konnte nicht laufen und mich fast nicht bewegen. Wobei ich es so gerne getan hätte, es ja auch panisch versuchte, weil eine riesige Wand immer näher an mich heranrückte. Himmelhoch war sie und verlor sich rechts und links in der Unendlichkeit. Sie schien dünn wie ein Tierdarm und sah ebenso gelbweißlich aus. Ich wusste: Wenn ich es nicht schaffe, vor der Wand zu fliehen, wird sie genau im Moment der Berührung mit meinem Körper platzen und das, was ich dann sehe, reißt mich sofort und für alle Zeiten in den Irrsinn. Ja, das Wort Irrsinn und seine Bedeutung waren mir schon sehr früh bekannt, woher auch immer. Ich weiß noch genau, wie gespenstisch die Wand immer näher und näher kam, ich aber meine so schweren Hände und Füße nicht einen Zentimeter fortbewegen konnte. Eine Flucht war unmöglich und Hilfe nicht zu erwarten. Zwar versuchte ich zu schreien, die Stimme jedoch versagte mir. Und überhaupt: Niemand hätte mich hören können. Ich war vollkommen alleine. Als mich schließlich nur noch ein paar Millimeter von der Wand trennten, hatte ich das Gefühl, sie würde sich über mich wölben. Ich starrte nach oben, hörte auf zu atmen – und eine tausendstel Sekunde bevor der Tierdarm mein Gesicht berührt hätte, verwandelten sich die Träume stets in andere Horrorszenarien, an die ich keine Erinnerung mehr habe. Immer wieder wachte ich in diesen Nächten schreiend und schweißgebadet auf und war dann überglücklich, wenn meine Mutter am Bettrand saß.

46. EINTRAG

16. April. Mein Zustand hat sich verschlimmert. Fieber jetzt bei 39,5 Grad. Starke Rachenschmerzen. Aus den Mandeln tropft der Eiter in den Hals. Ich kann kaum sprechen. Auch die Ohren tun mir etwas weh. Seit heute Morgen nehme ich ein Antibiotikum. Finn ist, Gott sei Dank, kerngesund. Stundenweise liege ich im Bett, wo ich es aber nicht lange aushalte. Dann gehe ich wieder in unser Wohnzimmer und sitze lethargisch auf der Couch oder, wie jetzt, am Tisch. Zum ersten Mal nach so vielen Wochen und Monaten habe ich Lust auf Fernsehen. Irgendeine Rate- oder Quizshow gucken, oder eine unterhaltsame Serie, und so die Zeit verstreichen lassen, das würde mir gefallen. Früher wirkten Antibiotika schon binnen Stunden bei mir. Im Moment jedoch spüre ich noch keinerlei Wirkung. Im Gegenteil, der Druck im Kopf und meine Gliederschmerzen werden sogar schlimmer. Finn kocht pausenlos Tee, den lassen wir dann etwas abkühlen, weil er heiß getrunken meinem Hals nicht guttut.

Finn sagt, ich sei ein angenehmer Kranker. Ich würde wenig Arbeit machen und nicht herumjammern. Ich freue mich, dass er es so sieht. Ich hasse Fieber. Leider ist unter dem großen Medikamentenvorrat, den wir hier haben, kein fiebersenkendes Mittel. Aber vielleicht sollte ich das Fieber auch aushalten. Der Körper muss möglicherweise kräftig aufgeheizt werden, um irgendwelche Erreger abzutöten.

Finn hat nur eine einzige Sorte Antibiotika gefunden (die allerdings in großen Mengen). Das ist seltsam. Ich könnte schwören, damals in der Apotheke verschiedene Sorten eingepackt zu haben, aber offensichtlich war es nicht so. Finn hat alles durchsucht.

Mein Appetit ist gleich null. Finn meint, ich müsse etwas essen – und das stimmt natürlich. Ich zwinge mich zu kleinen Mahlzeiten. Vorhin habe ich mit Wodka gegurgelt.

Werde mich jetzt ein wenig auf die Couch legen und die Augen schließen.

47. EINTRAG

18. April. Das Antibiotikum schlägt nicht an. Fieber: 39,9 Grad. Kopf-, Hals-, Gliederschmerzen. Vielleicht hilft mir kein Antibiotikum. Was habe ich überhaupt? Womöglich ist es gar keine schwere Grippe! (Davon sind wir ja bis jetzt ausgegangen.)

Finn studiert meine Medizinbücher: *Das große Gesundheitslexikon, Kursbuch Gesundheit* und so weiter. Bisher ohne neue Erkenntnisse. Ich kann fast gar nicht mehr sprechen. Auch meine Brust schmerzt. Manchmal habe ich Angst, keine Luft mehr zu bekommen. Finn hat unter den Vorräten nach anderen Medikamenten gesucht, aber nichts Geeignetes gefunden, außer einer neuen Flüssigkeit zum Gurgeln. Sie ist grün, und ich habe den Eindruck, dass sie meine Beschwerden ein wenig lindert. Finn ist sehr besorgt. Das merke ich. Aber es wird schon werden, denke ich, jede Krankheit dauert halt ihre Zeit. Wenn das Fieber allerdings noch höher steigt, was dann? Oder wenn ich eine Lungenentzündung bekomme?

Die Nächte sind grauenhaft. Ich schlafe kaum, halluziniere und schwitze fürchterlich. Finn wäscht jeden Tag meine Schlafkleidung (Boxershort und Unterhemd). Er ist auch jetzt nachts bei mir, in meinem Bett, hat aber eine eigene Decke. Das ist besser so, sonst würde ich wohl noch mehr schwitzen. Meine Träume (oder Fieberfantasien) sind, wie in Kindertagen, qualvoll und bedrohlich. Immer, wenn ich aufwache oder wieder richtig zu

Bewusstsein komme, bin ich in Angst. Dann ist es schön und tröstlich, dass Finn bei mir ist. Wenn ich nachts aufschrecke, wird er meistens auch wach. Sein Schlaf ist ebenfalls seit Tagen sehr unruhig. »Keine Angst«, sagt er dann, »alles ist gut« – und legt seine Hand auf meine Schulter oder meinen Kopf. In diesen Momenten kann ich mein Glück, trotz der Krankheit zurzeit, kaum fassen.

Welch ein Glück, dass er da ist!

Welch ein Glück, dass sich unsere Herzen so nah sind!

Und welch ein Glück, dass ich ihn vor Monaten in der Hölle dort draußen getroffen habe!

Nach Maries Tod war ich mir absolut sicher gewesen, niemals mehr so große Freude empfinden zu können. Die Schwermut wurde ja zu meinem ständigen Lebensbegleiter.

48. EINTRAG

19. April. Das Schreiben hier lenkt mich ein bisschen ab. Zum Lesen fehlt mir die Konzentration, das Sprechen tut so weh.

Es geht mir keinen Deut besser. Jetzt ist sogar noch ein Husten hinzugekommen. Habe bis heute Morgen das Antibiotikum geschluckt, aber jetzt höre ich auf damit. Es schlägt sowieso nicht an. Ich weiß nicht, was ich tun soll. 39,9 Grad Fieber. Finn hat vorhin für mich eine Hühnersuppe aus einem eingefrorenen Huhn gekocht. Danach gab es Erdbeeren aus der Dose und Vanilleeis. Ich habe kaum etwas angerührt. Fühle mich sehr schlapp und müde. Auf meiner Schädeldecke tut es weh. Ich glaube, es sind die Haarwurzeln. Wenn ich mit der Hand durch meine Haare fahre, schmerzt es. Auch das kenne ich aus Kindertagen. Meine Mutter meinte dann immer, das könne nicht sein, eine Fiebererkrankung habe nichts mit den Haarwurzeln zu tun. Ich weiß es nicht. Aber mir tat damals meine Kopfhaut weh – und jetzt wieder. Finn ist nach wie vor vollkommen gesund. Wie gut! Wenn er jetzt auch noch krank wäre oder würde ...

Hatte gerade einen heftigen Hustenanfall mit Eiterauswurf. Konnte nicht weiterschreiben. Ich zittere noch am ganzen Körper. Hatte Angst zu ersticken.

Fieber jetzt 40 Grad! Finn sagt, es müsse etwas geschehen, und zwar noch heute, und das ganz schnell!

Er schlägt vor, alleine das Haus zu verlassen, um in der nächsten Apotheke nach einem anderen Antibiotikum zu suchen.

Ja, das wäre sicher richtig. Und bestimmt gibt es dort auch die gesuchten Pillen, aber – ich kann es gar nicht recht ausdrücken – es wäre das erste Mal seit über vier Monaten, dass wir uns trennten. Dann wäre er alleine dort draußen, in der Unwirtlichkeit – und ich alleine hier in meiner Wohnung, so wie früher. Eine beängstigende Vorstellung, finde ich. Auch Finn ist mulmig zumute. Aber er sagt, es müsse sein, denn wenn ich eine Lungenentzündung bekäme ...

»Soll ich zugucken, wie du stirbst? Nein, nein, ich werde in spätestens einer Stunde wieder zurück sein, wenn nicht früher. Ich werde mich jetzt anziehen und losgehen. Vielleicht fühlst du dich durch das neue Medikament schon morgen oder übermorgen besser. Das müssen wir jetzt so entscheiden! Wir haben keine andere Wahl!«

Also gut. Es stimmt ja, was er sagt. Ich würde umgekehrt genauso darauf bestehen und losziehen.

Er ist schon im Flur und macht sich gehfertig.

Zehn Minuten später. Finn hat gerade die Wohnung verlassen. Ich kann seine Schritte noch im Treppenhaus hören. Aber sie werden immer leiser. Wie seltsam, hier in dieser Wohnung ohne ihn zu sein. Sie ist ja zu *unserer* Wohnung geworden.

Es wird schon alles gut werden. Vielleicht findet er ja das für mich richtige Medikament und schon bald können wir wieder lachen, uns gegenseitig vorlesen und gemeinsam singen. Hoffentlich kommt er im Schnee zügig voran. *Ich* könnte momentan nicht nach draußen gehen, dazu fehlt mir die Kraft. Schon den Weg zu unserem Toiletten-Balkon schaffe ich kaum. Ich glaube, ich lege mich jetzt ins Bett und versuche ein wenig zu schlafen. Dann verstreicht die Zeit schneller. Er wird sicher bald wieder hier sein.

Nach etwa einer Stunde. 16.15 Uhr. Bin gerade völlig durchnässt aufgewacht, aufgeschreckt. Hatte wieder Alpträume. Finn ist noch nicht zurück. Eigentlich müsste er schon wieder da sein. Vielleicht hat er in der Apotheke um die Ecke nichts gefunden und ist dann weitergegangen – zur nächsten. Aber weit ist es bis dorthin auch nicht. Jede Apotheke verfügt doch bestimmt über eine reichliche Auswahl von Antibiotika. Ob er Angst hat, alleine durch die Straßen zu gehen?

Wie leer und öde diese Wohnung hier ohne ihn ist.

Ich will ein wenig in alten Illustrierten blättern. Ach nein, ich werde für Finn Schokoladenpudding kochen. Das schaffe ich schon. Und er freut sich dann, wenn er zurück ist. Er mag Schokoladenpudding so gerne.

16.50 Uhr. Er ist immer noch nicht da!

Das kann eigentlich gar nicht sein.

Hat er sich verlaufen? Nein, unmöglich!

Hat er in den ersten beiden Apotheken nichts gefunden? Kaum zu glauben! Ist ihm etwas passiert? Wenn ja – was?

Nein! Er ist sicher noch woanders hingegangen. Vielleicht will er mich überraschen und bringt mir ein

Geschenk mit. Irgendetwas Ausgefallenes, was nicht so leicht zu finden ist. Oder er sucht nach einer kulinarischen Köstlichkeit, um meinen Appetit wieder in Schwung zu bringen. Ja, vielleicht kommt er sogar mit einem ganzen Sack Kaviar zurück. Er will mir eine Freude machen und deshalb dauert sein Ausflug eben etwas länger.

So wird es sein.

17.30 Uhr. Er kommt nicht nach Hause! Mein Gott! Ich bin so oft schon ans Fenster gelaufen und habe nach unten auf die Straße geschaut. Wann ist er losgegangen? Ungefähr um 15.15 Uhr. Das heißt, er ist jetzt über zwei Stunden weg. Er müsste längst wieder hier sein, auch wenn er noch in einem anderen Geschäft war. Selbst der Kaviar-Laden liegt doch gar nicht so weit entfernt.

Ist ihm etwas zugestoßen? Vielleicht hatte er einen Unfall? Ja, das könnte doch sein. Er hat sich das Bein gebrochen – oder gar beide Beine und liegt irgendwo hilflos in der Kälte. Oder aber von einem Dach herabstürzende Schneemassen haben ihn verletzt oder verschüttet. Oder er hat sich versehentlich selbst irgendwo in einem Gebäude eingeschlossen und kommt nicht mehr hinaus. Ich weiß es nicht. Was soll ich tun?

18.10 Uhr. Es *muss* etwas passiert sein! Es gibt keine andere Erklärung für sein Fortbleiben. Davon bin ich jetzt hundertprozentig überzeugt.

Vor drei Stunden hat er das Haus verlassen. *Drei* Stunden ist er nun schon unterwegs! Was auch immer er vorhatte, so lange hätte er niemals dafür gebraucht.

Es muss etwas *sehr Schlimmes* passiert sein.

Hätte ich ihn doch bloß nicht gehen lassen! Oder wäre ich nur mitgekommen – trotz Fieber und körperlicher Schwäche! Er braucht meine Hilfe, da bin ich mir sicher – und unter Umständen braucht er sie schon lange. Möglicherweise ist ihm bereits unmittelbar nach Verlassen des Hauses irgendetwas zugestoßen. Und seitdem wartet er auf mich, hofft, dass ich komme, hofft, dass ich ihn suche und rette.

Ich habe etwas über 40 Grad Fieber. Aber das ist jetzt egal. Ich muss nach draußen gehen. Ich muss. Da gibt es gar nichts zu überlegen. Ich darf keine Minute mehr länger zögern. Ich werde mich jetzt sofort ganz dick anziehen und das Haus verlassen.

Über drei Stunden später. 21.25 Uhr.

Mein Gott! Mein Gott! Ich habe ihn nicht gefunden. Ich bin gerade zurückgekommen. Ich war erfolglos.

Alles ist mysteriös. Seine Fußspuren verlieren sich in der von hier aus gesehen ersten Apotheke! Ich habe keinen Zweifel. Wäre er aus der Apotheke wieder herausgekommen, er hätte erneut Spuren hinterlassen. Ganz sicher! Und sie wären unübersehbar gewesen. Hinter der Ladentheke der Apotheke habe ich die letzten Schneereste von seinen Schuhen entdeckt. Dort enden also seine Spuren? Hinter der Ladentheke?! Wie ist das möglich? Was ist bloß geschehen?

Finn, mein Freund, mein guter Freund, wo bist du? Was ist dir passiert?

Das kann doch alles gar nicht sein! Noch vor kurzem waren wir so unbeschwert, so fröhlich. Und jetzt? Das

Fieber verbrennt mich von innen, und ich habe starken Schüttelfrost, und mein Herz rast. Ich bin kaum noch die Treppen herauf in die Wohnung gekommen, so erschöpft fühle ich mich.

Was soll ich jetzt nur tun? Wenn ich ein weiteres Mal hinausgehe, breche ich im Schnee zusammen. Ich wüsste auch gar nicht, wohin ich gehen sollte. Das Apothekenhaus habe ich mehrfach durchsucht. Es besteht nur aus dem Laden im Erdgeschoss, einer darüber befindlichen Wohnung und dem Keller. Alle Räume waren frei zugänglich. Ich habe in jeden Schrank geschaut, unter jedes Bett, jedes Sofa, jeden Tisch. Selbst im Keller war ich in jeder Ecke, sogar einen verschlossenen Verschlag unter der Treppe habe ich eingetreten. Aber: nichts! Danach bin ich weiter durch die Straße gelaufen, zur nächsten Apotheke, obwohl keine Spuren von Finn dorthin führten. Eine vergebliche Mühe. Auch in den Nebenstraßen konnte ich nichts entdecken. Hundert Mal habe ich seinen Namen gerufen, geschrien, in alle Richtungen – bis mir die Stimme versagte. Aber es kam keine Antwort. Nichts.

Wie kann das nur sein?

Finn, wo bist du? *Was ist* in dem Apothekenhaus geschehen? Ob ich doch noch mal dorthin gehe? Aber ich werde es nicht schaffen. Es hätte auch wirklich keinen Sinn.

Finn ...

Ich muss ins Bett, ein paar Stunden schlafen. Wenn möglich, etwas Kraft schöpfen. Ich kann nicht mehr. Mir wird immer wieder schwarz vor Augen. Ich habe Angst, dass mich das Fieber tötet.

Wie unbegreiflich alles ist.

Finn, lass mich nicht alleine! Mein Freund! Komm wieder! Bitte!

Mindestens *dreißig* Stunden später. 4.00 Uhr in der Frühe. Ich weiß nicht, was los ist. Ich muss ein paar Zeilen schreiben, um zu mir zu kommen.

Das Fieber ist weg, und meine Körpertemperatur völlig normal! Als wäre ich gesund!

Wie lange habe ich geschlafen?

Ich kann es nicht genau sagen. Mindestens dreißig Stunden, vielleicht sogar mehrere Tage. Fünfzehn bis zwanzig Stunden bleibt der Ofen warm. Das weiß ich. Und ich hatte vor dem Zubettgehen noch eine große Menge Briketts hineingeworfen. Mit letzter Kraft. Beim Aufwachen gerade aber war er eiskalt. Also ist sehr viel Zeit vergangen.

Ich fühle mich wesentlich besser! Hals- und Kopfschmerzen sind auch fast verschwunden! Habe ich mich gesund geschlafen? Es sieht wohl so aus. Ich bin über den Berg. Aber – wo ist Finn? War ich wirklich mit über 40 Grad Fieber draußen und habe nach ihm gesucht? In einer Apotheke? Ja, so war es! Oder?

Finn!

Er wollte mir ein neues Medikament holen, ist für mich in die nächste Apotheke gegangen. Ich habe lange gewartet. Und dann kam er nicht zurück. War ich tatsächlich auch in der Apotheke? In allen Räumen dort? Und habe jeden Winkel durchsucht? Oder war es eine Fieberfantasie? Ich höre noch mein Rufen nach ihm. Hat er wirklich nicht geantwortet? Und seine Spuren? Die endeten tatsächlich hinter dem Ladentisch? Was ist dort geschehen? Oder hatte ich wieder einen Alptraum? ...

Ich bin ganz durcheinander. Das Erinnern funktioniert nicht richtig. Mein Fieber von vorgestern – oder wie lange auch immer es her sein mag – hat einen Schleier über die Geschehnisse gelegt.

Fünf Minuten später.

Es ist sicher: Ich war draußen gewesen! Mein Schneeanzug, die Schuhe, die Mütze und die Handschuhe liegen wild durcheinander im Flur auf dem Boden. Alles befindet sich sonst geordnet im Schrank. Die Schuhe allerdings sind nicht mehr nass; ein Indiz dafür, dass mein Ausflug längere Zeit zurückliegt.

Und Finn ist weg.

Ich muss wieder nach draußen! Ich muss ihn suchen! Sofort! Ich werde mich jetzt anziehen und dann unverzüglich losgehen. Ich darf keine Zeit verlieren.

Er kann doch nicht einfach so verschwunden sein. Vielleicht habe ich ihn während meines Herumirrens im Fieber übersehen, vielleicht braucht er ganz dringend meine Hilfe. Aber es ist so viel Zeit verstrichen. Wenn er irgendwo eingeschlossen sein sollte – wie lange hält man es in einem ungeheizten Raum aus?

Ach, ich weiß es nicht.

49. EINTRAG

Zwölf Tage später.

Er ist weg. Ich habe keine Hoffnung mehr, ihn zu finden. Nach meinem letzten Eintrag war ich drei Tage und drei Nächte auf der Suche. Vergeblich. Danach habe ich mich bis vorgestern fast zu Tode gesoffen.

Er ist verschwunden. Zuletzt stand er hinter dem Ladentisch der Apotheke. Davon bin ich überzeugt. Es gibt definitiv keine weiteren Spuren. Alles, was ich während meiner Fiebersuche registriert hatte, stimmt. Er ist also verschwunden, so wie all die anderen Menschen voriges Jahr auch verschwunden sind. Einfach so. Ich bin mir sicher.

Warum habe ich eigentlich in den vergangenen Monaten geglaubt, dass mit den Ereignissen des 17. Juli das Menschenverschwinden abgeschlossen sei? Auch Finn war davon ausgegangen. Besser gesagt: Es schien uns selbstverständlich. Über alles Mögliche haben wir spekuliert – nie aber über die Eventualität, selbst auch noch zu verschwinden, spurlos aus dem Leben genommen zu werden.

Ob er *es* gespürt hat? Ob er Schmerzen hatte? Oder Angst? Und ich war nicht bei ihm.

Das Mysterium ist also nicht vorbei. Es hält an. Es ist hier.

50. EINTRAG

Ich schlucke Psychopharmaka. Ich war noch einmal draußen, um mir die Tabletten zu besorgen. Ich könnte sonst nicht weiterleben. Die Medikamente bringen mich zur Ruhe, ohne mir den klaren Geist zu rauben. Und sie lassen mich nachts schlafen.

Die Tage vergehen alle gleich. Ich stehe auf, kümmere mich um den Ofen, wasche mich, esse etwas, und dann sitze ich in meinem Sessel. Stunden um Stunden. Ohne viel dabei zu denken.

Was sollte ich auch denken? Alles, was zu denken möglich ist, habe ich gedacht.

Wo ist Finn? Tief in meinem Herzen! Ich habe tatsächlich einen Mann geliebt. Ich, der sich so etwas früher niemals hätte vorstellen können. Und ich glaube, dass auch er mich geliebt hat. Es war eine große, reine Liebe. Das kann ich mit gutem Gewissen sagen. Ich hatte also das Glück, nach Marie noch einmal lieben zu dürfen – und geliebt zu werden. Welch ein Geschenk.

Und ich habe mir nichts vorzuwerfen. Diesmal nicht. Das ist gut. Es plagen mich keine Schuldgefühle. Ich habe mich Finn gegenüber stets korrekt verhalten, ich habe keine Fehler gemacht.

Aber nun ist er weg. Ich bin wieder ganz alleine. Hoffentlich war sein Ende nicht qualvoll. Ich bin froh, dass *ich* es bin, der verlassen wurde. So sind ihm Schmerzen erspart geblieben, für die es keine Worte gibt.

Ich trage jeden Tag seine Hose und seinen Pullover. Dadurch fühle ich mich ihm noch näher. Am Abend spreche ich immer mit ihm, kurz vor dem Zubettgehen. Erzähle ihm von meinem ereignislosen Tag, erzähle ihm von früher. In meinem Bett liegt noch immer sein großes Kopfkissen. Wenn ich mich auf die Seite drehe, drücke ich es mir an den Rücken; ein bisschen kommt es mir dann so vor, als sei er bei mir.

51. EINTRAG

Ich weiß nicht mehr, welcher Tag heute ist. Freitag? Dienstag? Sonntag? Durch meinen langen Schlaf neulich ist alles durcheinandergeraten. Folglich kann ich den Tagen auch kein Datum mehr zuordnen. Ich vermute, dass es mittlerweile Mai ist. Vielleicht die erste oder zweite Maiwoche, vielleicht sogar schon die dritte. Eigentlich aber ist das auch egal. Mai, Juni, April, Samstag, Mittwoch, Montag, der Siebzehnte, der Erste oder der Zwölfte – was spielt das noch für eine Rolle?

Manchmal gehe ich in die Apotheke. Dann stehe ich lange hinter der Ladentheke, dort, wo Finn vermutlich zuletzt gestanden hat. Diese Stelle ist für mich sein Grab. Ich verharre immer lange dort, stelle mir vor, ich sei er – und habe in diesen Momenten die Hoffnung, auch aus dem Leben genommen zu werden – einfach so. Aber das Mysterium scheint mich nicht zu wollen. Oder vielleicht: noch nicht.

Es ist draußen wieder wärmer geworden. Zumindest an meinem Fenster und auch auf dem Balkon der Anna-Thomas-Wohnung. Die Thermometer zeigen minus drei Grad an. Das ist der Höchststand seit Beginn der Katastrophe – und eigentlich eine Sensation.

Lange werde ich die Psycho-Medikamente nicht mehr

schlucken. Wozu auch? Ich will ganz und gar bei mir sein. Und dann soll alles seinen Lauf nehmen.

Was würde Finn in meiner jetzigen Lage wohl tun? Sicher keine Tabletten einnehmen. Oder vielleicht doch? Ich weiß es nicht.

Hätte ich einmal zu ihm sagen sollen: Ich liebe dich!? Nein, er hat es gefühlt, das glaube ich fest. So wie ich gefühlt habe, dass er mich liebt.

52. EINTRAG

Wie viele Tage sind seit meinem letzten Eintrag vergangen? Ich vermute, fünf oder sechs. Das Schreiben hier erscheint mir im Grunde sinnlos. Dennoch tue ich es ab und zu. Jedoch warum? Vielleicht ist das Schreiben eine Ersatzhandlung? Ja, das wäre möglich.

Ich kann nicht beten – also schreibe ich. Denn eigentlich sollte ich gar nichts anderes mehr tun als beten. Aber ich bin dazu nicht in der Lage. Wen oder was sollte ich auch anbeten?

Ob es noch wärmer wird?

Ich bin sicher, dass Finn tot ist – und nicht nur verschwunden. Früher hatte ich ja immer wieder mal die Möglichkeit in Betracht gezogen, die Menschen seien auf wundersame Weise von hier weggenommen worden und würden woanders, vielleicht sogar in einer fremden Wirklichkeit weiterexistieren. So denke ich jetzt nicht mehr. Warum auch? Es gibt keinerlei Indizien dafür. Meine Hoffnung hatte solche Spekulationen genährt. Jede auch noch so absonderliche Mutmaßung war tröstlicher gewesen als die Vorstellung, der Tod habe alles für immer und endgültig an sich gerissen.

53. EINTRAG

Mein letzter Eintrag liegt zwei Wochen zurück. Seit vorgestern nehme ich keine Medikamente mehr ein. Ich fühle mich schlecht: starke Stimmungsschwankungen, wenig Schlaf, Angstzustände, Kopfschmerzen.

Ich zwinge mich, zu essen – und ich zwinge mich, wieder etwas zu tun.

Heute Morgen habe ich die Wohnung gesäubert und anschließend versucht, etwas zu lesen. Das bereitete mir große Schwierigkeiten. Ich musste mehrere Anläufe nehmen, um die erste Seite zu schaffen. Immer wieder sprangen meine Gedanken wie toll in alle Richtungen davon, und dann las ich, ohne zu wissen, was ich las. Es fällt mir so schwer, mich zu konzentrieren. Aber auf zehn Seiten habe ich es dann doch gebracht, das ist ein kleiner Erfolg. Und ich weiß sogar noch, um wen und was es ging. Um den Bauern Isak, der in der Einsamkeit des Nordens dem Moor ein Stück Erde abringt, um es urbar zu machen.

Ich bin schon lange nicht mehr in der Apotheke gewesen. Es hat keinen Sinn, sich dort aufzuhalten. Die Apotheke ist Vergangenheit. Alles ist Vergangenheit.

Wie unendlich weit entfernt mir die Zeit mit Marie scheint. Selbst der 17. Juli des vergangenen Jahres ist in große Ferne gerückt. Und Finn? Vorhin war ich kurz davor, wieder Medikamente zu nehmen. Sogar stärkere als bisher. Aber das möchte ich nicht. Nachdem ich ein klares »Nein!« laut vor mich hin gesprochen hatte, habe ich alle Psycho-Tabletten, die hier in der Wohnung lagerten, verbrannt. Ich will keine Betäubung. Ich will mich mir stellen. Ich will mich allem stellen. Die Stimmungsschwankungen sind bestimmt auf das Absetzen der Pillen zurückzuführen. Wenn sich die Chemie meines Gehirns wieder geordnet hat, werde ich entscheiden, was zu tun ist. Ich bin ja frei. Mir wird kalt, wenn ich so denke. Nur die Trauer um Finn wärmt meine Seele noch. Nach wie vor spreche ich mit ihm. Aber nicht mehr so oft. Von Tag zu Tag wird es weniger.

Ich verliere das Interesse daran. Und wenn ich es tue, finde ich mich selbst absonderlich.

54. EINTRAG

Null Grad draußen! Ich habe den Eindruck, dass es sogar schon etwas taut. Die Luft riecht nicht mehr nach Frost. Ich beobachte alles von meinen Fenstern aus.

Bei den letzten größeren Veränderungen der äußeren Umstände war ich ja sehr aufgeregt gewesen. Das ist jetzt nicht der Fall. Ich bin ganz ruhig.

Seit nunmehr fünf Tagen nehme ich keine Tabletten mehr ein. Die Stimmungsschwankungen sind abgeklungen. Ich fühle mich leer – und das ist weder ein gutes noch ein schlechtes Gefühl. Manchmal kommt es mir so vor, als würde ich aus mir heraustreten, mich ein paar Meter von mir selbst entfernen, um dann mein zurückgelassenes Ich von außen zu beobachten. Ich sehe mich zum Beispiel am Fenster stehen, wie ich alles sachlich registriere, blicke tief hinein in mein Inneres und lese meine eigenen Gedanken, die um die Fragen kreisen: *Was geschieht, wenn der Frost weg ist?*, und *Was bedeutet das für mich?*

Habe ich es den neuen Wetterveränderungen zu verdanken, dass ich nicht wieder in Schmerz und Schwermut abstürze? Verdrängt meine Neugierde die Verzweiflung? Oder gibt es vielleicht, trotz allem, was geschehen ist, noch einen ganz kleinen Rest Hoffnung in mir?

Aber auf was sollte ich hoffen?

Ich spreche nicht mehr laut mit Finn. Aber ich bete zu ihm. Immer am Abend vor dem Einschlafen. Das tut mir gut. Und ich schäme mich dessen nicht. Wobei das Gebet oft in eine Zwiesprache umschlägt. Ja, mein Gehirn bastelt dann seine Antworten aus der Gesamtheit meiner Erinnerungen an ihn zusammen – nach dem Motto: *So würde er es sehen. Das würde er jetzt sagen.*

Und dann höre ich ihn in mir – und sehe ihn vor meinem geistigen Auge, wie er lächelt oder wie er mich mit ernster Miene anschaut.

Heute Nachmittag habe ich mir die schreckliche Frage gestellt:

Wenn du eine Person zurückholen könntest, auf wen würde deine Wahl fallen – auf Marie oder auf Finn?

55. EINTRAG

Einen Tag später. 9.30 Uhr. Es ist heller geworden! Finn!
Viel heller, als du es kennst!
Viel, viel heller!
Wie soll ich es dir erklären? Es sieht so aus, als wäre heute ein ausgesprochen trüber und stark bewölkter Novembermorgen. Die ganzen letzten Wochen, das weißt du ja, vergingen die Tage in tiefer Dämmerung. Aber jetzt kann ich vom Fenster aus schon bis zu den Hochhäusern am Rande der Stadt blicken, und die dichten Wolken sind als solche erkennbar.

Betrachte ich den Himmel genauer, sehe ich sogar vereinzelt noch hellere Stellen. Dort ist die Wolkendecke offensichtlich dünner. Könnte sie gar aufbrechen? Ist dahinter die Sonne?

Die Temperatur liegt bei null Grad. Von der Dachrinne meines Nachbarhauses tropft es. Dort muss es also noch ein wenig wärmer sein. Wie intensiv mir dieses Geräusch vorkommt! Nach all den Monaten der Weltenstille.

Wie würden wir beide uns jetzt freuen, Finn! Und wie aufgeregt wären wir! Sicher hätten wir auch etwas Angst vor den Veränderungen. Man weiß ja nicht, wohin das alles führt. Aber es sind gute Veränderungen: Es wird heller, es wird wärmer. Bestimmt würden wir Pläne schmieden und feiern, ja, bestimmt sogar die Sektkorken knallen lassen. Und du wärst sicher wieder viel optimistischer, als ich es bin ...

Du hast nie ein böses Wort zu mir gesagt, Finn.

Und ich keines zu dir. Du hast mich aus meiner Vergangenheit herausgerissen und mir neue Gegenwart geschenkt. Ich war so ehrlich zu dir wie niemals zuvor zu einem anderen Menschen.

Du hast mich vorbehaltlos angenommen und mein Leben so sehr bereichert. Ich möchte nicht darüber mutmaßen, was wir beide noch alles hätten tun können. So etwas zu denken, wäre wie Salzsäure trinken. Und ich weiß, dass du mir das verbieten würdest.

Du hast so viel Richtiges und Kluges gesagt. Die Monate mit dir waren unvergleichlich.

Welch eine Fügung, dass *wir uns* getroffen haben.

Ich will in deinem Sinne handeln. Mein Verhalten, meine Taten sollen deinem Anspruch gerecht werden. Ich will bei allem, was ich tue, dich sehen, wie du mir zunickst und mir zu verstehen gibst: Ja, das ist die richtige Entscheidung, so hätte ich es auch gemacht.

Und schon jetzt will ich damit beginnen! Ich werde dich nicht mehr ansprechen, weder laut noch in Gedanken oder hier in meinen Aufzeichnungen. Ich weiß, dass du bei mir bist – aber du bist Vergangenheit. Und ich muss dich loslassen. Mein Finn!

56. EINTRAG

Viele Tage später. Der Schnee schmilzt. Der Himmel ist noch heller geworden. Die Stimmung draußen ist seltsam. Ich habe den Eindruck, als würde die Welt ein wenig zu atmen beginnen. Überall tropft es. Man sieht es, man hört es.

Ich halte mich nur in der Wohnung auf, rauche übermäßig viel und esse kaum mehr. Ab und zu eine Scheibe Brot, dazu Käse oder Schinken, was gerade zur Hand ist. Mir scheint der Geschmackssinn abhanden gekommen zu sein. Nur extrem Salziges, stark Gesüßtes oder sehr Würziges kann ich noch identifizieren. Alle anderen Speisen schmecken gleich. Einfach nur fad. Ich habe keinen Hunger – und keinen Spaß am Essen. Wohingegen das Trinken mir noch eine gewisse Freude bereitet. Auf knapp zwei Liter Kaffee oder Tee komme ich am Tag. Ich schlafe wenig. Und des Nachts, wenn ich kein Auge zutun kann, lese ich in der Edda, lese Heldengesänge, Götterdichtungen – oder in der Bibel.

Ob man verhungern kann, ohne dabei Schmerzen zu empfinden?

57. EINTRAG

Ich werde zunehmend müder. Und nachdem ich den Kaffee abgesetzt habe und nur noch Kräutertee trinke, gelingt auch der Nachtschlaf wieder. Bis zu zwölf Stunden dauert er manchmal. Ich glaube, er ist traumlos; jedenfalls kann ich mich an nichts erinnern, wenn ich aufwache. Es ist schön, einzuschlafen. Ich schwebe dann hinein in das Nichts, fürchte nichts, erwarte nichts – und binnen Minuten bin ich ohne Bewusstsein. Was für ein angenehmer Zustand.

Die Welt draußen zerfließt, so scheint es von hier oben. Einige Dächer sind schon gänzlich ohne Schnee; nicht weil alles weggetaut wäre, sondern weil die Schneemassen durch die Wärme ins Rutschen gekommen sind – und nun liegen weiße Berge in den Innenhöfen oder direkt vor den Häusern auf der Straße. Von den Bäumen fallen die Blätter ab; sie waren ja voriges Jahr binnen Kürze erstarrt, und dann hatte der Frost sie an den Zweigen gehalten. Meine Thermometer zeigen plus fünf Grad an. Auch tagsüber schlafe ich nun hin und wieder. Vorhin habe ich meine Haare notdürftig geschnitten, mich rasiert und gewaschen. Das war dringend nötig. Jetzt sitze ich erschöpft am Tisch, schaue gedankenverloren in mein Zimmer und schreibe.

Die gestiegene Temperatur draußen hat zur Folge, dass ich weniger heizen muss. Das ist gut, denn ich brauche nicht mehr so oft in die Anna-Thomas-Wohnung zu gehen, um Briketts, Kohlen oder Holz zu holen.

Manchmal stehe ich lange an meinem geöffneten Wohnzimmerfenster und blicke hinaus über die Stadt. Ich atme dann die milde Luft sehr bewusst ein und berühre mit meinen Händen die nassen Dachpfannen. Ganz in der Ferne, im Westen, sind die Stadtwälder gut erkennbar. Dort taut es in diesem Moment ja auch. Sicher tropft es von jedem Zweig. Ob die Bäume und Pflanzen die lange Kälte und Dunkelheit überstanden haben? Wie es wohl jetzt im Wald riecht?

58. EINTRAG

Ich schlafe viel. Bin immer erschöpft und sehr müde. Die letzten Tage war ich nur wenige Stunden wach. Dass so etwas möglich ist! Ich habe keine Schmerzen, und abgesehen von der Müdigkeit, die mich jedoch nicht stört, geht es mir körperlich nicht schlecht.

Die Temperatur ist weiter angestiegen, auf fast zehn Grad. Unglaublich. Dafür liegt die Stadt jetzt in Matsch und Nässe, wirkt finster und hart. Kein schöner Anblick. Aber die Luft gefällt mir sehr. Ich sitze gerne am geöffneten Fenster, um sie zu atmen und auf meiner Haut zu spüren. Und meine Augen gieren nach der kleinen Helligkeit des Himmels. Vorhin habe ich dabei sogar eine Scheibe Brot gegessen. Ansonsten mache ich nichts mehr. Auch das Lesen strengt mich zu sehr an. Allerdings kümmere ich mich noch um den Ofen und um meine Körperhygiene.

Am Fenster habe ich gerade bemerkt, dass eine ganz leichte Brise aufkommt. Und auch die Wolkendecke ist ein klein wenig in Bewegung geraten.

Ob das Eis auf den Flüssen schon gebrochen ist? Wie die tote Welt dort draußen wohl ganz ohne Schnee aussehen mag? Wenn es so warm bleibt, wird in einigen Wochen alles weggetaut sein. Ob es irgendwann zu regnen beginnt?

Mein Ofen knistert, und es riecht nach verbranntem Holz. Ich habe stark an Gewicht verloren in letzter Zeit, sehe sehr abgemagert aus. Seit ein paar Tagen zittern meine Hände etwas, und die Lippen sind aufgesprungen.

Aus welcher Himmelsrichtung der Wind wohl kommt? Ich werde mal eben aufstehen, zum Fenster gehen und es zu erkunden versuchen.

Von Süden weht der Wind! Und ich habe den Eindruck, dass er jetzt sogar noch etwas kräftiger geworden ist.

Ich fühle mich sehr matt. Der Ofen ist gut versorgt mit Briketts. Also lege ich mich jetzt wieder hin und werde etwas schlafen.

59. EINTRAG

Etwa sieben Stunden später.
Sturm!

Bin vor zehn Minuten von ihm geweckt worden. Er rüttelt an meinem Dach. Es ist Nacht. 2.15 Uhr. Nur Sturm draußen, kein Regen. Habe gerade meinen Kopf aus dem Fenster gestreckt und in die heftigen Böen gehalten. Das war ein schönes Gefühl. Und ich meine – aber ich kann mich auch irren –, für Sekunden einen Stern gesehen zu haben. Er glitzerte in einem kalten, weißblauen Licht. Es schien, als wäre an dieser Stelle die Wolkendecke ganz kurz aufgerissen. Aber vielleicht habe ich es mir auch nur eingebildet.

Ich werde jetzt Tee kochen und mich dann auf meine Couch setzen und dem Wind lauschen. So etwas habe ich lange nicht mehr gehört.

4.20 Uhr. Der Sturm ist stärker geworden. Er rast über mein Dach und rüttelt dabei an jeder einzelnen Dachpfanne. So hört es sich jedenfalls an.

Ich habe gerade noch einmal meinen Kopf hinausgehalten, konnte danach aber nur mit Mühe das Fenster wieder schließen, so heftig drückte der Wind gegen die Scheibe.

Kein Niederschlag draußen. Temperatur angestiegen auf plus dreizehn Grad. Geschlossene Wolkendecke.

Ich werde wieder sehr müde. Und die Geräusche des

Windes haben eine fast hypnotische Wirkung. Soll ich ins Bett gehen? Ja, warum nicht. Hoffentlich kann ich lange und tief schlafen. Ich werde noch etwas trinken.

Was ist das? Sonderbare Geräusche überall auf dem Dach!

Drei Minuten später. Es regnet! Ja, es regnet. Ich war am Fenster und habe meine nackten Arme hinausgestreckt.
Dicke Tropfen stürzen vom Himmel.
Regen.
Dass es noch einmal zu regnen beginnt ...
Nun schmilzt der verbliebene Schnee bestimmt sehr schnell.
Es wird zu Überschwemmungen kommen. So viel Wasser überall!

Ein komisches Gefühl war das gerade, als die Regentropfen meine Haut trafen.

Ich bin so müde. Was wollte ich denn noch tun? Ach ja, etwas trinken.

Fünf Minuten später.
Ich habe eine Tasse Tee und ein Glas Wasser getrunken.
Die Vorstellung, in wenigen Minuten im Bett zu liegen, gefällt mir. Meine große, gut wärmende Decke ist wie ein Uterus. Ich verkrieche mich dort und vergesse mich selbst.

60. EINTRAG

Neun Stunden später.
Ich weiß nicht, was ich tun soll! Was ich denken soll! Was im Moment in mir vorgeht!

Ich finde keine Worte! Es ist, als würde meine Seele nach Luft schnappen – vor lauter Verwirrung, vor lauter Aufregung!

DIE SONNE SCHEINT!

Ja, die Sonne ist zurück und steht groß am Himmel! Ich laufe wie ein Irrer durch meine Wohnung, habe alle Fenster aufgerissen.
Sonne!
Sonne in meinem Zimmer. Sonne auf meiner Haut. Sonne über meiner Stadt. Träume ich? Nein, nein ...

Ich bin vor ungefähr zwanzig Minuten aufgewacht. Die Strahlen lagen genau auf meinem schlafenden Gesicht. Ich hatte ja die Schlafzimmergardinen nicht zugezogen. Die für mein Empfinden extreme Helligkeit stach in meine geschlossenen Augen und weckte mich auf. Ich war zunächst völlig irritiert und wie gelähmt. Blinzelte zum Fenster, sah den blauen Himmel, und ich schaute in meinem Zimmer umher, das mir so hell erleuchtet ganz fremd erschien. Mehrere Minuten brauchte ich, um zu verstehen, dass ich nicht träumte.

Und es war wahr. Es *ist* wahr.

Sonne am Firmament. Sonne in meinen Augen. Sonne überall.

Ich habe meinen Tisch zum Schreiben ans Fenster gezogen, damit ich auch bloß von allen Strahlen erreicht werde, damit jede Pore meiner Gesichtshaut mit Sonnenlicht geflutet wird. Ich bin hellwach. Die Müdigkeit ist wie fortgepustet. Licht. Licht überall. Und so mild die Luft! Mein Thermometer zeigt achtzehn Grad. Das muss man sich mal vorstellen! Und wie gut die Luft riecht. Ich kann das alles nicht glauben!

Was geschieht jetzt mit der Welt? Ob die Bäume ausschlagen werden? Vielleicht wird es sogar wieder blühende Blumen geben? Flieder und Rosen. Nur noch wenig Schnee ist zu sehen. Und die Reste tauen sicher rasend schnell weg. Ich fühle mich so erschöpft – und dennoch bin ich wahnsinnig aufgeregt.

Linder Wind weht in mein Zimmer. Wie wundervoll! Und erst der Himmel.

Ich hatte das Blau des Himmels vergessen.

Fast alle Wolken sind verschwunden. Die Sonne erwärmt mein Gesicht.

Ich würde jetzt gerne sprechen. Ich fühle mich, als wäre ich aus einem langen Koma erwacht. Ungefähr ein Jahr Nacht liegt hinter mir. Ich könnte auch sagen: eine Ewigkeit Nacht. Und meine ganze Vergangenheit liegt im Schatten der neu erwachten, grandiosen Sonne. So kommt es mir vor. Blicke ich zurück, blicke ich ins Dunkel. Ich erinnere mich zwar an vieles, ja, aber es ist so unendlich weit weg. Ich muss immerzu nach draußen schauen.

Dieses Licht! Diese Farben!

Leben ist Licht!

Gerade bemerke ich, wie heftig meine Hände zittern – und wie abgemagert sie sind! Dass ich überhaupt noch lebe! Ich habe so wenig gegessen in letzter Zeit. Ob ich mir einen Brei kochen soll? Einen warmen, süßen Haferbrei, ja, darauf hätte ich jetzt Appetit. Und dazu ein Glas Apfelsinensaft!

Wie warm es wohl draußen noch werden wird? Meinen Ofen kann ich jetzt ausgehen lassen. Stille überall, wunderbare, friedvolle Stille. Warum ist die Sonne zurückgekommen? Ach, was frage ich nach dem *Warum!*

Ich werde gleich etwas essen und mich dann mit nacktem Oberkörper an das geöffnete Fenster setzen und mich besonnen lassen. Nur so dasitzen im warmen Licht – welch ein Genuss! Welch ein Leben! Wie irreal doch alles ist.

Ohne die Sonne würde ich jetzt noch schlafen – und ich würde immer länger schlafen, immer mehr schlafen. Vielleicht wäre ich irgendwann nie wieder aufgewacht. Die dunkle Geborgenheit meines Bettes erscheint mir im Moment wie eine Gruft. Übrigens habe ich meine Schlafdecke und die Kopfkissen auf mehrere Stühle verteilt und sie so platziert, dass jeder im prallen Sonnenlicht steht.

Was die Sonnenflut in meinem Zimmer so alles sichtbar macht: Staub, Flusen, Fingerabdrücke an den Glasscheiben meines Schrankes, vergilbte Tapetenstellen direkt hinter dem Ofen und in den Ecken der Zimmerdecke, Aschereste auf dem Boden und so weiter. Dennoch wirkt der ganze Raum freundlicher und größer. Vorher war er lediglich eine Höhle, in der Kerzen brannten. Ich habe den Eindruck, als würde sich sogar die tote Materie, die Wände, die Kissen, der Teppichboden und die Möbel, an den hellen Strahlen laben und sie aufsaugen.

So viele Monate Nacht: Und ich bin nicht gestorben. Ich habe alles überlebt. Alles. Geschwächt wie von einem Todeskampf sitze ich nun hier und schaue hinaus in den Himmel, der sich schön und azurn über die Stadt spannt, als wäre nichts geschehen – gar nichts.

Ich bin überwältigt ...

61. EINTRAG

Fünf Tage später. Die Sonne ist tatsächlich zurückgekehrt!

Sie war stärker als alle Dunkelheit.

Am Ende des ersten Sonnentages hatte ich Angst, sie würde vielleicht nicht wiederkommen. Ich blieb die ganze folgende Nacht wach. Aber schon um etwa halb fünf in der Frühe verwandelte sich der schwarze Osthimmel in ein prächtiges orangerotes Meer, aus dem dann bald mit majestätischer Anmut der glühende Sonnenball emporstieg. Wie lange ich so etwas nicht mehr gesehen hatte!

Und so ist es bis heute: Immer gegen halb fünf geht die Sonne auf. Sie wandert dann etwa fünfzehn Stunden über das Firmament, und gegen zweiundzwanzig Uhr inszeniert sie ihre Verabschiedung mit einem gewaltigen Farbspektakel und versinkt im Weltall.

Jeden Abend und jeden Morgen sitze ich am Fenster und genieße das Schauspiel. Überhaupt halte ich mich meistens in der Nähe der Fenster auf und blicke hinaus. Selbst in der Nacht. Da fast keine Wolken mehr auftauchen, ist auch der Nachthimmel so klar, wie ich ihn nur von ganz früher aus Nordskandinavien, Australien oder Kanada kenne. Es gibt ja auch keinerlei Lichtquellen mehr, die ihn seiner Schönheit berauben könnten. Die Sterne funkeln und strahlen wie feinste Edelsteine, und es sieht aus, als hätte Gott (oder sonst wer) aus dem Vollen geschöpft und sie einfach so in die tiefe Schwärze des Alls geworfen. Dazu leuchtet kaltsilbern der zunehmende Mond.

Ich schlafe nur noch wenig. Vielleicht drei, vier Stunden.

Ansonsten schaue ich hinaus – und kann gar nicht genug kriegen vom Anblick der Welt.

Körperlich bin ich wieder zu Kräften gekommen. Ich esse regelmäßig.

Die Tage erscheinen mir wie Sommertage. Heute ist es fast achtundzwanzig Grad warm gewesen.

Wenn ich tagsüber am Fenster sitze, den Himmel sehe und die wohlige Wärme auf meiner Haut spüre, befällt mich so oft eine abgründige Verwunderung. Was erlebe ich? Wo bin ich? Wer bin ich? Warum bin ich? Was ist mein Leben? Aber ich denke dann nicht weiter über diese Fragen nach. Warum sollte ich das auch tun? Zudem fühle ich mich nach wie vor sehr erschöpft. Und eigentlich kann ich die gewaltigen Veränderungen noch gar nicht glauben.

Nichts ist gewiss – es ist alles immer wieder anders.

62. EINTRAG

Seit meinem letzten Eintrag sind zehn Tage vergangen. Die Sonne scheint nach wie vor, die Temperatur liegt bei neunundzwanzig Grad, jede Spur von Schnee und Nässe ist verschwunden. Die Luft riecht beinahe nach Frühling, aber soweit ich es von meiner Wohnung aus beurteilen kann, sprießen nirgendwo Knospen oder Triebe. Die Bäume stehen ohne jegliches Grün in der warmen Sonne. Vielleicht braucht es ja eine bestimmte Zeit, bis die Pflanzenwelt nach so langer Dunkelheit und so großer Kälte wieder zum Leben findet.

Vielleicht geht es mir wie den Pflanzen.

Auch ich benötige Zeit.

Erst gestern ist es mir gelungen, ein wenig klar zu denken. Bis dahin befand ich mich ja eigentlich in einem Schockzustand. Was auch nicht verwunderlich ist. Schließlich hatte ich mit überhaupt keiner Veränderung mehr gerechnet – war kurz davor, in den Tod hineinzuschlafen. Und dann das! Sonne! Wärme! Farben!

Auch meine Erinnerungen sind plötzlich wieder ganz klar in meinem Bewusstsein. Und so viele!

Ich denke an meine Kindheit, meine Jugend, denke an die Eltern und meine Schulfreunde; sehe Marie lachen, sehe ihren weißen Sarg, spüre die bittere und alles bestimmende Einsamkeit nach ihrem Tod; weiß, dass ich damals fast nie Gegenwart habe entstehen lassen, um mich weiter mit der Vergangenheit beschäftigen zu können; habe den 17. Juli des letzten Jahres vor Augen, fühle die monströse Verlorenheit, in die ich geraten war; sehe mich auf der Wanderung zu Maries Grab; spüre die fast tödliche Angst, als Finn in der Scheune auf mir kniete, aber auch das unfassbare Glück, als er sich als Mensch zu erkennen gab – ja, und überhaupt Finn. Alles, was wir erlebt haben, zieht durch meinen Kopf, so viel Nähe, so viel Schönes, so viel Gutes, so viel Liebe – und dann der Schmerz und die hoffnungslose Ohnmacht nach seinem Verschwinden.

Heute wundere ich mich darüber, dass mein Herz nicht einfach zu schlagen aufhörte, als mir klar wurde, er würde niemals mehr wiederkommen. Ja, darüber wundere ich mich.

Und jetzt? Wie denke ich momentan über Finn?

Es ist merkwürdig: Obwohl sein Ende noch gar nicht so lange zurückliegt, bin ich keineswegs verzweifelt. Die Dankbarkeit, ihn getroffen zu haben, ist größer als die Trauer über seinen Verlust. Wie sonderbar. Solche Empfindungen waren mir früher völlig fremd.

Früher.

Während ich hier schreibe und an all das denke, verspüre ich einen starken Widerwillen gegen dieses *Früher*. Ich kann mich nicht dagegen wehren, und will es auch nicht. Es ist ein mächtiges Gefühl. Woher kommt es? Warum entsteht es?

Ich habe keine Ahnung.

Aber wenn ich die Zeichen meines Herzens richtig deute, wenn ich tief in seine geheimen Verzweigungen hineinhorche, dann muss ich sagen: Ich bin der Vergangenheit so müde.

Ja, das ist es!

Ich möchte mich nicht mehr erinnern. Erinnerungen fressen das Leben. Erinnerungen ziehen in den Tod. Genug Tod liegt hinter mir.

Auch der Worte bin ich so müde. Ich möchte mir keine Gedanken mehr machen. Nicht fragen. Nicht grübeln. Nicht hoffen.

Eine wunderbare Vorstellung!

Und ich will mich nicht mehr treiben lassen. Es ist schlimm, sich treiben zu lassen.

Vielleicht hat alles, was hinter mir liegt, einen Sinn – und ich muss jetzt nur noch die Konsequenzen daraus ziehen. Aber – welche wären das? Und habe ich die Kraft dazu? Den Mut? Eines aber ist mir klar: Ich muss Ernst machen! Mit mir selbst. Und zwar bald. Ich gebe mir noch zwei Tage. Dann werde ich eine Entscheidung treffen.

63. EINTRAG

Es ist früher Morgen. Die ganze Nacht über habe ich in meinen Aufzeichnungen hier gelesen. Und noch einmal zog mein Leben an mir vorbei. Nun lege ich die Vergangenheit auf ein Floß und der Fluss *Zeit* soll es mitnehmen, wohin er mag. Forttreiben soll das Floß. Vielleicht strandet es irgendwo. Vielleicht endet es aber auch irgendwann im großen Meer der Ewigkeit. Mir ist es jetzt egal. Ich fühle mich frei. Zum ersten Mal in meinem Leben.

Vollkommen frei.

»*Man kann immer wieder neu beginnen!*«, sagte mein Freund Finn vor Monaten zu mir. Und er hatte recht damit.

Ich werde nun neu beginnen!

Ich werde gen Süden ziehen. Noch heute. Der Sonne entgegen. Dazu habe ich mich entschieden.

Ich will hinaus. Will endlich mein Haus, meine Wohnung verlassen. Für immer. Vielleicht sehe ich nun die Welt, nach allem was hinter mir liegt, mit ganz anderen Augen. Und die neu erwachte Sonne soll mir den Weg weisen.

Vielleicht finde ich Leben. Vielleicht finde ich andere Menschen. Vielleicht auch nicht.

Meine Aufzeichnungen will ich hier auf dem Tisch liegen lassen. Und dann möge sich der Leser, so es ihn je geben wird, selbst ein Urteil bilden über all das, was auf diesen Seiten geschrieben steht, über all das, was geschehen ist.

Welcher Wirklichkeit was zuzuordnen ist – ich weiß es nicht. Und weiß es immer weniger. Aber ich weiß, dass alles wirklich ist, was Menschen erleben. Und so werde ich nun mein altes Leben verlassen – und ein neues beginnen.

Nur das zählt.

Ende

Nicola Bardola

»Knapp, nüchtern, lakonisch erzählt Bardola das Drama dieses angekündigten Todes.«   **Focus**

»Frei von jeder Sentimentalität, mit einem ganz eigenen Stil.«   **Amelie Fried**

»Wie gute Literatur immer sensibilisiert dieser Roman und lässt den Horizont offen.«
Neue Zürcher Zeitung

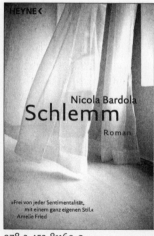

978-3-453-81169-0

HEYNE